U0710948

写科幻不是一件能说得出口的事

偶尔走进书店，到处都是读懂股市、马云××、风水、厚黑、包治百病之类的书，然后就是各种工具类图书，什么《N天让你会说英语》《怎样让孩子考100分》《C#语言决定未来》之类，等等。别看中国每年出几十万本新书，总结起来就是两本，一本是《成功学》，一本是《励志学》。偶尔看到几本科幻作品，藏头露尾地散落在奇幻和穿越里，显得势单力薄。

很长一段时间，写科幻文学不是一件说得出口的事。当有人问你出的是什么书时，你会略带羞涩低头看着大脚趾，然后用31分贝的声音说是科幻作品，同时以0.1秒的速度抬起头，脸红脖子粗地解释我这不是写皮皮鲁之类作品，我这是有科学依据的，我没有骗小孩子。对方会很体贴地说：我知道，这是儿童文学嘛！我会给孩子买一本的。当然，最后人家选择的会是《仙境迷踪》《巴啦啦小魔仙》之类，价格是你科幻作品的3倍。

"科幻中世纪"在中国持续的时间很长，甚至延伸到了现在，也许更远……在最近两代人的成长过程中，来自于各个类型的文学作品我们历历在目：汪国真的诗歌俘获了许多矫情的泪水，金、梁、古的武侠占据着男生的梦想空间，而女孩在琼瑶奶奶的怂恿下一直寻找着自己的白马王子，叛逆的一代则被王小波教化成"沉默的大多数"，被王朔蛊惑的一批年轻人则成了插科打诨的人间看客，另有一些文学爱好者又被余秋雨骗上了"文化苦旅"这条路，"80后"一代则被韩寒和郭敬明瓜分，还有更多的散兵游勇被穿越与奇幻作品教育成"种马"或者"花痴"……在这一波又一波的文学作品里，很少看到科幻文学的影子。可以说，科幻不要说进入主流阅读空间，就是在类型文学里面也一直非常弱势。

三维双眼寻找四维视界

但在现实和商业的时代，总有一部分人在仰望星空。

对于这些科幻作者来说，"未来+"是一个具有天然吸引力

微纪元

微时代 纳米人主宰地球

刘慈欣 ◎等著

北京理工大学出版社

BEIJING INSTITUTE OF TECHNOLOGY PRESS

图书在版编目（CIP）数据

微纪元 / 刘慈欣等著 . -- 北京 : 北京理工大学出版社, 2015.8

（2023.4 重印）

（虫）

ISBN 978 - 7 - 5682 - 0979 - 3

Ⅰ. ①微… Ⅱ. ①刘… Ⅲ. ①科学幻想小说 - 小说集 - 中国 - 当代 Ⅳ. ① I247.7

中国版本图书馆 CIP 数据核字 (2015) 第 176702 号

出版发行 / 北京理工大学出版社有限责任公司

社　　址 / 北京市海淀区中关村南大街5号

邮　　编 / 100081

电　　话 / （010）68914775（总编室）

　　　　　（010）82562903（教材售后服务热线）

　　　　　（010）68944723（其他图书服务热线）

网　　址 / http://www.bitpress.com.cn

经　　销 / 全国各地新华书店

印　　刷 / 天津市天玺印务有限公司

开　　本 / 880毫米×1230毫米　1 / 32

印　　张 / 10.5　　　　　　　　　　　　　　　责任编辑 / 高　　坤

字　　数 / 180千字　　　　　　　　　　　　　文案编辑 / 高　　坤

版　　次 / 2015年9月第1版　2023年4月第9次印刷　责任校对 / 周瑞红

定　　价 / 45.00元　　　　　　　　　　　　　责任印制 / 边心超

的磁场。他们对这个世界充满好奇，只有将自己的思维投影到星空世界，才能获取量子在跃迁过程中所释放的快感。在这些人的世界里，真实的宇宙比任何文学勾勒的空间都要完美。因为这是一个逻辑自洽的理性闭环，虽然神奇瑰丽但一切都可以用数学来解释。兴奋的时候，他们甚至可以在原子的世界和比特的世界自由穿梭，用三维双眼寻找四维视界。

如果认为人类对未来的想象是一片缥缈不可揣度的广袤夜空，那么这些人，就是夜空最闪亮的星星。

在这里，必须提一下《科幻世界》的"银河奖"。在过去的20多年间，"银河奖"向社会推出1300多篇优秀中短篇科幻小说，先后有120位作者登上领奖台。在这些人中间，既诞生了刘慈欣、王晋康、何夕、韩松、星河、柳文扬、吴岩这样的科幻先行者，也涌现了江波、索何夫、燕垒生、钱莉芳、长铗、阿缺、陈虹羽、夏笳、刘维佳、拉拉、张冉、罗隆翔等无数新生代作者。"银河奖"是中国科幻爱好者最后的"锡安"，在这里坚守阵地的是那些"一直在理性想象"的圣徒，而这套作品，就是从这"银河"里拾取的最美丽的珠贝。

拉长视线纵观整个"银河系"，可以说是群星璀璨。刘慈欣当然是其中特别闪亮的一颗，但远远不能掩盖其他星光的灿烂。如果说现在人们开始关注科幻的话，那中国式的科幻大片，这才刚刚揭开序幕。

王晋康的作品，在哲学思辨力上独树一帜。他"防火防盗防科学"的思想在《替天行道》里体现得淋漓尽致，对社会的反思更加贴近现实。你能感觉到他所描述的场景就在你身边而非未来，你没看过他的作品也许哪天就会被科学给干掉。

何夕的科幻则具有诗性风格，干净而美好，忧郁且悲伤。《人生不相见》和《亿万年后的来客》这样的作品给读者人文和科学上的双重体验，甚至弄哭了很多粗线条的理工男。

韩松的作品里一直隐藏着一种难以描述的瑰丽和诡异，恍惚之间你不知道科幻的世界是真实的，还是现实世界是科幻的，听说这是吸毒的深度反应。

江波的作品充满硬科幻独有的艺术魅力。这位清华大学微电子专业毕业的研究生，从事的是硅系半导体研发，但一直在担心碳基生命的前途。

燕垒生则是一位从容跨越奇幻和科幻两大领域的"双栖怪兽"……

夏笳呢，则像一只从未来穿越回来的黑色蝙蝠……

长铗则是科幻界不可忽视的异类……

阿缺这个"90后"的作品则昭示了任何时代的思考者都不会断代……

一直说中国科幻是一个小众圈子，这也许是我们没有走近他们的缘故。就像那遥远的星辰，距离让我们觉得它渺小、暗淡，但一旦接近，却发现它是那么的夺目与璀璨。

夜空里甘愿被点燃的火柴

科幻无须正名，它天生就是文学类型作品里的王者。好的科幻必然是深邃而理性的，天然带着一种拒人于千里之外的"高冷"。如果你想成为一位真正科幻的读者，它需要你自己去用心去感受粒子流的风暴，用手去触摸一直真实地隐藏在虚拟世界的0和1。

对于一些真正的科幻爱好者来说，近年来奇奇怪怪的披着科幻外衣的作品让人跳脚，如《长江七号》这样的文艺卖萌片成了科幻经典，一个游戏公司加一个网络写手敢开拍《三体》，《来自星星的你》竟然成了进口的优秀科幻电视剧。这一切让人心生绝望，难道我们果然是一个不愿意面对真相的族群吗？真希望这些"科幻银河奖"获奖作品能给那些人开开脑洞。

也许有人会说，我们并不欠科幻什么。是的，谁都不欠科幻什么，但一个相信传闻"水变油"的族群，一个连鱼都被传成转基因的族群，一个认为数学只要学到买菜会算账就够的族群，是不是特别需要科幻来恶补一下？

理性和科学，是多么珍贵的财富！

不管有多少人告诫我们要"面对现实"，但总需要一些仰望星空的人，他们是夜空里甘愿被点燃的火柴，为渴望真知的人类带来些许温暖。

——科幻作家、评论人、《南方都市报》：罗金海

目　录

微纪元

【纳米人主宰地球】

刘慈欣

1. 回归

先行者知道，他现在是全宇宙中唯一的一个人了。

他是在飞船越过冥王星时知道的。从这里看去，太阳是一个暗淡的星星，同三十年前他飞出太阳系时没有两样，但飞船计算机刚刚进行的的视行差测量告诉他，冥王星的轨道外移了许多，由此可以计算出太阳比他启程时损失了4.74%的质量，由此又可推论出另外一个使他的心先是颤抖然后冰冻的结论。

那事已经发生过了。

其实，在他启程时人类已经知道那事要发生了，通过发射上万个穿过太阳的探测器，天体物理学家们确定太阳将要发生一次短暂的能量闪烁，并损失大约5%的质量。

如果太阳有记忆，它不会对此感到不安，在那几十亿年的漫长生涯中，它曾经历过比这大得多的剧变。当它从星云的旋涡中诞生时，它的生命的剧变是以"毫秒"为单位的。在那辉煌的一刻，引力的坍缩使核聚变的火焰照亮星云混沌的黑暗……它知道自己的生命是一个过程，尽管现在处于这个过程中最稳定的时期，偶然的、小小的突变总是免不了的，就像平静的水面上不时有一个小气泡浮起并破裂。能量和质量的损失算不了什么，它还是它，一颗中等大小，视星等为－26.8的恒星。甚至太阳系的其他部分也不会受到太大的影响，水星可能被熔化，金星稠密的大气将被剥离，再往外围的行星所受的影响就更小了，火星颜色可能由于表面的熔化而由红变黑，地球嘛，只不过表面温度升高至4 000℃，这可能会持续100小时左右，海洋肯定会被蒸发，各大陆表面岩石也会熔化一层，但仅此而已。以后，太阳又将很快恢复原状，但由于质量的损失，各行星的轨道会稍微后移，这影响就更小了，比如地球，气温可能稍稍下降，平均降到零下110℃左右，这有助于熔化的表面重新凝结，并使水和大气多少保留一些。

那时人们常谈起一个笑话，说的是一个人同上帝的对话：上帝啊，一万年对你是多么短啊？上帝说：就一秒钟。上帝啊，一亿元对你是多么少啊？上帝说：就一分钱。上帝啊，给我一分钱吧！上帝说：请等一秒钟。

现在，太阳让人类等了"一秒钟"：预测能量闪烁的时间是在一万八千年之后。这对太阳来说确实只是一秒钟，但却可以使目前活在地球上的人类对"一秒钟"后发生的事采取一种超然的态度，甚至当作一种哲学理念。影响不是没有的，人类文化一天天变得玩世不恭起来，但人类至少还有四五百代的时间可以从容地想想逃生的办法。

两个世纪以后，人类采取了第一个行动：发射了一艘恒星际飞船，在周围100光年以内寻找带有可移民行星的恒星，飞船被命名为"方舟号"，这批宇航员都被称为"先行者"。

方舟号掠过了六十颗恒星，也是掠过了六十个炼狱。其只有一颗恒星有一颗卫星，那是一滴直径八千公里的处于白炽状态的铁水，因其液态，在运行中不断地改变着形状……方舟号此行唯一的成果，就是进一步证明了人类的孤独。

方舟号航行了二十三年时间，但这是"方舟时间"，由于飞船以接近光速行驶，地球时间已过了两万五千年。

本来方舟号是可以按预定时间返回的。

由于在接近光速时无法同地球通讯，必须把速度降至光速的一半以下，这需要消耗大量的能量和时间。所以，方舟号一般每月减速一次，接收地球发来的信息，而当它下一次减速时，收到的已是地球一百多年后发出的信息了。方舟号和地球的时间，就像从高倍瞄准镜中看目标一样，瞄准镜稍微移动一下，镜中的目标就跨越了巨大的距离。方舟号收到的最后一条信息是在"方舟时间"自启航十三年，地球时间自启航一万七千年时从地球发出的，方舟号一个月后再次减速，发现地球方向已寂静无声了。一万多年前对太阳的计算可能稍有误差，在方舟号这一个月，地球这一百多年间，那事发生了。

方舟号真成了一艘方舟，但已是一艘只有诺亚一人的方舟。其他的七名先行者，有四名死于一颗在飞船四光年处突然爆发的新星的辐射，二人死于疾病，一人（是男人）在最后一次减速通讯时，听着地球方向的寂静开枪自杀了。

以后，这唯一的先行者曾使方舟号保持在可通讯速度很长时间，后来他把飞船加速到光速，心中那微弱的希望之火又使他很快把速度降下来聆听，由于减速越来越频繁，回归的行程拖长了。

寂静仍持续着。

方舟号在地球时间启程二万五千年后回到太阳系，比预定的晚了九千年。

2. 纪念碑

穿过冥王星轨道后，方舟号继续飞向太阳系深处。对于一艘恒星际飞船来说，在太阳系中的航行如同海轮行驶在港湾中。太阳很快大了、亮了。先行者曾从望远镜中看了一眼木星，发现这颗大行星的表面已面目全非：大红斑不见了，风暴纹似乎更加混乱。他没再关注别的行星，径直飞向地球。

先行者用颤抖的手按动了一个按钮，高大舷窗的不透明金属窗帘正在缓缓打开。啊，我的蓝色水晶球，宇宙的蓝眼珠，蓝色的天使……先行者闭起双眼默默祈祷着，过了很长时间，才强迫自己睁开双眼。

他看到了一个黑白相间的地球。

黑色的是熔化后又凝结的岩石，那是墓碑的黑色；白色的是蒸发后又冻结的海洋，那是殓布的白色。

方舟号进入低轨道，从黑色的大陆和白色的海洋上空缓缓越过，先行者没有看到任何遗迹，一切都被溶化了，文明已成过眼烟云。但总该留个纪念碑的，一座能耐4 000℃高温的纪念碑。

先行者正这么想，纪念碑就出现了。飞船收到了从地面发上来的一束视频信号，计算机把这信号显示在屏幕上，先行者首先看到了用耐高温摄像机拍下的九千多年前的大灾难景象。能量闪烁时，太阳并没有像他想象的那样亮度突然增强，太阳迸发出的能量主要以可见光之外的辐射传出。他看到，蓝色的天空突然变成地狱般的红色，接着又变成噩梦般的紫色；他看到，纪元城市中他熟悉的高楼群在几千度的高温中先是冒出浓烟，然后像火炭一样发出暗红色的光，最后像蜡一样熔化了；灼热的岩浆从高山上流下，形成了一道道巨大的瀑布，无数个这样的瀑布又汇成一条条发着红光的岩浆的大河，大地上火流的洪水在泛滥；原来是大海的地方，只有蒸气形成的高大的蘑菇云，这形状狰狞的云山下部映射着岩浆的红色，上部透出天空的紫色，在急剧扩大，很快一切都消失在这蒸气中……

当蒸气散去，又能看到景物时，已是几年以后了。这时，大地已从烧熔状态初步冷却，黑色的波纹状岩石覆盖了一切。还能看到岩浆河流，它们在大地上形成了错综复杂的火网。人类的痕迹已完全消失，文明如梦一样无影无踪了。又过了几年，水在高温状态下离解成的氢氧又重新化合成水，大暴雨从天而降，灼热的大地上再次蒸汽弥漫。这时的世界就像在一个大蒸锅中一样阴暗闷热和潮湿。暴雨连下几十年，大地被进一步冷却，海洋渐渐恢复了。又过了上百年，因海水蒸发形成的阴云终于散去，天空现出蓝色，太阳再次出现了。再后来，由于地球轨道外移，气温急剧下降，大海完全冻结，天空万里无云，已死去的世界在严寒中变得很宁静了。

先行者接着看到了一个城市的图像：先看到如林的细长的高楼群，镜头从高楼群上方降下去，出现了一个广场，广场上一片人海。镜头再下降，先行者看到所有的人都在仰望着天空。镜头最后停在广场正中的一个平台上，平台上站着一个漂亮姑娘，好像只有十几岁，她在屏幕上冲着先行者挥挥手，娇滴滴地喊："喂，我们看到你了，像一个飞得很快的星星！你是方舟一号？"

在旅途的最后几年，先行者的大部分时间是在虚现实游戏中度过的。在那个游戏中，计算机接收玩者的大脑信号，根据玩者思维构筑一个三维画面，这画面中的人和物还可根据玩者的思想做出有限的活动。先行者曾在寂寞中构筑过从家庭到王国的无数个虚拟世界，所以现在他一眼就看出这是一幅这样的画面。但这个画面造得很拙劣，由于大脑中思维的飘忽性，这种由想象构筑的画面总有些不对的地方，但眼前这个画面中的错误太多了：首先，当镜头移过那些摩天大楼时，先行者看到有很多人从楼顶窗子中钻出，径直从几百米高处跳下来，经过让人头晕目眩的下坠，这些人平安无事地落到地上；同时，地上有许多人一跃而起，像会轻功一样一下就跃上几层楼的高度，然后他们的脚踏在了楼壁上伸出的一小块踏板上（这样的踏板每隔几层就有一个，好像专门为此而设），再一跃，又飞上几层，就这样一直跳到楼顶，从某个窗子中钻进去。仿佛这些摩天大楼都没有门和电梯，人们就是用这种方式进出的。当镜头移到那个广场平台上时，先行者看到人海中有用线吊着的几个水晶球，那球直径可能有一米多。有人把手伸进水晶球，很轻易地抓出水晶球的一部分，在他们的手移出后晶莹的球体立刻恢复原状，而人们抓到手中的那部分立刻变成了一个小水晶球，那些人就把那个透明的小球扔进嘴里……除了这些明显的谬误外，有一点最能反映造这幅计算机画面的人思维的变态和混乱：在这城市的所有空间，都飘浮着一些奇形怪状的物体，它们大的直径有两三米，小的也有半米，有的像一块破碎的海绵，有的像一根弯曲的大树枝。那些东西缓慢地飘浮着，有一根大树枝飘向平台上的那个姑娘，她轻轻推开了它，那大树枝又打着转儿向远处飘去……先行者理解这些，在一个濒临毁灭的世界中，人们是不会有清晰和正常的思维的。

这可能是某种自动装置，在这大灾难前被人们深埋地下，躲过了高温和辐射，后来又自动升到这个已经毁灭的世界的地面上。这装置不停地监视着太空，监测到零星回到地球的飞船时就自动发射那个画面，给那些幸存者以这样糟糕透顶又滑稽可笑的安慰。

"这么说后来又发射过方舟飞船？"先行者问。

"当然，又发射了十二艘呢！"那姑娘说。不说这个荒诞变态的画面的其他部分，这个姑娘设计得倒是真不错。她那融合东西方精华的姣好的面容露出一副天真的样子，仿佛她仰望的整个宇宙是一个大玩具。那双大眼睛好像会唱歌。还有她的长发，好像失重似的永远飘在半空不落下，使得她看上去像身处海水中的美人鱼。

"那么，现在还有人活着吗？"先行者问，他最后的希望像野火一样燃烧起来。

"是您这样的人吗？"姑娘天真地问。

"当然是我这样的真人，不是你这样用计算机造出来的虚拟人。"

"前一艘方舟号是在七百三十年前回来的，您是最后一艘回归的方舟号了。请问你船上还有女人吗？"

"只有我一个人。"

"您是说没有女人了？"姑娘吃惊地瞪大了眼。

"我说过只有我一人。在太空中还有没回来的其他飞船吗？"

姑娘把两只白嫩的小手儿在胸前绞着，"没有了！我好难过好难过啊！您是最后一个这样的人了，如果，呜呜……如果不克隆的话……呜呜……"这美人儿捂着脸哭起来，广场上的人群也是一片哭声。

先行者的心沉到谷底，人类的毁灭最后得到证实了。

"您怎么不问我是谁呢？"姑娘又抬起头来仰望着他说。她又恢复了那副天真神色，好像转眼忘了刚才的悲伤。

"我没兴趣。"

姑娘娇滴滴地大喊："我是地球领袖啊！"

"对，她是地球联合政府的最高执政官！"下面的人也都一齐闪电般地由悲伤转为兴奋，这真是个拙劣到家的制品。

先行者不想再玩这种无聊的游戏了，他起身要走。

"您怎么这样？首都的全体公民都在这儿迎接您，前辈，您不要不理我们啊！"姑娘带着哭腔喊。

先行者想起了什么，转过身来问："人类还留下了什么？"

"照我们的指引着陆，您就会知道！"

3. 首都

先行者进入了着陆舱，把方舟号留在轨道上，在那束信息波的指引下开始着陆。他戴着一副视频眼镜，可以从其中的一个镜片上看到信息波传来的那个画面。

"前辈，您马上就要到达地球首都了，这虽然不是这个星球上最大的城市，但肯定是最美丽的城市，您会喜欢的！不过您的落点要离城市远些，我们不希望受到伤害……"画面上那个自称地球领袖的女孩还在喋喋不休。

先行者在视频眼镜中换了一个画面，显示出着陆舱正下方的区域，现在高度只有一万多米了，下面是一片黑色的荒原。

后来，画面上的逻辑更加混乱起来，也许是几千年前那个画面的构造者情绪沮丧到了极点，也许是发射画面的计算机的内存在这几千年的漫长岁月中老化了。画面上，那姑娘开始唱起歌来：

啊，尊敬的使者，你来自宏纪元！

辉煌的宏纪元，

伟大的宏纪元，

美丽的宏纪元，

你是烈火中消逝的梦……

这个漂亮的歌手唱着唱着开始跳起来，她一下从平台跳上几十米的半空，落到平台上后又一跳，居然飞越了大半个广场，落到广场边上的一座高楼顶上，又一跳，飞过整个广场，落到另一边，看上去像一只迷人的小跳蚤。她有一次在空中抓住一根几米长的奇形怪状的飘浮物，那根大树干载着她在人海上空盘旋，她在上面优美地扭动着苗条的身躯。

下面的人海沸腾起来，所有人都大声合唱："宏纪元，宏纪元……"每个人轻轻一跳就能升到半空，以至整个人群看起来如同撒到振动鼓面上的一片沙子。

先行者实在受不了了，他把声音和图像一齐关掉。他现在知道，大灾难前的人们嫉妒他们这些跨越时空的幸存者，所以做了这些变态的东西来折磨他们。但过了一会儿，当那画面带来的烦恼消失一些后，当感觉到着陆舱接触地面的震动时，他产生了一个幻觉：也许他真的降落在一个高空看不清楚的城市中？当他走出着陆舱，站在那一望无际的黑色荒原上时，幻觉消失，失望使他浑身冰冷。

先行者小心地打开宇宙服的面罩，一股寒气扑面而来，空气很稀薄，但能维持人的呼吸。气温在零下40℃左右。天空呈一种大灾难前黎明和黄昏时的深蓝色，但现在太阳正在正空照耀着。先行者摘下手套，没有感到它的热力。由于空气稀薄，阳光散射较弱，天空中能看到几颗较亮的星星。脚下是刚凝结了两千年左右的大地，到处可见岩浆流动的波纹形状，地面虽已开始风化，仍然很硬，土壤很难见到。这带波纹的大地伸向天边，其间有一些小小的丘陵。在另一个方向，可以看到冰封的大海在地平线处闪着白光。

先行者仔细打量四周，看到了信息波的发射源，那儿有一个镶在地面岩石中的透明半球护面，直径大约有一米，半球护面下似乎扣着一片很复杂的结构。他还注意到远处的地面上还有几个这样的透明半球，相互之间相隔二三十米，像地面上的几个大水泡，反射着阳光。

先行者又在他的左镜片中打开了画面。在计算机的虚拟世界中，那个恬不知耻的小骗子仍在那根飘浮在半空中的大树枝上忘情地唱着扭着，并不时向他送飞吻，下面广场上所有的人都在向他欢呼。

......

宏伟的宏纪元！

浪漫的宏纪元！

忧郁的宏纪元！

脆弱的宏纪元！

......

先行者木然地站着，深蓝色的苍穹中，明亮的太阳和晶莹的星星在闪耀，整个宇宙围绕着他——最后一个人类。

孤独像雪崩一样埋住了他，他蹲下来捂住脸抽泣起来。

歌声戛然而止，视频画面中的所有人都关切地看着他。那姑娘骑在半空中的大树枝上，突然嫣然一笑：

"您对人类就这么没信心吗？"

这话中有一种东西使先行者浑身一震，他真的感觉到了什么，站起身来。他突然注意到，左镜片画面中的城市暗了下来，仿佛阴云在一秒钟内遮住了天空。他移动脚步，城市立即亮了起来。他走到那个透明半球旁，伏身向里面看，他看不清里面那些密密麻麻的细微结构，但看到左镜片中的画面上，城市的天空立刻被一个巨大的东西占据了。

那是他的脸。

"我们看到您了！您能看清我们吗？去拿个放大镜吧！"姑娘大叫起来，广场上人海再次沸腾起来。

先行者明白了一切。他想起了那些跳下高楼的人们，在微小环境下重力是不会造成伤害的，同样，在那样的尺度下，人也可以轻易地跃上（几百微米）的高楼。那些大水晶球实际上就是水，在微小的尺度下水的表面张力处于统治地位，那是一些小水珠，人们从这些水珠中抓出来喝的水珠就更小了。城市空间中飘浮的那些看上去有几米长的奇怪东西，包括载着姑娘飘浮的大树枝，只不过是空气中细微的灰尘。

那个城市不是虚拟的，它就像两万五千年前人类的所有城市一样真实，它就在这个一米直径的半球形透明玻璃罩中。

人类还在，文明还在。

在微型城市中，飘浮在树枝上的姑娘——地球联合政府最高执政官，向几乎占满整个天空的先行者自信地伸出手来。

"前辈，微纪元欢迎您。"

4. 微人类

"在大灾难到来前的一万七千年中，人类想尽了逃生的办法，其中最容易想到的是恒星际移民，但包括您这艘在内的所有方舟飞船都没有找到带有可居住行星的恒星。即使找到了，以大灾难前一个世纪人类的宇航技术，连移民千分之一的人类都做不到。另一个设想是移居到地层深处，躲过太阳能量闪烁后再出来。这不过是拖长死亡的过程而已，大灾难后地球的生态系统将被完全摧毁，养活不了人类的。

　　"有一段时期，人们几乎绝望了。但那时一位基因工程师的脑海中闪现了一个这样火花：如果把人类的体积缩小十亿倍会怎么样？这样人类社会的尺度也缩小了十亿倍，只要有很微小的生态系统，消耗很微小的资源就可生存下来。很快全人类都意识到这是拯救人类文明唯一可行的办法。这个设想是以两项技术为基础的。其一是基因工程，在修改人类基因后，人类将缩小至10微米左右，只相当于一个细胞大小，但其身体的结构完全不变。做到这点是完全可能的，人和细菌的基因本来就没有太大的差别。另一项是纳米技术，这是一项在20世纪就发展起来的技术，那时人们已经能造出细菌大小的发电机了，后来人们可以在纳米尺度下造出从火箭到微波炉的一切设备，只是那些纳米工程师做梦都不会想到他们的产品的最后用途。

　　"培育第一批微人类近似于克隆：从一个人类细胞中抽取全部遗传信息，然后培育出同主体一模一样的微人，但其体积只是主体的十亿分之一。以后他们就同宏人（微人对你们的称呼，他们还把你们的时代叫宏纪元）一样生育后代了。

　　"第一批微人的亮相极富戏剧性。有一天，大约是您的飞船启航后一万二千百年吧，全球的电视上都出现了一个教室，教室中有三十个孩子在上课，画面极其普通，孩子是普通的孩子，教室是普通的教室，看不出任何特别之处。但镜头拉开，人们发现这个教室是放在显微镜下拍摄的……"

　　"我想问，"先行者打断最高执政官的话，"以微人这样微小的大脑，能达到宏人的智力吗？"

　　"那么您认为我是个傻瓜了？鲸鱼也并不比您聪明！智力

不是由大脑的大小决定的。以微人大脑中在原子数目和它们的量子状态的数目来说，其信息处理能力是像宏人大脑一样绰绰有余的……嗯，您能请我们到那艘大飞船去转转吗？"

"当然，很高兴，可……怎么去呢？"

"请等我们一会儿！"

于是，最高执政官跳上了半空中一个奇怪的飞行器，那飞行器就像一片带螺旋桨的大羽毛。接着，广场上的其他人也都争着向那片"羽毛"上跳。这个社会好像完全没有等级观念，那些从人海中随机跳上来的人肯定是普通平民，他们有老有少，但都像那个最高执政官姑娘一样一身孩子气，兴奋地吵吵闹闹。这片"羽毛"上很快挤满了人，空中不断出现新的"羽毛"。每片刚出现，就立刻挤满了跳上来的人。最后，城市的天空中漂浮着几百片载满微人的"羽毛"，他们在最高执政官那片的带领下，浩浩荡荡向一个方向飞去。

先行者再次伏在那个透明半球上方，仔细地观察着里面的微城市。这一次，他能分辨出那些摩天大楼了，它们看上去像一片密密麻麻的直立的火柴棍。先行者穷极自己的目力，终于分辨出那些像羽毛的交通工具，它们像一杯清水中漂浮的细小的白色微粒，如果不是几百片一群，根本无法分辨出来。凭肉眼看到人是不可能的。

在先行者视频眼镜的左镜片中，那由一个微人摄像师用小得无法想象的摄像机实况拍摄的画面仍很清晰，现在那摄像师也在一片"羽毛"上。先行者发现，在微城市的交通中，碰撞是一件随时都在发生的事。那群快速飞行的"羽毛"不时互相撞在一起，撞在空中飘浮的巨大尘粒上，甚至不时迎面撞到高耸的摩天大楼上！但飞行器和它的乘员都安然无恙，似乎没有人去注意这种碰撞。其实这是个初中生都能理解的物理现象：物体的尺寸越小，整体强度就越高。两辆自行车碰撞与两艘万吨轮碰撞的后果是完全不一样的。如果两粒尘埃相撞，它们会毫无损伤。微世界的人们似乎都有金刚之躯，毫不担心自己会受伤。当"羽毛"群飞过时，旁边的摩天大楼上不时有人从窗中跃出，想跳上其中的一片。这并不总是能成功的，于是那人就从"几百米"处开始了令先行者头晕目眩的下坠，而那些下坠中的微人，还在神情自若地同经过大楼窗子中的熟人打招呼！

"呀，您的眼睛像黑色的大海，好深好深，带着深深的忧郁呢！您的忧郁罩住了我们的城市，您把它变成一个博物馆了！呜呜呜……"最高执政官又伤心地哭了起来，别的人也都同她一起哭，任他们乘坐的"羽毛"在摩天大楼间撞来撞去。

先行者也从左镜片中看到了城市的天空中自己那双巨大的眼睛，那放大了上亿倍的忧郁深深震撼了他自己。"为什么是博物馆呢？"先行者问。

"因为只有在博物馆中才有忧郁，微纪元是无忧无虑的纪元！"最高执政官高声欢呼，尽管泪滴还挂在她那娇嫩的脸上，但她已完全没有悲伤的痕迹了。

"我们是无忧无虑的纪元！"其他人也都忘情地欢呼起来。

先行者发现，微纪元人类的情绪变化比宏纪元快上百倍，这变化主要表现在悲伤和忧郁这类负面情绪上，他们能在一瞬间从这种情绪中跃出。还有一个发现让他更惊奇：由于这类负面情绪在这个时代十分少见，以至于微人们把它当成了稀罕物，一有机会就迫不及待地去体验。

"您不要像孩子那样忧郁，您很快就会发现，微纪元没有什么可忧虑的！"

这话使先行者万分惊奇，他早看到微人的精神状态很像宏时代的孩子，但孩子的精神状态还要夸张许多倍才真正像他们。"你是说，在这个时代，人们越长越……越幼稚？"

"我们越长越快乐！"最高执政官说。

"对，微纪元是越长越快乐的纪元！"众人大声应和着。

"但忧郁也是很美的，像月光下的湖水，它代表着宏时代的田园爱情，呜呜呜……"最高执政官又大放悲声。

"对，那是一个多美的时代啊！"其他微人也眼泪汪汪地附和着。

先行者笑起来："你们根本不知道什么是忧郁，小人儿，真正的忧郁是哭不出来的。"

"您会让我们体验到的！"最高执政官又恢复到兴高采烈的状态。

"但愿不会。"先行者轻轻地叹息说。

"看，这就是宏纪元的纪念碑！"当"羽毛"群飞过另一个城市广场时，最高执政官介绍说。先行者看到那个纪念碑是一根粗大的黑色柱子，有过去的巨型电视塔那么粗，表面覆盖着无数片车轮大小的黑色巨瓦，叠合成鱼鳞状，高耸入云。他看了好长时间才明白，那是一根宏人的头发。

5. 宴会

"羽毛"群从半球形透明罩上的一个看不见的出口飞了出来。这时，最高执政官在视频画面中对先行者说："我们距您那个飞行器有一百多千米呢！我们还是落到您的手指上，您把我们带过去快些。"

先行者回头看看身后不远处的着陆舱，心想他们可能把计量单位也都微缩了。他伸出手指，"羽毛"群落了上来，看上去像是在手指上飘落了一小片细小的白色粉末。

从视频画面中先行者看到，自己的指纹如一道道半透明的山脉，降落在其上的"羽毛"飞行器显得很小。最高执政官第一个从"羽毛"上跳下来，立刻摔了个四脚朝天。

"太滑了，您是油性皮肤！"她抱怨着，脱下鞋子远远地扔出去，光着脚丫好奇地来回转着，其他人也都下了"羽毛"，手指上的半透明山脉间现在有了一片人海。先行者粗略估计了一下，他的手指上现在有一万多人！

先行者站起来，伸着手指小心翼翼地向着陆舱走去。

刚进入着陆舱，微人群中就有人大喊："哇，看那金属的天空，人造的太阳！"

"别大惊小怪，像个白痴！这只是小渡船，上面那个才大呢！"最高执政官训斥道。但她自己也惊奇地四下张望，然后又同众人一起唱起那支奇怪的歌来：

辉煌的宏纪元，

伟大的宏纪元，

忧郁的宏纪元，

你是烈火中消逝的梦……

在着陆舱起飞飞向方舟号的途中，地球领袖继续讲述微纪元的历史。

"微人社会和宏人社会共存了一个时期，在这段时间里，微人完全掌握了宏人的知识，并继承了他们的文化。同时，微人在纳米技术的基础上，发展起了一个十分先进的技术文明。这宏纪元向微纪元的过渡时期大概有，嗯，二十代人左右吧！

"后来，大灾难临近，宏人不再进行传统生育了，他们的数量一天天减少；而微人的人口飞快增长，社会规模急剧增大，很快超过了宏人。这时，微人开始要求接管世界政权，这在宏人社会中激起了轩然大波。顽固派们拒绝交出政权，用他们的话说，怎么能让一帮细菌领导人类。于是，在宏人和微人之间爆发了一场世界大战！"

"那对你们可太不幸了！"先行者同情地说。

"不幸的是宏人，他们很快就被击败了。"

"这怎么可能呢？他们一个人用一把大锤就可以捣毁你们一座上百万人的城市。"

"可微人不会在城市里同他们作战的。宏人的那些武器对付不了微人这样看不见的敌人。他们能使用的唯一武器就是消毒剂，而他们在整个文明史上一直用这东西同细菌作战，最后也并没有取得胜利。他们现在要战胜的是和他们同等智商的微人，取胜就更没可能了。他们看不到微人军队的调动，而微人可以轻而易举地在他们眼皮底下腐蚀掉他们的计算机的芯片。没有计算机，他们还能干什么呢？大不等于强大。"

"现在想想是这样。"

"那些战犯得到了应有的下场，几千名微人的特种部队带着激光钻头空降到他们的视网膜上……"最高执政官恶狠狠地说。

"战后，微人取得了世界政权，宏纪元结束了，微纪元开始了！"

"真有意思！"

登陆舱进入了近地轨道上的方舟号。微人们乘着"羽毛"四处观光。这艘飞船之巨大令微人们目瞪口呆。先行者本想从他们那里听到赞叹的话，但最高执政官这样告诉他自己的感想：

"现在我们知道，就是没有太阳的能量闪烁，宏纪元也会灭亡的。你们对资源的消耗是我们的几亿倍！"

"但这艘飞船能够以接近光速的速度飞行，可以到达几百光年远的恒星。小人儿，这件事，只能由巨大的宏纪元来做。"

"我们目前确实做不到，我们的飞船现在只能达到光速的十分之一。"

"你们能宇宙航行？"先行者大惊失色。

"当然不如你们。微纪元的飞船最远到达金星，刚收到他们的信息，说那里现在比地球更适合居住。"

"你们的飞船有多大？"

"大的有你们时代的，嗯，足球那么大，可运载十几万人；小的嘛，只有高尔夫球那么大，当然是宏人的高尔夫球。"

现在，先行者最后的一点优越感荡然无存了。

"前辈，您不请我们吃点什么吗？我们饿了！"当所有"羽毛"飞行器重新聚集到方舟号的控制台上时，地球领袖代表所有人提出要求，几万个微人在控制台上眼巴巴地看着先行者。

"我从没想到会请这么多人吃饭。"先行者笑着说。

"我们不会让您太破费的！"女孩怒气冲冲地说。

先行者从贮藏舱拿出一听午餐肉罐头，打开后，他用小刀小心地剜下一小块，放到控制台上那一万多人的旁边。他能看到他们所在的位置，那是控制台上一小块比硬币大些的圆形区域，那区域只是光滑度比周围差些，像在上面呵了口气一样。

"怎么拿出这么多？这太浪费了！"最高执政官指责道，从面前的大屏幕上可以看到，在她身后，人们涌向一座巍峨的肉山，从那粉红色的山体里抓出一块块肉来大吃着。再看看控制台上，那一小块肉丝毫不见减少。屏幕上，拥挤的人群很快散开了，有人还把没吃完的肉扔掉，最高执政官拿着一块咬了一口的肉摇摇头。

"不好吃。"她评论说。

"当然，这是生态循环机中合成的，味道肯定好不了。"先行者充满歉意地说。

"我们要喝酒！"最高执政官又提出要求，这引起了微人们的一片欢呼。先行者吃惊不小，因为他知道酒是能杀死微生物的！

"喝啤酒吗？"先行者小心翼翼地问。

"不，喝苏格兰威士忌或莫斯科伏特加！"地球领袖说。

"茅台酒也行！"有人喊。

先行者还真有一瓶茅台酒，那是他自启航时一直保留在方舟号上，准备在找到新殖民行星时喝的。他把酒拿出来，把那白色瓷瓶的盖子打开，小心地把酒倒在盖子中，放到人群的边上。他在屏幕上看到，人们开始攀登瓶盖那道似乎高不可攀的悬崖绝壁。光滑的瓶盖在微尺度下有大块的突出物。微人用他们上摩天大楼的本领很快攀到了瓶盖的顶端。

"哇，好美的大湖！"微人们齐声赞叹。从屏幕上，先行者看到那个广阔酒湖的湖面由于表面张力而呈巨大的弧形。微人记者的摄像机一直跟着最高执政官。这个女孩用手去抓酒，但够不着。她接着坐到瓶盖沿上，用一支白嫩的小脚在酒面上划了一下。她的脚立刻包在一个透明的酒珠里。她把脚伸上来，用手从脚上那个大酒珠里抓出了一个小酒珠，放进嘴里。

"哇，宏纪元的酒比微纪元好多了。"她满意地点点头。

"很高兴我们还有比你们好的东西，不过你这样用脚够酒喝，太不卫生了。"

"我不明白。"她不解地仰望着他。

"你光脚走了那么长的路，脚上会有病菌什么的。"

"啊，我想起来了！"最高执政官大叫一声，从旁边一个随行者的手中接过一个箱子。她把箱子打开，从中取出一个活物，那是一个足球大小的圆家伙，长着无数只乱动的小腿。她抓着其中一支小腿把那东西举起来。"看，这是我们的城市送您的礼物！乳酸鸡！"

先行者努力回忆着他的微生物学知识："你说的是……乳酸菌吧！"

"那是宏纪元的叫法，这就是使酸奶好吃的动物，它是有益的动物！"

"有益的细菌。"先行者纠正说，"现在我知道细菌确实伤害不了你们，我们的卫生观念不适合微纪元。"

"那不一定，有些动物，呵，细菌，会咬人的，比如大肠肝狼，战胜它们需要体力，但大部分动物，像酵母猪，是很可爱的。"最高执政官说着，又从脚上取下一团酒珠送进嘴里。当她抖掉脚上剩余的酒球站起来时，已喝得摇摇晃晃了，舌头也有些打不过转来。

"真没想到人类连酒都没有失传！"

"我……我们继承了人类所有美好的东西，但那些宏人却认为我们无权代……代表人类文明……"最高执政官可能觉得天旋地转，又一屁股坐在地上。

"我们继承了人类所有的哲学，西方的、东方的、希腊的、中国的！"人群中有一个声音说。

最高执政官坐在那儿向天空伸出双手大声朗诵着："没人能两次进入同一条河流；道生一，一生二，二生三，三生万……

万物！”

“我们欣赏凡·高的画，听贝多芬的音乐，演莎士比亚的戏剧！”

“活着还是死了，这是个……是个问题！”最高执政官又摇摇晃晃站起，扮演起哈姆雷特来。

“但在我们的纪元，你这样儿的女孩是做梦也当不了世界领袖的。”先行者说。

“宏纪元是忧郁的纪元，有着忧郁的政治；微纪元是无忧无虑的纪元，需要快乐的领袖。”最高执政官说，她现在看起来清醒了许多。

“历史还没……没讲完，刚才讲到，哦，战争，宏人和微人间的战争，后来微人之间也爆发过一次世界大战……”

“什么？不会是为了领土吧？”

“当然不是，在微纪元，要是有什么取之不尽的东西的话，就是领土了。是为了一些……一些宏人无法理解的事，在一场最大的战役中，战线长达……哦，按你们的计量单位吧，一百多米，那是多么广阔的战场啊！”

“你们所继承的宏纪元的东西比我想象的多多了。”

“再到后来，微纪元就集中精力为即将到来的大灾难做准备了。微人用了五个世纪的时间，在地层深处建造了几千座超级城市，每座城市在您看来是一个直径两米的不锈钢大球，可居住上千万人。这些城市都建在地下八万千米深处……”

“等等！地球半径只有六千千米。”

"哦，我又用了我们的单位，那是你们的，嗯，八百米深吧！当太阳能量闪烁的征兆出现时，微世界便全部迁移到地下。然后，然后就是大灾难了。

"在大灾难后的四百年，第一批微人从地下城中沿着宽大的隧道（大约有宏人时代的自来水管的粗细）用激光钻透凝结的岩浆来到地面，又过了五个世纪，微人在地面上建起了人类的新世界，这个世界有上万个城市，一百八十亿人口。

"微人对人类的未来是乐观，这种乐观之巨大之毫无保留，是宏纪元的人们无法想象的。这种乐观的基础，就是微纪元社会尺度的微小，这种微小使人类在宇宙中的生存能力增强了上亿倍。比如您刚才打开的那听罐头，够我们这座城市的全体居民吃一到两年，而那个罐头盒，又能满足这座城市一到两年的钢铁消耗。"

"作为一个宏纪元的人，我更能理解微纪元文明这种巨大的优势，这是神话，是史诗！"先行者由衷地说。

"生命进化的趋势是向小的方向，大不等于伟大，微小的生命更能同大自然保持和谐。巨大的恐龙灭绝了，同时代的蚂蚁却生存下来。现在，如果有更大的灾难来临，一艘像您的着陆舱那样大小的飞船就可能把全人类运走，在太空中一块不大的陨石上，微人也能建立起一个文明，创造一种过得去的生活。"

沉默了许久，先行者对着他面前占据硬币般大小面积的微人人海庄严地说："当我再次看到地球时，当我认为自己是宇宙中最后一个人时，我是全人类最悲哀的人，哀莫大于心死，没有人曾面对过那样让人心死的境地。但现在，我是全人类最幸福的人，至少是宏人中最幸福的人，我看到了人类文明的延续，其实用文明的延续来形容微纪元是不够的，这是人类文明的升华！我们都是一脉相传的人类，现在，我请求微纪元接纳我作为你们社会中一名普通的公民。"

"从我们探测到方舟号时我们已经接纳您了，您可以到地球上生活，微纪元供应您一个宏人的生活还是不成问题的。"

"我会生活在地球上，但我需要的一切都能从方舟号上得到，飞船的生态循环系统足以维持我的残生了，宏人不能再消耗地球的资源了。"

"但现在情况正在好转，除了金星的气候正变得适于人类外，地球的气温也正在转暖，海洋正在融化，可能到明年，地球上很多地方将会下雨，将能生长植物。"

"说到植物，你们见过吗？"

"我们一直在保护罩内种植苔藓，那是一种很高大的植物，每个分支有十几层楼高呢！还有水中的小球藻……"

"你们听说过草和树木吗？"

"您是说那些像高山一样巨大的宏纪元植物吗？唉，那是上古时代的神话了。"

先行者微微一笑："我要办一件事情，回来时，我将给你们看我送给微纪元的礼物，你们会很喜欢那些礼物的！"

6. 新生

先行者独自走进了方舟号上的一间冷藏舱，冷藏舱内整齐地摆放着高大的支架，支架上放着几十万个密封管，那是种子库，其中收藏了地球上几十万种植物的种子，这是方舟号准备带往遥远的移民星球上去的。还有几排支架，那是胚胎库，冷藏了地球上十几万种动物的胚胎细胞。

明年气候变暖时，先行者将到地球上去种草，这几十万类种子中，有生命力极强的能在冰雪中生长的草，它们肯定能在现在的地球上种活的。

只要地球的生态能恢复到宏时代的十分之一，微纪元就拥有了一个天堂中的天堂，事实上地球能恢复的可能远不止于此。先行者沉醉在幸福的想象之中，他想象着当微人们第一次看到那棵顶天立地的绿色小草时的狂喜。那么一小片草地呢？一小片草地对微人意味着什么？一个草原！一个草原又意味着什么？那是微人的一个绿色的宇宙了！草原中的小溪呢？当微人们站在草根下看着清澈的小溪时，那在他们眼中是何等壮丽的奇观啊！地球领袖说过会下雨，会下雨就会有草原，就会有小溪的！还一定会有树。天啊，树！先行者想象一支微人探险队，从一棵树的根部出发开始他们漫长而奇妙的旅程，每一片树叶，对他们来说都是一片一望无际的绿色平原……还会有蝴蝶，它的双翅是微人眼中横贯天空的彩云；还会有鸟，每一声啼鸣在微人耳中都是一声来自宇宙的洪钟……是的，地球生态资源的千亿分之一就可以哺育微纪元的一千亿人口！现在，先行者终于理解了微人们向他反复强调的一个事实。

微纪元是无忧无虑的纪元。

没有什么能威胁到微纪元，除非……

先行者打了一个寒战，他想起了自己要来干的事，这事一秒钟也不能耽搁了。他走到一排支架前，从中取出了一百支密封管。

这是他同时代人的胚胎细胞，宏人的胚胎细胞。

先行者把这些密封管放进激光废物焚化炉，然后又回到冷藏库仔细看了好几遍，他在确认没有漏掉这类密封管后，回到焚化炉边，毫不动感情地，他按动了按钮。

在激光束几十万度的高温下，装有胚胎的密封管瞬间气化了。

江河流殇

【跨越时空的爱恋】

阿缺

一

江川足下：

……匆匆返家，得信于池畔，心稍宽。

足下信中详绘奇境，种种神幻，翔天潜海皆可为之，恐不啻神宫仙境。吾与足下知交三载，信往逾百，知足下素来辞恳意切，向不轻薄，是以虽不信，犹不疑。倘亲眼见之，自当知晓。

然两地睽违，恐此愿终不得偿，每念至此，心憾不可抑。

舒原敬禀　四月初一

江川走进幽辞馆时，老头正在看书。青褐色的书桌旁，一壶茶正被文火慢煮，壶肚里传来咕噜轻响，袅袅水汽自壶嘴升起，让馆内弥漫着隐约的香气。江川合上背后的门，喧闹嘈杂立刻被滤去。

"每次进来，就像进了另一个世界。"江川走到书桌前，"有时候想起来，老头你真会享受。"

老头抬起脑袋，笑了笑："你又来了，这次还是要我给你译成古文吧？"

"嗯，不然我也没其他的事。我可静不下心，能把一本书看完，尤其是纸质书。"江川把信拿出来，放到书桌中间，然后坐到一张楠木圈椅上，惬意地把背靠上去，"你在看什么书？"

"一本词集。"老头把书合上，让江川看见封面，"《姑溪词》，南宋李之仪写的。"

"南宋……"江川仔细思索了一下，"那是一千多年前的朝代了，这么长的时间，还能流传下来，真不容易。"

老头摘下老花镜，揉揉眼睛，然后又戴上，拿起江川的信："是啊，文字是很神奇的东西，不管过多久，都能顺着时间的河流漂下去，流传到想看它的人手里。"

江川一愣，手臂上肌肉跳动，他伸手揉了揉。老头只顾着看信，没有抬头。

"你这次写得有点多，要全部翻译吗？"老头说。

"嗯，这难不倒你吧？"

老头没有说话，拿出一支乌青色的钢笔，蘸了墨水，铺开宣纸。接下来的四十分钟里，整个书馆一片寂静，只有笔尖划过纸面的沙沙声，像风掠过树叶。

江川等得无聊，拿起《姑溪词》。这本书有年头了，虽然经过保养翻修，但岁月的侵蚀还是让书页一如迟暮的容颜。江川很喜欢翻页的感觉，粗糙的页边摩挲着指尖，似是不舍。只是上面的文字让他犯了难，生僻字多，读起来很是吃力。他快速翻动，词集本不厚，很快就翻了一大半。

"词要一句句品读，读了还要想，这样才能品出其中的滋味。"老头译完了，把宣纸递给江川，"很多古代词人，为了写词，经常茶饭不思，花上好几天才写出一句。"

江川挠挠头，不好意思地放下书，拿过宣纸。像以前很多次一样，他很满意老头的翻译。

老头把茶壶取下，倒了两杯。茶香更加浓郁了，江川不由吸了吸鼻子。

喝完茶，江川把信折好，然后把手指凑近书桌前的感应区，输了几个数字。

"你给多了，几乎多了一倍。"老头拉住江川的手，想把数字又输回去，"你来过这么多次，而且每次都是译信这样风雅的事情，我不应收你钱的。"

江川抽回手，拍了拍老头的手腕："再风雅，也要吃饭。我每次来，你这里都几乎没有生意。现在看书的人不多，看古书的尤其少。你总要有收入。"

"我的书值不少钱，要是肯卖，这样的古书还是有人愿意收藏的。"老头愣了一下，争辩说。

江川知道老头说的是实情，但他只是笑笑，收好信，走出幽辞馆。

刚出馆门，一股闷躁之气扑面而来，江川脸上的每个毛孔都闭上了。

他紧绷着脸，招了一辆无人飞的，然后闭上眼睛。飞的在高楼间穿梭，阳光穿过阴霾的云层，透过车窗，照在江川脸上。阳光的温度与机械散的热不同，带着柔软。他的脸慢慢在阳光抚摸下放松开来。

空中的飞的很多，交管系统一刻不停地安排最优化线路，饶是如此，他还是花了很久才到市电视台。飞的直接把他送到了位于高楼层的演播厅。

"你怎么才来，节目都快开录了！"刚进演播厅，一个硕大的脑袋便伸了过来，对着江川劈头喝道，"快去化妆！"

江川皱了皱眉，眼前的胖子姓李，人称肥头李，是节目制片人。江川对他的能力很不屑，但肥头李后台硬，是节目组里最不能得罪的人。

化妆没用多久，毕竟底子好，怎么化都是主持人的样子。肥头李又转头调度现场，观众被拉过来挤过去，彩灯的光柱四处乱晃，人影纷乱，乐队则被逼着调试音质，越忙越错。整个现场乱得如同煮沸的汤汁。

江川站在角落，扬起嘴角，无声地笑了起来。他的视线落在了休息区一个女选手身上，准确地说，是落在她的衣服上。那是一件雅致的民国旗袍，绣着墨绿色云彩，硬领无袖，露出细白的脖子和手臂。旗袍的衩开至小腿，玉一般的肌肤掩映在轻柔布料下，若隐若现，像被流云遮住的皓月。江川最后才去看女选手的脸，不算美得惊心动魄，但五官清雅，楚楚动人。

江川就这样看着，失了好一会儿神。

最后，导演实在看不过去了，让一个女场记把肥头李拉走。导演亲自指挥，不到十分钟，各方面都已准备妥当。随着音乐的响起，节目正式开录。

这是一档选秀节目，两百年来，观众一直对观看这样的节目极为热衷。江川便是以此为生。

舞台上的江川是另一个人，谈吐得体，机锋频出，带着选手依次走完节目环节。这样的流程他经历过无数次，早已熟悉，虽然笑容满面，但心底平静得如同死水。这种心境直到那个叫吴梦妍的女选手上台时才有所改变。看着她缓缓走近，如一片云，他再度失神。

因为主持人的走神，这条不得不重新拍。吴梦妍看了江川一眼，低头下台，然后把款款上台的场景再录一遍。这种低级失误让江川脸红，但他诧异的是，肥头李居然没有趁机嘲讽。他用眼角余光扫视，发现原来肥头李正盯着吴梦妍看，无暇找自己麻烦。

接下来的节目顺利录制。江川发挥了自己的职业素养，提出的问题圆滑而尖刻，不着痕迹地满足了观众的窥视欲望。只是，吴梦妍显然毫无经验，总是红着脸，紧张地低头，不知怎么回答。这种窘迫其实是观众最愿意看到的，然而江川默默叹了口气，没有继续深挖，并且在很多地方帮她巧妙地带了过去。

或许是运气不错，或许是她那身复古的旗袍让人喜爱，节目录到最后，现场观众给了吴梦妍一个不错的分数，使她得以晋级。

录完后，所有人都长舒了口气，愉悦地准备收工。江川摘下耳麦，独自走向卫生间。他性子冷，工作这么久，却与这里的人都不熟悉，从不参与他们的娱乐。

在卫生间门口，他意外地碰见了吴梦妍。可能是刚卸完妆，她脸上红扑扑的，还带着水珠。她也看见了江川，愣了一下，低头擦肩而过，发尾留下一抹香味。

江川转头，看着她的背影，旗袍勾勒出来的身姿如一袭流水。

吴梦妍在走道的转角处被一个人拦下了。江川下意识地向卫生间门里移了移，眯眼看去，他看到一个硕大的身影横在走道尽头，不用看脸也知道是肥头李。肥头李把吴梦妍拦住，往她手里塞了一样东西，并悄声说了些什么，然后带着莫名的笑意离开了。

江川看得很清楚，塞在吴梦妍手里的，是一张纸条。

二

江川足下：

……宴后，父大怒，责以藤条。自战事频起，世道艰辛，父勉力持家，终日惶忧，欲以豪族之姻保族内稳固。然良人未遇，吾心不甘，责打之下未有一言。母终不忍，哀声劝谏，父乃束手而去。

舒原敬禀　九月十六

"出事了。"

江川早上一醒来，就看到了通讯频道上的这三个字。全息屏幕还显示了发信人的姓名——刘凯。江川头皮一阵发麻，连忙回拨过去。

很快，一个头发杂乱的人像显现出来，神情憔悴而惶急，"快，到我的实验室来！"他的头像后还有别的人影，似在走动，夹杂着重物移动的声音。江川刚要询问，"吱"的一声，刘凯的头像已经消失了。

他只得披上一件衣服，匆匆赶往刘凯的实验室。

天气阴沉，厚厚的云层积压在低空，似乎伸手就能摸到这些灰色的水汽。江川按着额头，一直看着车窗外，视野里都是灰蒙蒙的。

好不容易赶到，刚下飞的，江川的眼皮就猛地一跳——几个警察围住了实验室！

"你就是他找来的人？"一个警察迎出来，扫描江川的手指，确认了身份，疑惑地说，"我以为他至少会给律师打个电话的。咦，这个名字，江川……好熟悉，好像在哪里听过……"

江川冲警察笑笑，"我是他大学同学，毕业后一直联系，关系不错，所以有事他都找我。那，他到底怎么了？"

"附近的居民举报他，"警察努力回忆着"江川"这两个字，随口答道，"好几家居民的宠物失踪了，有人说亲眼见到一只良种狗进了他的实验室——见鬼，我怎么就想不起来了——然后就再也没有出来过。狗的主人找他，他不理会，就干脆报警了。"

"那你们在实验室里找到什么没有？"

"除了那些奇奇怪怪的机器，"警察抓抓头，"连根狗毛都没有……"

江川点点头。警察没有证据，不会很麻烦。他说了声"谢谢"，走进实验室。

刘凯正坐在实验室里，紧张地环顾四周，不时冲着某个搬东西的警察大声喊道："嘿，那台粒子分析仪不要动，线圈一旦弄混，整个仪器就坏了——该死，说你呢，别乱按，我花了三个月收集的数据，按错了就得全部重来……还有你，对对，就是你……"几个警察都对他怒目而视。

江川走过去，把头凑近到刘凯耳边，低声道："给我闭嘴！"

刘凯立刻合上嘴巴，在接下来的调查取证中，他始终没有说一句话。

由于找不到证据，警察只得悻悻收工，给个警告了事。江川一直点头道歉，连声说是个误会，目送警察走远。

警务飞车排着青烟，缓缓上升，到半空时又停下来。车窗降下，一个头伸出来，对江川大声道："我终于想起在哪儿听过你的名字了——嘿，你主持的那个选秀节目真无聊！"

"慢慢吃，"江川扣了扣桌面，小声提醒，"这里是餐厅，不会少了你的饭菜。"

刘凯依然埋头吃喝："我连着做了三天实验只吃了几个面包，当时不饿，现在一闲下来，肚子就像绞肉机在绞一样。"他一边咀嚼一边说，声音含混，江川花了好大一会儿才听清。

"你太拼命了。"他缓缓舒一口气，端起红酒杯，"那，有什么进展吗？"

"还没有，超光速的研究太复杂了，即使采用曲率振动，也难以实验。毕竟我的实验室只有我一个人。"说到这个，他脸上的神情低落下来，吃东西的速度也变慢了，"白鼠都被用完了，我懒得出去买，恰好几只宠物狗跑进来，我就用它们做了实验，全失败了……"

"以后不要再这样了，这次是运气好，要是警察再细心一点，知道我们研究的是什么，就有大麻烦了。"江川扣了扣桌子，语气透着失望。

"那你得再给我些钱，去买新的实验动物和仪器。"

"嗯，回头我给——"江川突然顿住，眼睛盯着餐厅大门方向，那里，走进来一个熟悉的人影。

是那个叫吴梦妍的女选手。她仍旧穿着民国款式的旗袍，只不过换了种花色。江川心里一动。顺着她的视线望过去，果然，在餐厅的西北角落里，他看到了一身西装的肥头李。

"你在看什么？"刘凯放了一块肉在嘴里，声音再次模糊。

江川没有回答，他端着酒杯，若有所思。早就听说过肥头李经常约漂亮的女选手，用制片人的身份许诺晋级名次，然后一夜风流。那么，昨天肥头李塞给吴梦妍的纸条，恐怕就是今晚约会的地址了。

这种潜规则在电视行业里早已不是新闻。事实上，节目的很多冠军都是靠权钱色交易取得的。江川只是主持人，利益链里无关紧要的一环，他清楚自己的身份，从不过问。但现在，看着吴梦妍走过去，他的心像是落下了一片羽毛般，空荡荡的。

"没什么，只是一个熟人。"江川转过脸，以免肥头李看到自己。

吃了一会儿，西北角突然传来一阵响动。整个餐厅的人都向那边看去。江川忍不住回头，看到吴梦妍和肥头李都站了起来，后者抓着前者的手腕。"放开！"吴梦妍的音调不高，但很沉，隔着大半个餐厅，江川都能清楚地听到。

在所有人注视下，肥头李的脸色很难看，他凑到吴梦妍脸前说："既然愿意来，还竖什么牌坊？"

"你放手。"吴梦妍的脸憋得通红，但说出的每个字都沉得像铁。

这时侍者走过去问："出了什么问题吗？"

肥头李意味深长地笑笑，嘴里轻哼一声，慢慢松开了手。吴梦妍转身推开侍者便走，她低着头，脸上潮红未消，迅速出了餐厅。

肥头李挥手让侍者走开，愤愤地又坐下来。

江川抿了一口酒，让醇香在口中融化。

第二轮选秀时，吴梦妍表演的才艺是唱歌。她抱着吉他，在灯光昏暗的舞台上，自弹自唱，声音轻柔绵软，旋律如絮，飘满了整个舞台。一曲终了，观众回报了持久的掌声和欢呼。

但这一轮，她被淘汰了。

她似乎也料到了这个结局。晚上的节目录完后，她背上吉他，独自出了电视台。她没有招飞的，而是乘电梯到了最底层，走到大街上。此时已晚，大多数人都选择坐飞的，空中被拉出一道道光弧。街上行人寥寥，只有老式路灯默默发出黄光。

江川站在高楼边，透过深色玻璃，看见吴梦妍的背影如一片小帆，慢慢隐去。

三

江川足下：

……三子二女，母独爱我。今母弥留，吾泣泪于母前。

足下亦养于父生于母，吾之哀切，必能体察。若足下身陷此境，当如何处之，告我知否？

舒原敬禀　五月初九

"都这么晚了，你还过来？"老头正准备关门，一转身，看到了身后的江川。

"来都来了，就让我喝一杯茶吧。"江川微笑着走进去，"反正我一个人住，什么时候回去都不要紧。"

老头叹了口气，放弃关门，进屋烧开了茶炉。不一会儿，"咕咕"声就响起来了，清香弥漫。"说回来，你好像总是一个人。"老头站在茶香中，摆好茶具，"怎么不去找个女朋友呢？以你的条件，要找个好女孩子，应该不难的。"

江川闭上眼睛，使劲吸了口茶炉冒出的香气，然后缓缓吐出来："好女孩很多，可是……"他迟疑了一下，终是说了出来，"我有喜欢的人了。"

"是那个写信的女孩？"

江川浑身一抖，睁开眼睛，老头的面孔在氤氲的茶汽后看不真切。

"我已经老了，孤家寡人，能陪我的只有这些更老的书。"老头转过脑袋，看向周围书架上的古籍，眼神温柔得不像一个花甲老人，"但我年轻过。我知道两个人，是不能靠书信在一起的。"

江川点头："我明白你的意思，可要找到她确实很难，只是……我忘不了她。"

"如果不能遇见，就放了吧！总是一个人，也很辛苦的。"老头轻轻叹口气，"你总说我洒脱享受，但自从老婆子去世后，我就没有真正高兴过。我不想你也这样。"

江川默然。这时茶煮开了，壶盖被顶得连连跳起，白汽袅袅而上。老头不再说话，将茶注入杯里，闭目细品。

出了幽辞馆，江川伫立在天桥头，茫然若失。他面前的夜空被飞行器划过无数道光的流影。建筑隐在光影后，看上去只是模糊的影子。他抽出折好的宣纸，夜色里看不清字迹，但他知道上面写了什么。那是他写给舒原的。宣纸在夜风中轻轻抖动。

他想起了老头说的话，不禁苦笑。刘凯离实验成功还遥遥无期，或许，根本不会成功。那他可能一辈子都见不到舒原了。

站在夜风吹拂的天桥头，他想了很久。

第二天上班之前，江川找到了节目统筹，说想看一下参赛选手的详细资料，便于现场发挥。统筹点点头，去资料室复印了一份。江川拿着资料单，手指划过，很快，他的指尖停在了"吴梦妍"这一栏上，记下了她的电话。

犹豫了几个月后，江川拨通了这个号码。又过了半年，吴梦妍搬到了江川家里。

对于生活中多了一个人，江川开始时有些不习惯。但吴梦妍是个好女孩，体贴温婉，包容着江川多年独身积累下来的怪习惯——比如书房角落里放着一个奇怪的铁箱子，除了江川自己，任何人都不能碰；比如他总是默默写信，然后去让一个老人译成文言文。

从这些情况看来，吴梦妍隐约猜到江川有个笔友，她问过，得到的答案却只是沉默。

"是你以前的女朋友吧？"她没有过多计较，只说，"你们可以保持联系。但是……你现在的女朋友是我啊！"

"我知道。"江川点点头，忍不住问了那个一直压在心底的问题，"那次为什么去赴肥头李的约？他不是好人。"

"我知道。可是我很需要那笔奖金，我也明白那张纸条代表着什么。但当我真正坐在肥头李面前时，才知道自己做不到……"

"为什么需要钱？"江川追问。

"爸爸的肝坏了，医生说可以换一个人工仿生肝脏，可我付不起医药费。"

"我可以给你，我有很多，这些年我自己就支撑着一个实……"江川停下来，没有把后面的话说出口。顿了顿，他说，"我可以帮你的。"

"已经……用不上了。"吴梦妍抬起头，眼里噙满泪水，

"比赛后的第二个月，爸爸就……"

"对不起。"江川把她拥入怀中，亲吻她垂泪的眼睫。

打这以后，江川慢慢改正了自己的怪习惯，尽量少躲在书房里，也不再总是写信。但这样刻意的压抑，一时间让他无所适从，他经常下意识地摸摸胸口，感觉不到宣纸的存在，一阵惊慌之后才意识到是自己没有写。上班时也总是心不在焉，在摄影机前说着说着，突然莫名地停了下来，所有人都诧异地看着他……

很多个夜里，他习惯性地起床，拿起床头的笔，想走到书房里。但一看到身边熟睡的女孩，他便站住了。窗外透过微弱的光，他看见吴梦妍的鼻子一抖一抖，嘴角含笑，似乎进入了美好的梦境。他在黑暗中轻轻叹口气，放下笔，又慢慢躺下。

一个月过去了，他没有再写信，也没有把自己关在书房里。但煎熬丝毫未减，他恍惚的次数越来越多，工作频繁出错。

这一天，在又一次走神后，肥头李气势汹汹地冲上台，指着他的鼻子大骂："你他妈怎么回事？老是犯这些低级错误，你知不知道每一次重录要花多少钱！不想干了，就给老子滚！"

自从江川与吴梦妍恋爱之后，肥头李越发看不惯江川，总是找借口刁难，让他难堪。而江川的失误给了他很多机会。看着肥头李满脸横肉抖动的样子，江川愣了一下，脑中突然想起那个警察临走前冲他喊的话。

他以为自己忘了那句话，可这一刻，那每一个字都在他耳边炸响，如雷似涛。

江川低下头，小声说："对不起，再也不会了……"

这下轮到肥头李发愣了。他从没见江川这样温顺过，呼吸一顿，忘了接下来要骂的话。几秒过后，他哼了一声："知道就好！再做不对，立马收东西走人。"他狠狠盯了江川一眼，凑过去，压沉了声音，"以后干好自己的活，不要跟我抢食，不然没你好果子吃！"

说完，他得意地转身。整个演播厅突然响起了一阵低呼。一只脚从后面踹去，巨大的冲击力让肥头李向前一个趔趄，在空中停滞了两秒钟过后，他的鼻子率先接触到了地板！

四

江川足下：

……家中钱财散如流水而聚若飘絮，今尽遣仆役，庭府之寂清堪比孤坟。吾居家不出，而足下书信不至，唯读书以消时光。一日，读端叔①之词，见江妲之句，感触颇深，至于泣下。

念足下之别，吾生当无涯。

舒原敬禀 一月初三

失去工作以后，江川心情更加糟糕。为了缓解这种恍惚和焦虑，吴梦妍报了一个旅游团。江川本不愿去，但禁不住她期切的

---

① 端叔，即李之仪。

眼神，便点头答应了。

旅行团包了一条老式邮船，沿长江而下，让游者们见一见这条生命之河周边的风土人情。江川从没有在船上待过这么长时间，晚上睡不着，便披着衣服，和吴梦妍一起站在船头眺望长江夜景。江边的发展已然颇具规模，两岸灯火辉煌，只有河面黑寂如墓。这条河流已经没落，除了观光船，再没有船只航行其上。

吴梦妍不关心夜景，但站在江川身边就让她心满意足。她挽着江川的手，发丝在夜风中浮动，有几缕在江川脸庞拂过。

邮船从上海起航，要在七天内开到重庆。到了第五天，船只已经到了荆州境内，船下水势变大，滚滚水流泛着白沫。导游站在船头，大声讲解："长江到了荆州，地势变化，水流也急促了很多。大家看这水，滚滚向下。千百年来，长江水一直向下流去，犹如时间，从不断绝。江面上承载的一切都顺水漂流，再也不能回头，就像我们一样……"

游客们望着船下的水流，纷纷点头，感慨不已。只有江川转身望着身后，江雾缥缈，吞噬了他的视线。"不对！"他突然大声喊了起来，"水不可能总是向下流去的！"

所有人的目光都汇聚到他身上，吴梦妍拉了一下他的袖子。但他像是压抑许久之后的爆发，没有理会，上前一步，对着导游说："如果水永远往下流，那么，即使是长江，也要干涸的！水向下流动，是因为重力，但是，肯定会有别的办法能够逆反方向。河上的东西也不会永远只是随水漂流，就像这条船，开动发电机，就可以反过来航行！"

"先生，你……"导游愣住了。

江川打断他，江风刮过来，吹得他头发凌乱。他满面通红，继续说："总有一天，河水将要倒流，上游变成下游，左岸变成右岸①。我们逆流而上，可以再回头……"

他激动得浑身颤抖，唾沫四溅，对别人的侧目毫不在意。吴梦妍从没见过这样的江川，她不明白是什么让他变得如此激动，这一刻，她突然觉得自己从未了解过这个男人。

那之后，江川提前结束了旅游，在下一次停靠时便匆匆下了船，回到家里。他的心情愈发烦闷，吴梦妍好几次试图安慰他，但都没有作用。所幸，没过多久，江川的情绪终于有了改变。

那是在一个雨夜，乌云汇聚，雷声在高楼间咆哮。他们正准备休息，突然门被"咚咚咚"地敲响。吴梦妍皱了皱眉，起身去开门。

"我成功了，我把——"门刚打开，一个声音就兴奋地响起来。吴梦妍被吓了一跳，看见门外是个干瘦的陌生男子，没有打伞，浑身都在淌水。男子看见她，也吃了一惊，把后面的话又咽了回去，然后，他结巴地问："这里，是江川的家吗？"

这时江川也下来了，看见门外的男人："刘凯，你怎么……进来再说。"

刘凯绕过吴梦妍，湿淋淋地走进屋来，再度兴奋地说："我的实验成功了！"他正要再说，却看见江川使了下眼色，便又住嘴了。

---

① 按水力学规定，从上游往下看，左手边为左岸，右手边右岸。若长江逆流，则左右岸应互换。

"去我书房吧！"

吴梦妍看着两个人走上楼，张张嘴，却最终什么都没说。屋外雨声淅淅沥沥，延绵不绝。一股不祥的感觉突然笼罩了她的身体，她抱住肩膀，抖了一下。

这一整夜，江川都没再回到房间里。

吴梦妍不记得刘凯是什么时候走的了。她只知道，从那一个雨夜开始，江川便开始了早出晚归的生活。每天清早就匆匆出门，晚上则带着一身疲惫回家，要么倒头就睡，要么又把自己关在书房里，直到夜深。

她问他，得到的却只是疲倦的摇头。

其实，她知道江川每天去的地方是个小实验室，和刘凯一起。她耐心地等待，希望江川什么时候能坐在她面前，好好跟她讲出实情。然而，这种等待在日复一日的孤单中变得越来越沉重。

终于有一天，她目送江川的身影匆匆隐进晨雾中后，来到了书房。她径直来到那个奇怪的箱子前，直觉告诉她，所有关于江川的秘密都在这里面，她无声无息地按出了密码——她和他在一起了这么久，知道他所有类型的密码都是相同的数字。

果然，箱子发出"格格"的齿轮转动声，箱盖弹开，露出里面精细诡谲的构造。箱底是一层银白色的蜂窝状孔层，孔中有蓝色尖锥，幽幽反光；箱壁两侧是纯黑的电路板，线路密集而有序，她敲了敲，响声沉闷，这说明里面还有更复杂的结构。她想不明白这奇怪的箱子有什么用，最后，她的视线落在箱盖上。

箱盖中间有个条状凸起，她轻轻一推，"咔"，凸起下滑，露出了里面的暗格。格子不大，里面装的全是白纸，整齐地叠着。她的右眼皮跳了一下，顿时想起江川以前每日写信的习惯来。

接下来的十分钟里，吴梦妍一直站在箱子前，她眉头紧皱，眼睛盯着那堆信件。上午的阳光透过窗子照进来，灰尘在光线中缓缓游动，一些光射进箱子里，像被吞进去了一样。

终于，某些情感占了上风。她拉上窗子，打开灯。所有的信件都被放在书桌上。她按顺序拆开，一封封阅读。上面是都是些古文，她读起来有些吃力，于是打开了电脑，进入搜索界面，遇到不认识的字便查阅。整整一个上午，她都坐在书桌前。

读完后，她面无表情，拉开窗帘，阳光扑面而来，将她整个身体都笼罩住。她却只觉得身上寒冷。

当晚江川回来后，如往常般潦草地吃了些东西，然后进了书房。一分钟后，他走出房间，来到吴梦妍面前，"你翻我的箱子了？"

吴梦妍怔怔地抬起头，张张嘴，却说不出话来。于是她只能点点头。她突然想起，没有把电脑里的查询记录删除。但这已经不重要了。

"对不起。"江川说，"但是，我做不到放弃。"说完，他再次转身向书房走去。

"你……你甚至都不愿意解释一下吗？"吴梦妍的声音有些干涩。

"你都看过了，我解释也没有用，是我对不起你。"

"那么，你一直爱的都是……一个民国女孩？"她艰难地问出口。

江川陡然站住，缓缓转过身来："是的。我知道这不可理喻，但，是这样的。"

"你爱上了一个从未见过的人，一个甚至跟你生活在不同时代的人？"吴梦妍一反往日的温顺，声音渐渐大了起来，"告诉我，这究竟是怎么回事，我算什么？"

江川苦笑，往事纷至沓来。事实上，如果可以，他也想正常地生活，可已然迟了，这一切在他读到那封信时就已注定。那时他大学还没毕业，一家研究中心研制出了时空通信技术。他们写了一封信，投影到过去，很快，这封信得到了回应。那是一个十五岁的小姑娘，她看不懂信上的简体字，充满好奇地询问这封信来自哪里。而这个小姑娘回信的时间，是1928年，两百多年前。

一时间，整个社会沸腾了。但冷静下来之后，人们开始了恐慌——一旦时空平衡被打破，整个因果链将重新排列，甚至断裂，熟悉的世界随时可能被篡改。人们举行了大规模游行，政府也迅速回应，强行关闭那家研究中心，并立法案将任何试图打破时空平衡的研究视为违法。事情渐渐平息下来，生活依旧继续，这似乎只是时间长河中一圈小小的涟漪。

但有两个人被这圈涟漪改变了。一个是刘凯，他原本主修空间理论，对时空相当痴迷，时空通信的出现为他打开了一道门，使他的痴迷更加浓厚了。另一个则是江川，他感兴趣的，是那封从两百年前寄过来的信。报纸上刊登了这封信，只有百余字，有些语句读起来还很绕口，但他仍能从信中看出小姑娘的活泼与好奇。研究被禁止后，没有人再去理会这个等待回信的女孩。江川经常做梦，梦见一个穿素白色衣裙的女孩站在河边，深情期待。这个梦境反复闯进他的睡眠里，让他每每午夜梦回，再难入睡。于是，他决定自己给女孩回一封信。

江川和刘凯约好，继续研究时空通信。江川继承了父母留下的大笔财产，自己还去电视台担任主持人，丰厚的遗产加上不菲的薪水，使得这项违法研究得以维持下去。

"于是我成了刘凯的实验资助人。他是个天才，自己一个人钻研，很快就复制出了时空对话的技术。我书房的箱子就是接收器，能把舒原写的信投影过来，打印在纸张上。"江川慢慢地说，"于是毕业后不久，我就能给舒原回信了。然后，我们经常通信，她生在民国，女孩子多半都没有受到很好的教育，但她喜欢写文言文，我就去书馆里找人把我的话译成古文再寄给她。我刚开始只是觉得新奇，但，后来……"

"后来你爱上了这个女孩。"吴梦妍苦涩地扬起嘴角，把他后面的话说了出来。

江川顿了顿，眼睑垂下来，"我也没想到，但写信越来越多，我就慢慢陷进去了。舒原是个好女孩，虽然我没有见过她，但从她的信中，我感到了她的……"他停下来，眼神从回忆的迷离中清醒，"是的，我爱这个生活在过去的女孩。"

"那我呢？你追求我，只是为了掩人耳目或者缓解寂寞吗？"

"不是的！"江川摇头，"我自己也觉得这样很糟，我不能靠写信过完一生。所以，我打算放弃，想找个人好好生活。"

吴梦妍眼中蒙上了一层雾，她拼命忍住："说什么好好生活，你现在每天出去，回来倒头就睡，算是好好生活吗？"

"因为刘凯的实验有进展了。"江川犹豫了一下，咬咬牙，"我们的研究目的，不仅仅是进行时空对话，他——他想让时间逆流，回到过去！而这也是我的想法，我想去民国，见一见舒原。"

吴梦妍睁着眼睛，泪水流下而恍然不觉。她盯着江川看了很久，喃喃地说："这不可能，时间旅行从来没有成功过……"

"但刘凯确实做到了。他把小白鼠成功送回了过去，我想很快，就可以进行人体试验了。这些天我都在帮他，我亲眼看到的。"

"这不可能……"吴梦妍后退一步，他们的距离似乎被这一步无限拉大，隔着泪雾，她突然看不清江川的脸。最后，她轻轻地问，"那个民国的女孩子，她，她也爱上了你吗？"

"我不知道。"

五

江川足下：

自七月始，每夜听闻炮火轰鸣，隐觉不祥，不意所料成真。昨战事尤烈，屋房震颤，未几，守军战败，贼寇入城，至此直沽尽数陷于敌手。

…………

吾未敢出户，但闻窗外妇孺哭泣之声，可知贼寇烧杀劫掠

等若寻常。津门之地，已沦为鬼蜮。吾终日藏匿，不知何时可
见天日。

舒原敬禀　八月初三

吴梦妍离开了。

江川没有挽留，只是帮她收拾好行李。她的东西不多，江川
沉默地看着她的身影渐渐消逝在晨雾中。他们没有道别。

这之后，江川几乎住进了实验室。他虽不算专科出身，但这
些年来一直在读有关时间旅行的论述，在许多细节上都可以帮助
到刘凯。刘凯的实验原理基于斯蒂芬·威廉·霍金在一百多年前
提出的理论——时间就像一条河流，在不同地段有不同的流速，
某些特殊环境下，时间将会流得很慢。而刘凯做的事情，不仅仅
是让时间变慢，还有找到可以逆流的河段。

"这在大自然中也是存在的，在一定环境下，江河可以逆
流①。同理，时间也能溯洄。"在那个雨夜，刘凯脸上的兴奋被雷
电照亮，"我之前一直把精力花在突破光速上，相对论证明了它
的可行性，我们能把信通过这种方式传回去，但生物不行，需要
的能量太大。我用了几年时间，一无所获，直到昨天，我把玻璃
罩撞破了，一只白鼠从破洞里钻了出来，我突然想到了，或许可
以试试虫洞！"

他的转向是正确的。无处不在的量子空洞比超光速要容易得

---

① 比如在2012年9月，飓风压境时，密西西比的巴吞鲁日港口河段就发生过剧烈
河水逆流现象。

到，他用高能粒子将之轰开，把一只白鼠送了进去。白鼠进入了时间逆向流段，几分钟之后，它出现在了三个世纪之前的伦敦街头。当刘凯看到显示屏上烟锁雾笼的伦敦时，惊喜得浑身颤抖，迫不及待地找到了江川。

但接下来又出现了新的难题——实验的成败完全是随机的。同类的白鼠，一只缺了右前肢，一只挂了脚牌，结果却只有前者能被传送，后者消失在了混乱的时间洪流中。相同的结果也出现在非生物实验上，一根木头能被传送，瓷砖却不行。

其中有个用衬衫做的试验，能把衬衫传回五十年前，但不能传回五百年前。他们认为这是因为五百年前没有衬衫，然后得出结论：时间旅行不能把一件物品传回到产生年代以前。但第二天，江川试了试，发现可以把这件衬衫传到五千年前。他们得出的结论瞬间被推翻。

他们这些天几乎都在做对照实验，试图找出成败的规律。然而整整四个月，除了越来越杂乱的记录，他们没有任何进展。

终于，看着球鞋的实验失败，江川颓然地叹了口气，瘫坐在一堆实验材料上："我们肯定有什么地方弄错了，不能这样继续下去，得静下心来想一想。"

"不，是实验次数太少，才两千多次而已。"刘凯头也不回，不断调整仪器，"所有科研的成功，依靠的都是大量实验，没有捷径。"

江川叹口气，疲惫如潮卷来，整整两个月都没睡好觉了。他躺在材料上睡着了。醒来后，刘凯依旧忙碌在复杂的仪器中间。他劝了几句，没有得到回应，再度叹气，起身走出了实验室。他渴望能实验成功，但这需要冷静的头脑，休息一下是很有必要的。

回到家里，他打开书房的箱子，里面积压了不少信件。他把仪器跟舒原的生活时间同步了，也就是说，舒原已有两个月没有收到他的信。他一封封拆开，刚开始舒原好奇地问他怎么没有回信，后来语气变得哀婉了，再后来，她不再询问，只是叙说自己的事。

彼时舒原所在的年代是1938年，烽烟四起，舒家散财保命，家道已然中落。在信中，舒原描绘了直沽之地的惨状。这让江川眉头紧锁。十年来，从信件中，他几乎是看着舒原由一个大户千金没落成民间女子的。而她身处的天津，当时是日军占领地，想必处境更为艰难。

休息了几天后，他带上写好的信，准备去找老头。可是等他到了，才发现幽辞馆已经不见，取而代之的是一家歌舞厅，即使是上午，里面仍灯红酒绿，嘈杂不堪。江川在门前站了许久，走进歌舞厅。吧台前的负责人告诉他，因为生意不好，老头没有资金维持幽辞馆，所以卖了门面。

"不可能，"江川难以相信，"他有那么多古书，随便拍卖一本都是一大笔钱！"

负责人摇头："我也这么想，可是他把所有的书都捐给图书馆，自己一个人回老家去了。没人知道他老家在哪里，只听说是在很远的地方。"

江川恍然，的确，老头宁愿把书捐了，也不会为了钱而转让给那些附庸风雅的收藏家。他怅然地点头，转身欲走，负责人突然叫住了他："等等，你很面熟，你是那个——以前那个主持人吗？"

江川停下，转头不解地看着他。

"是你！等一下。"负责人在吧台底下拿出两本书，递给江川，"他留着两本书没捐，让我转交给你。他说你一定会来的，让我告诉你，"他想了一下，"原话是这样——'抱歉，以后不能帮你译信了。不过，民国其实是可以用白话文的，你自己能写。'应该没有记错，你知道这句话是什么意思吗？"

江川微微一颤——他早该想到，老头帮他译了这么多年的信，靠猜都能知道到他和舒原的事情。他没有回答，默默接过那两本书，书名分别是《姑溪词》和《津门遗恨》，前者他见过，是一本宋词集，后者却从未听说。

在回去的飞的里，江川仔细翻看这两本书。老头特意留给他，肯定是想说些什么。他先看的是《津门遗恨》，出版于一百多年前，记录了侵华日军在天津的暴行。好在这本书是用简体白话文写的，他一页页翻下去。书中列举了大量史实，揭露战争背景下日军的惨无人道，肆无忌惮地坑杀、奸淫、抢掠天津人民。

江川越看眉头锁得越紧，书里强烈的反战情绪感染了他。书不厚，很快翻到末尾一章，这章讲述的是日军强拉中国妇女去当慰安妇，不少人宁死不屈，其中十七个有气节的女子同时投井自杀，没让日军得逞。这十七个女子的名字都被列了出来。

江川扫了一眼便翻过去，额头上的青筋突然跳了一下，好像遗漏了什么。他怔然半晌，手指颤抖着把书页又翻回去，逐一扫视那十七个名字——

舒原！

空中飞的突然转向，飞快地向实验室驶去。一路上，江川攥紧拳头，指节被握得泛白。

到了实验室，他开门进去，刘凯还在红红绿绿的指示灯间埋头研究。"找要做人体实验！"他急促地说。

刘凯转过身，花了好一会儿工夫才明白他的意思，摇头道，"不行。现在还不清楚实验成败的规律，不能用人体做实验。而且，也没有志愿者。"

"有，"江川直视着刘凯的眼睛，"我来当志愿者。"

"你疯了？"刘凯一愣，"这些年来我什么都听你的，但这件事不行，太危险了。失败的实验中，物体要么被冲到时间河流之外，要么被时间的张力撕碎，只有很少一部分能原地不动……"刘凯指着那台硕大的机器大声说，唾沫横飞。

"舒原就要死了！"江川扳住刘凯的肩膀，"快送我过去！"

刘凯猛然愣住，过了半晌才结巴地说："不……不是的，她早就死了，在两个世纪前就死了。你不用现在回去……"

"不要再废话了，我再说最后一遍——送我过去！"

刘凯正要再说，实验室外面突然警铃声大作。江川浑身一凛，向窗外看去，只见十几辆飞行器盘旋在屋子四周，许多警察跳下来，持枪拿棍，迅速包围过来。

"快！打开机器！"江川瞬间反应过来，连忙把实验室的门反锁，回头一看，见刘凯还在犹豫，"警察发现了，快点，不然就真的来不及了！"

刘凯被突然的变故惊得呆了，站在原地。江川咬咬牙，索性自己跑到仪器前，一连打开了好几个开关，指示灯顿时如星辰般闪烁起来。电流"吱吱"的窜动声在狭小的空间里响着。几个电子突触的尖端吞吐出电芒，逐渐合围，形成了一个两米方圆的光圈。

这便是时间长河中的逆流河段。

一切过往，都能重现；所有追悔，均可挽回。只要进去，便能溯游而上。过去即是未来，回忆不再可靠。

但从来没有人来试过。

"快把门打开！"门外响起警察的声音，"你们涉嫌非法研究，严重威胁人类安全。但现在住手还来得及，把门打开！"

江川充耳不闻，只盯着光圈看，眼中似要冒出火来。进去之后，也许能回到民国，更可能的是死亡。但他必须进去，哪怕只有一丝成功的希望。

光圈内是一片黑暗，似乎连光线都被吞噬。

刘凯回过神来，试图去拉住江川，"别进去！等我找出规律……"

江川没有理会刘凯，只是盯着显示屏上的虫洞生成倒数计时。屋外的警察耐心耗尽，开始掏出激光枪，用射线烧熔门阀。大约过了十几秒，警察们踹开门一拥而入。

这时，江川已经走到光圈前，他的背影被光勾勒出了金边。警察不知怎么回事，但直觉不妙，连忙大声喊："不要再向前走了，赶紧停下！"

江川转过身来，背对光圈，脸上露出苦涩的笑。"好的，"他说，"我不向前走了。"

警察们长舒口气，但这口气还没舒完，只见江川后退一步，整个人退入光圈中的黑暗。光圈猛然收缩，电光在他身上流淌窜动，他的头发一根根立起。

"我来了，舒原。"他用微不可闻的声音说。

在所有警察诧异的目光中，江川的身体闪动了几下，消失在光圈之中。

光太烈，江川不禁闭上眼睛，耳边响起无数声响，似乎世界上所有的动静都在这一刻汇聚到了他身旁。他感到脚没处着力，轻飘飘的，像踩在一朵云上；他浑身的血管突突地跳了起来，像是有人以血管做弦，弹奏一支令人费解的乐曲。有那么一瞬间，他痛苦得快要吐出来了。

这里没有时间概念。他不知过了多久，等到可以睁开眼睛时，他看到了身处之地——红红绿绿的指示灯闪耀不休，四周全是穿制服的警察，无比的嘈杂在他听来却是一片寂静。

他突然浑身无力，颓然坐倒在地。

实验失败了。

虽然万幸他没有迷失在时间乱流中，但他仍然没能回到两个世纪前。他和舒原，依然隔着两百多年岁月所形成的鸿沟。

片刻之后，警察反应过来。他们全部扑上去，把江川按倒在地。

刘凯一直在旁边紧张地看着，他清楚地看到江川从光圈中复现时，身上的外套不见了。一道惊电在他脑中闪过，可是太快了，他没来得及看清。他向江川扑过去，两个警察把他拦腰抱住，他不顾一切地大声喊，"把你身上丢失的东西告诉我！"

江川的头被摁在地上，他感觉了一下全身，努力扭头回答："袜子、钢笔没了；激光表和衬衫还在！"

刘凯浑身一震，眼前闪过无数画面：信件、木棍、袜子、笔轮番闪现，接着是带脚牌的白鼠、瓷砖、激光表……最后，他想起了霍金曾提过的另一个理论——"时间保护臆想"。

"原来是这样……"刘凯喃喃地说。

这一刻，他恍然大悟，在那四个月的所有实验中，成功被传送到过去的，都是无关紧要的东西，比如白鼠和木棍。而所有失败的，则是能改变因果链的物品。他想起了那件衬衫的实验。衬衫能被传回五十年前和五千年前，是因为这不会对历史产生影响，而五百年前则不然。

因果链，这是玄妙而抽象的链条。它悬在时间之河上空，一环接一环。时间有多久，它就有多长。所有能破坏它的东西，都会被时间的张力撕裂。就像普通白鼠可以被传送，而一旦带了合金脚牌，便迷失在了时间乱流中。

时间旅行是可行的，但"时间"会阻止任何改变。江川能把信寄给舒原，是因为"时间"认定舒原做不出改变历史的事情，她只会在每个夜里写下回信。这也解释了外祖父悖论，一个人能被传到你外祖父的年代，但不能杀死外祖父，否则，"时间"就不会让你过去。就像江川，他回去是为了救舒原，在蝴蝶效应的作用下，以后的历史必然会改变。

刘凯怔怔地抬起头，四周人影纷乱，警察大呼小叫地按住江川，却没人理会他。然而他感觉有一双看不见的眼睛在盯着他。是啊，"时间"的这种判断力，神秘而霸道，似乎是冥冥中守护因果链的神明，阻止任何人靠近。

原来，自己一生的努力，都是在跟神作对。

他愣愣地想着。

警察刚刚把江川铐好，却猛地听到一声凄惨至极的尖叫，全被吓了一跳。这叫声来自刘凯，他大哭大笑，两手撕扯着自己的衣服。又扑上来两个警察把他按住。

制服两人后，警察把他们关进飞行器。江川丢了魂一样，脑袋靠在车窗上，无尽的大地在视野里展开，几缕风从遥远的地方吹来，刮过高楼间，发出桀桀地怪声。

这声音，如同虚空中神灵的轻笑。

六

江川足下：

于足下相交十载，从及笄至于花信年华，知交之久若此，却终未得一面之缘。念及此间种种，慨机缘之巧弄，世人如棋任之摆布。

…………

吾一生享尽荣华亦遭尽苦难，已然无憾，唯足下不能放。身虽遥际，心已托付，或恐足下不知，今腼面告之。此生未相见，惟愿来世续前缘。

舒原绝笔　五月廿七

江川出狱那天，是吴梦妍来接他的。

彼时秋天已至，吴梦妍紧了紧衣领，发丝在瑟瑟秋风中流转。江川走过去，沉默地跟她上了飞的。

在车上，吴梦妍问："刘凯呢，怎么只有你一个人出来？"

"他被转进精神病院了，"江川疲惫地闭上眼睛，"他疯了，那天被抓时就疯了。"

"对不起……"吴梦妍低头踟蹰良久，似下定决心般抬头开口道，"其实，举报你们做非法研究的人是我。"她脸上满是愧疚，"我本意并不想让你们被抓，只是打算……若你们的研究做不成了，你或许会回到我身边。"

出乎意料地，江川没有发脾气，只是轻轻点了一下头，然后无声地靠在椅背上。他似乎睡着了，但很久之后，他又轻轻开口："是我的错，耽误了你，也害了刘凯。"

回到家，江川发现房间里面一尘不染。"我经常来打扫，就是想等你回来时能看到干净的屋子。"吴梦妍说。

"谢谢你了。"

"我去厨房给你做饭，你先休息，随时可以叫我。"吴梦妍叹息一声。

江川来到书房，发现接收箱不见了。他没有太惊讶，警察肯定会来搜查他的家，把箱子带走是意料中事。但让他心里一颤的是，那些信还在，一封封被叠好了，放在书桌上。他逐一打开，那些熟悉的字迹在他眼中晃动，纷乱的记忆浮现出来。他鼻子有些酸，揉了揉才继续看信。

看完后，他把信装进一个袋子，放到书柜的顶层，关上柜门的前一瞬间，他的腿晃了晃，似乎没有站稳。尔后他锁上柜门，把钥匙丢到了附近的河里。河面被钥匙击出一圈圈细纹，但细纹很快又消散了。

忙完这些后，他回到书房，一时想不到还有什么事可以做。他的视线落到书架上，泛黄的书脊吸引了他的注意，是那本《姑溪词》。警察后来处理证物时，把这本古书还给了吴梦妍，然后被她放进了书架。

他把书拿下，坐到皮椅上，翻开书页。

现在他可以静下心来看完它了。这个下午，没有任何人和事来打扰他。在静谧的时光里，他缓缓品读着那位南宋词人留下来的词句。

看到书后半段的那首《卜算子》时，他突然停下，怔怔地看着书页。压抑许久的泪水终于流下来了，划过脸颊，滴到了泛黄页面上。泪水在纸上洇开，只能依稀看清上面的字迹——

我住长江头，君住长江尾。日日思君不见君，共饮长江水。

我讲我爷爷的故事

【宇宙拓荒者的恋歌】

阿缺

我来给你讲述我爷爷的故事。

本来，这个故事应该由我奶奶来讲，她见证了我爷爷的大部分生命，她讲述的内容将更加真实和全面。但我奶奶压根儿不愿意提起我爷爷，只是当她弥留之际，神志昏沉时，才会在深夜里愤愤地骂着那个早已离开的男人。

这个故事便是从我奶奶零碎的梦呓中整理得来的。

我爷爷出生在拓荒纪元中最疯狂的年代。那时，人类舰队在宇宙的黑渊中行进，一千亿人冬眠沉睡着，只有当检测到宜居星球时，才会使一百万人苏醒，投放到该星球上。这一百万人负责这颗星球的改造，而剩下的人继续航行。人类的版图就这样向四面八方扩张。

我爷爷所在的星球，叫芜星。讲到这里，你或许觉得能从名字猜出这颗星球的情况来，但你错了——事实上，芜星比你想象得更加荒凉，比你中年以后秃顶的头皮更加贫瘠。

我爷爷是芜星第九代居民，从小就不老实。十五岁时，他彻底厌倦了芜星一成不变的景色。当时对芜星的改造，主要是通过农业进行的。我爷爷看着人们每天顶着两轮毒日，在田地里弯腰耕作，他心里就充满了绝望。在他的理想中，自己属于星辰大海，属于舒适悠闲的舰人，而不是污水横流、臭气熏天的改造田。

在理想和现实的极大反差下，我爷爷激发了他的谋略。那时，每天晚上，他都跟与他同龄的伙伴们描绘重归星舰后的美好景象。

"只要我们回到星舰，找一个冬眠机睡下，醒来的时候，说不定联盟已经停止拓荒了。那应该是几百或几千年后，我们就能享受现在的人种下的果实了。亨利，我知道你想吃肉，那时候……嘿嘿，油腻腻的肥肉吃到你想吐！"

精瘦的少年亨利下意识地吞了吞口水。

"还有你，徐家声，不是一直想女人吗？告诉你，到时候联盟资源富裕，你想要什么样的女人，都能给你人工造出来！"

徐家声发出了比亨利更大的咽唾沫声。

我爷爷在耗尽了想象力和口水之后，终于让伙伴们达成共识：不能生活在这个年代！一定要回到星舰，在冬眠机里让时光流淌而过，等艰苦卓绝的拓荒纪元结束，在平安享乐的繁华世纪里苏醒。

为了这个共识，他们想尽了办法：破坏耕种机器，故意打架闹事，夜晚大声唱歌影响别人休息……干这些捣蛋事的唯一目的，是想让负责这一片改造队的赵队生气，将他们送回星舰反省。但事与愿违，赵队总是笑呵呵的。每次都是抓到他们当场就放了。

情急之下，我爷爷的领袖才能也体现出来。他每天留心观察，发现每隔一个月就有几艘飞船起航，在舰队与芜星之间运送物资。我爷爷打上了这些飞船的主意。

"要是被发现了怎么办？这可是大事，联盟的法律这么严，我们肯定会受惩罚的。"徐家声得知我爷爷要抢飞船，脸都吓白了。

我爷爷却满不在乎地摆摆手，说："我们都不是成年人，即使被抓到，赵队也不会真把我们怎么样。你放心，只要把飞船抢到手了，我们就立刻去追星舰。"

于是，这群少年趁着两轮太阳都沉入天际的时候，悄悄来到了港口。十几艘飞船停在那儿，在夜色中如同一个个庞然巨怪。

我爷爷选了其中看守最少的一艘，几个人一拥而上，将两个卫兵撂倒，然后冲进飞船把其他人制伏。这个过程颇为顺利，简直可以给后来横行在各星际航道中的海盗当作抢船劫货的典范——如果不是我爷爷骤然发现飞船上没有燃料的话。

我爷爷当机立断，把人质扣押了，给赵队打电话："赵叔叔？"

赵队除了掌管这片区域的开发改造，也负责对未成年拓荒者进行教育，因此很熟悉爷爷的声音。他在通信器的另一头漫不经心地说："是小李啊，怎么了？"

"是这样的。"我爷爷有些不好意思，"呃，赵叔叔，我抢了一艘船，扣押了七个人质。船上没有燃料，要不，麻烦您送点儿燃料过来，我把人质还给您？"

"你要飞船干什么？"

"我不想待在芜星了，我要回星舰。"

"好，我马上过来。"

当时港口已经聚集了很多宇航员，七手八脚地指着我爷爷一伙人。我爷爷见其他同伙都已经脸色发白了，不禁低声骂道："没出息的！等赵队拿来了燃料，我们就回星舰了，肉和女人……"

我爷爷还没有把美好景象勾勒完，赵队就来了。

他是一个人来的，没有带燃料，他脸上还是笑眯眯的表情。他说："小李啊，别闹了，放下枪，把人质也放了，跟我回去。"

我爷爷心里知道没戏了，他当然不敢真的杀人质，但又不愿意功亏一篑。他跟赵队僵持着。赵队也不急，扳着指头给他算："首先，我是不可能给你燃料让你走的，要是每个人都像你们这样偷懒想吃现成的，联盟就垮了。然后，你没胆子杀人，也开不走飞船。你看，还是留下来吧……"

僵持了三个芜星时，我爷爷终于放弃了，一群少年垂头丧气地鱼贯而出。被扣押的船员咒骂着要打他们，赵队拦下了，笑嘻嘻地说："算了，都是孩子，不懂事。"

"现在是孩子就敢拿枪劫飞船，等成年了，不知道要干出什么事情来！"一个船员脸都憋红了，嚷道。

"你说的也是。"赵队按按太阳穴，叹了口气，"那就给他们一点儿惩罚吧！"他叫住了我爷爷一伙人，手指在他们的脑袋上点来点去，"一二三四五六七，点到谁，就是谁。"

他的手指最后落在徐家声的头上。

"小徐啊，别怪我。"说完，赵队掏出刚刚没收的手枪，顶在徐家声的后脑勺上，手指扣动扳机。

哗！——蓝色的激光穿透了徐家声的脑袋。激光带来的高温让创口瞬间凝固，一丝血都没有流出来，他像根木头一样栽倒在港口冰冷的地面上。

"从现在开始，你们都给我老老实实的！"赵队脸上的笑容变成了狰狞，他咆哮着，"只要发现你们再闹事，我就打死你们！敢动歪脑筋，我打死你们！敢走出营地，我打死你们！敢说一句偷懒的话，我打死你们！"

事实上，赵队后来说的话，我爷爷根本没有听见。徐家声的尸体就倒在我爷爷脚下，那双眼睛犹自睁着，但没了生气，如同沉郁的沼泽。我爷爷被吓得浑身发抖，牙齿打战，股间有热流涌出。我爷爷所有的胆量和谋略都随着这泡尿流到体外，再也没有回去过。

在接下来的日子里，我爷爷胆战心惊地活着。他参加了改造队，每天都跟芜星的土壤打交道，勤勤恳恳地耕种。这个曾有着万丈雄心的少年，现在哪怕抬起头看看天空，都缺乏勇气。

当然，如果我爷爷在日后永远保持这副模样，那这个故事就平淡乏味，丧失了讲述的意义。所以我跳过我爷爷兢兢业业耕作的那几年，直接说说改变他命运的那群猪吧！

写到这里，我不得不解释一下，我说的"猪"，没有用任何文学修辞手法。那的确是一群来自地球的仔猪，基因经过改良，肉质鲜美，是星舰专门拨给改造队的。

而我爷爷的新任务，就是饲养那群猪。

最开始，我爷爷十分抵触被分派到猪圈工作。即使胆怯使他失去了雄心壮志，但人们对"猪倌"这个称呼的鄙夷，依然让他心不甘情不愿。在接受任命的时候，他蹲在角落里，一根接一根地抽烟，就是不接赵队长的茬儿。

赵队很快明白了我爷爷的意思，略微思索一下，便让其他人都回去，唯独让我爷爷留了下来。赵队说："你是不是以为我派你去养猪是在整你？"

对赵队长的畏惧还深深留在我爷爷心里，但他当时硬是只吐出一口烟，头也不抬。

"告诉你，我这是把天大的好处让给了你。"赵队长凑近我爷爷的耳朵，小声说。

他神秘的音调成功勾起了我爷爷的兴趣。我爷爷望着他，问："啥好处？"

"你知道吗？联盟马上就会又派一批人来芜星。"

"这跟我有什么关系？"

"来的那批人，全都是姑娘——都是二十出头的小姑娘，据说出生前进行过基因矫正，个个长得娇俏俊美。"赵队长的声音又低又沉，像是在讲鬼故事一样，"你知道她们为什么来吗？是来扎根芜星的，也就是说，她们要在这里找人嫁了，开枝散叶。新规定是这么说的，能吃苦耐劳，有业绩的，就可以优先选择。偷懒耍滑的，最后连屁都捞不着一个。"

我爷爷狠狠吸一口香烟，然后把烟屁股碾碎，吐出烟雾，站起来握住赵队长的手："谢谢您嘞！这群猪，养不到个个三百斤就让我被猪吃了！"

可想而知我爷爷对女人的兴趣有多么浓厚。

其实这可以理解。在漫长艰辛的劳作生涯中，我爷爷鲜有机会接触女人。他对女人的了解，来自于长辈们粗俗的玩笑和伙伴们偶尔弄来的珍贵影像资料。有一次，一个伙伴用五个月口粮换

来了一部名字被涂掉了的全息电影，然后躲在宿舍里看。当时有
十几个小伙子围在一起，眼睛直勾勾地看着光影变幻。

电影最开始，是索然无味的男女邂逅场面，接着谈情说爱，
在旧时代的地球街道上约会，最后，这对男女走进了一个房间。
所有人都隐约知道接下来要发生什么，纷纷屏气，宿舍里连一丝
呼吸声都没有。在所有人的目光中，电影里女人身上的衣服一件
件滑落，露出粉色内衣。但就在女人的手伸到背后要解开扣子
时，那个换来电影的伙伴突然将电影关闭了。

"这毕竟是我用五个月口粮换来的，你们要看，就多少支援
我一点，每个人给我一个月口粮，我就继续放。"那个伙伴伸出
手，"不给的，就出去。"

我爷爷对粉色内衣里的东西感到无比好奇。为什么，为什么
那种柔软的突起会令他口干舌燥、身体发热，而有着同样形状的
馒头或山丘却不会？

但犹豫了很久，我爷爷最终走出了宿舍，原因很简单：他手
头没有多余的一个月口粮。

只有四个人选择了留下。事后，我爷爷挨个问他们，但每个
人都不肯说。他们像商量好了似的，只告诉我爷爷："能看到内
衣里面的东西，那一个月的口粮，真他妈的值！"

我爷爷后悔不迭，于是开始了漫长的积攒口粮之路。但还没
等他攒够一个月时，那部电影就被赵队搜了出来，当众销毁，并
将看过电影的人一一揪出来。当时我爷爷在台下，看着被惩罚的
伙伴们，心情十分复杂，似乎是庆幸，又似乎是后悔。

但现在，我爷爷又有了奔头。

我爷爷一边辛苦地养猪，一边盼着那些姑娘早日来芜星。

这一天很快就来了。在一个晚霞密布的傍晚，一艘飞船缓缓降落在营地中央，灰尘四起中，舱门打开了，露出里面一张张好奇的脸。

都是漂亮姑娘们的脸。

营地一下子炸开了锅，没有人工作了，大家纷纷围过来，兴奋地打量着飞船里的人。他们群情激昂，他们唾沫横飞，他们口哨不绝，似乎是一群围住了羔羊的恶狼。

赵队过来维持秩序，姑娘们才敢走出飞船。落日余晖在她们脸上涂上了诱人的金色，晚风拂起她们的秀发，纤腰柳摆，容颜花娇。她们在恶狼的视线里行走，纷纷红了脸庞。

我爷爷来得晚，只能站在人群的后排，焦躁地在一排排后脑勺的空隙间寻觅。

"哎，让让！我看不到。"我爷爷发现他前面的人正是小伙伴亨利，喜道。

"让个屁！"

"有好事一起看嘛！"

"看个屁！"亨利看得眼珠子都红了，显然什么都听不进去。

无奈，我爷爷只能尽力踮起脚，在有限的视界里搜寻。这时，一个姑娘的侧影进入了他的眼中。她穿着浅绿色衣衫，紧贴身体，夕照在她的胸前凝聚出一星温暖的光亮，锁骨至腰腹的那一道优美弧线也被光晕勾勒，散发着淡淡的辉芒。她显然不太习惯周围这一群男人，略微低着头，紧紧地跟着前方的姑娘。

当天晚上，我爷爷没有睡着。他躺在一群肥头大耳的猪中间，抚摸着它们粗糙的背脊，不时发出呵呵的笑声。根据研究，猪在求偶时也会发出类似声音，所以那天晚上，我爷爷养的猪也没有睡着。但不同的是，猪们想的是同样体肥腰壮的猪，而我爷爷为之辗转难寐的，却是那个胸部有着柔软山脊一样曲线的姑娘。

打那以后，我爷爷每次赶猪到营地外的山坡上时，都会绕很大一个圈子，绕到姑娘们住的宿舍前，经过时便努力朝里面观望。他总能看到许多美艳妩媚的姑娘，像是点缀在这颗贫瘠星球上的花朵，但他真正想看的，只是那一个。

姑娘们很快熟悉了这里的环境，不再羞涩，叽叽喳喳，跟路过的男人大声开着玩笑。但那一个不是这样，一直以来，她都坐在宿舍的窗前，要么看书，要么托着腮仰望天空。隔着遥远的距离，我爷爷只能看见她模糊的面庞。

次数一多，姑娘们也就察觉到了我爷爷的心思。只要我爷爷的那群猪一出现，她们就会伸出手，指指点点，掩嘴偷笑。那群猪倒是无所谓，像是被笑声鼓励，走起路来愈发耀武扬威，鼻孔朝天，大耳招展，一身肥肉抖擞。我爷爷则面红耳赤，低着头，却仍不忘用余光瞟向那个姑娘的窗子。这种胆怯的样子，总让别人误以为，是猪在牵着我爷爷溜达。

哦，我的爷爷啊！难道你不知道吗，如果你想要姑娘，就不应要脸？世间事，没有两全的。

说回来，我爷爷在营地里也算是个名人，年少时胆大妄为，如今负责一大群猪，都可作为谈资。但我爷爷觉得这两者都不是什么好名声，要是那个姑娘知道了，肯定会暗地里笑话他。

每当我爷爷想起这个，就会愁眉苦脸，叹气不迭。他把那群猪赶到山坡上，让猪自行去吃草，自己就抱着膝盖，忧愁地撕扯着叶子。他在想如何才能接近那个姑娘，却毫无办法。她像是远在天际的一抹霞，而他是在地上拱草的一头猪。想到这个比喻，我爷爷下意识地去看猪，它们白色的阴影隐在一大片蓝色猪草间，斑斑点点，大声咀嚼。当猪也没什么不好，至少无忧无虑，这样想着的时候，我爷爷忍不住哑然失笑。

"你在笑什么？"

"笑我的猪。"我爷爷回答道。几秒钟后，他才意识到不对，回头一看，然后受了惊吓般猛地后退，摔进了一片柔软的草地里。

他身后，是那个姑娘的脸庞。

是的，我爷爷和那个姑娘在霞光遍野的山坡上相遇了。

当我知道这件事后，曾兴冲冲地跑去找我奶奶，问她是不是那样邂逅我爷爷的。结果她沉默了几秒，浑浊的泪迅速蒙上了眼睛，然后她抄起棍子打我的背，我就又跑开了。

我花了很长时间才想通——那个姑娘，并不是我后来的奶奶。

但当时我爷爷不知道，他兴奋地爬起来，说："你……你怎么来了？"

"我来这边走走。"那个姑娘说，"这片草地真大，蓝得一眼看不到边，就像海洋一样。"

"海洋？"我爷爷有些迷糊。他生长在这颗枯芜的星球上，从未见过海洋。

那个姑娘低下了头，笑笑："我没有见过，但书里有讲。在我们的母星——地球上，有很多很多的水，它们汇聚起来就成了海洋。水是透明的，但海洋却是蔚蓝色的，人可以在里面游泳，还有船在海面上前行。要是天气好，海和天就分不开，因为它们是一样的颜色。"她抬起头，昏黄阴沉的天空倒映在她的眸子里，她又低下了头，"我很想见一见大海。"

我爷爷被那个姑娘所描绘的场景震惊了。在芜星，水无比珍贵，每天限量供应，大多数人的嘴唇都是干涩的……但是，以前的船居然是在水面上航行？难道船不是只能飞行在宇宙里吗？哪里有那样多的水可以承载巨大的舰队？

这份震惊同时又令我爷爷感到羞愧。于是，为了找回面子，我爷爷开始喋喋不休地讲述养猪的技巧和心得。他甚至抓来一头猪，死死按住，给姑娘看猪的各种体征，并说明通过哪些体征能够看出猪的生长状况。

哦，我的爷爷啊，请不要这么做！我都为你这样拙劣的手段感到羞惭！

但是那个姑娘并没有显出不耐或鄙夷。她安静地坐在我爷爷身旁，一会儿看猪，一会儿看我爷爷，脸上是娴静的表情。每当我爷爷感到尴尬的时候，她就出声问一句什么，让我爷爷能够继续往下讲。

这个晚上，他们聊了很久，一直到六轮月亮爬上来，他们都没有停下。后来连猪都累了，在他们脚边拱成一团，睡着了。至于他俩到底说了些什么，已经没人知道了。年岁久远，埋葬一切。或许那晚的风知道，它从他们中间吹过，偷听到了一些凌乱的句子，但它又吹向远方，无力将那些话语讲给四方的人听。

接下来的事情陈旧俗套，我就不一一赘述。反正我爷爷跟这个叫莎莲娜的姑娘越来越熟悉，见面的次数也越来越多。我爷爷第一次尝到了爱情的滋味，多次在梦境里亲吻莎莲娜——当然，他睡在猪圈里，所以你明白当他在梦里吻着莎莲娜时其实是在吻什么了。

按照赵队给的承诺，这一年结束时，他就可以正式提出跟莎莲娜在一起了。他觉得莎莲娜是不会拒绝的。

但那一年，是无比艰难的一年。当时对芜星的改造已经持续了三百多年，而对于了解一颗星球来说，这个时间还是太短。出于某种尚不了解的原因，那年所有的作物都枯萎绝收，营地之外，疮痍满地。更糟糕的是，承载人类希望的星舰，在遥远星系里遇到了疯狂恒星群的引力陷阱。整个舰队都被引力裹挟，向未知的凶险星域飘去。

内无收成，外无供给，使得整个芜星都笼罩上了饥饿的阴影。为了了解当年饥饿的程度，我曾专门去拜访过一个幸存下来的老人。

那是傍晚，老人刚吃完饭，心满意足地打着饱嗝，但当我让他回忆那场遥远的饥荒时，他立刻陷入了沉默，只有零星朽牙的嘴一张一合。几分钟后，他站起来，把刚才剩下的食物拿出来，一个人蒙头吃完了它们。

我看到老人肚子鼓胀，看到他眼角湿润，但还是不停地扒饭，我就转身离开了。

让我们将视线重新投回那个时候，看一看笼罩人们的艰难困境。

首先，是能源不足。芜星的夜晚刺骨寒冷，没有星舰供应反应堆原料，人们只能紧紧裹住衣被，但寒冷还是如蛇一般潜到身体里。每天都有人没能熬过夜晚，再次从梦中醒来。

其次，是饥饿。库存的食物被耗尽后，人们就忘了吃饱是什么感觉。最初的一阵子，大家都不干活，躺在营地里，张大嘴望着天，似乎能从空气里吃出稻子来。再过一阵子，人们饿得躺都躺不住了，纷纷爬起来去觅食。他们跟地球上的蝗虫一样，在芜星各处翻拣，把一切能吃的东西都吞进肚子里。

最后，是绝望。这一点比前两者加起来都可怕。

人们都饿成了皮包骨头，我爷爷养的猪却安然无恙。这是一种奇怪的现象，农作物颗粒无收，芜星的野草反而格外茂盛，似乎将所有的营养都掠夺了。人类不能吸收野草里的植物纤维，猪却可以，它们每天在山坡下咀嚼，一个个肥头大耳，像是滚动的肉球。

可想而知，这些猪对饥饿的人们来说，会是多么大的诱惑。

我爷爷深知这一点，每天格外警醒，睡觉时都把耳朵竖起来，时刻提防有人闯猪圈。其实我爷爷也饿得不行，原本一个壮硕的小伙子，硬生生饿成了骨头架子。但我爷爷不能让猪出事，它们是他娶到莎莲娜的希望，它们也是他的朋友，他甚至给每一头猪都取了名字。

一个夜晚，我爷爷正在睡觉，突然听到猪圈门被撬的声音。他一骨碌翻身而起，拿起钢叉，对准猪圈门。

门被推开，一个人冲进来，看到我爷爷，愣了一下，央求说："我快饿死了，让我吃肉……"

进来的是亨利，他比以前更瘦了，在黑夜里如同晃动的骷髅。他的衣衫挂在身上晃荡不休。

"不行，这些猪是大家的，最后要上交给星舰。"我爷爷试图劝说，"星舰要通过猪的质量来评定我们生产队的等级，很重要的。"

"星舰都他妈没有了！星舰被恒星抓到了，烧成灰了！管他妈的，现在只有我俩，你给我吃一头——不，我只要一条腿！"亨利说着，抽动鼻子，闻到了猪身上的骚臭味。这难闻的味道却令亨利口水都快流下来。

"不可能！"我爷爷断然拒绝。

亨利怪叫一声，猛地扑向猪圈。他翻到猪群里，不顾脏臭，一口咬住了一头猪的后腿。猪顿时惨嚎起来，后腿乱蹦，正中亨利的面部，踢得他鼻子眼睛里都是血。但他依然没有松口，愈发用力，竟活生生在猪后腿上咬下了一块肉来！

他不管腥臭的猪血和猪毛，一口一口，把那块肉给吞了进去。

然后，他停止了呼吸。

我爷爷惊呆了，连忙扑过去按压亨利的肚子，同时把手指伸进亨利的喉咙里去抠。所幸，那块肉还没有被嚼烂，我爷爷一下子把它扯了出来。

"咳咳……"肺部涌进了新鲜空气，亨利咳嗽着醒过来。他看着地上被灰尘裹满的肉，浑身颤抖，眼里满是泪水。"对不起。"过了很久，他低声对我爷爷说，然后跟跄走出猪圈。

我爷爷失魂落魄地走到猪群中间。猪被亨利的疯狂吓到了，哼唧不安，全部依偎在我爷爷身旁。我爷爷小心地安抚它们，当他摸到那头后腿流血的猪时，也不禁连声叹息。

然而，饥饿的人并不止亨利一个，他们更难对付。在饥饿的驱使下，十几个男人结成了短暂的同盟，他们磨牙擦拳，瞅准时机，在一个月黑风高的夜晚袭击了猪圈。

我爷爷还没有醒过来，就被当头一棍给敲晕了。当他醒来时，猪圈已经空了，只有凄凉的晚风在他周身环绕。

"啊……呀……"我爷爷发出含混不清的声音，爬起来，奋力向外面追去。他知道饥饿的人们什么都干得出来，自己冲过去，很可能会被打死。但他没有选择——这些猪是他生活的唯一希望。

外面很冷，且黑，六轮月亮全部隐进了云层后。我爷爷身上只穿着单薄的衣服，跑起来时，风能从他脖子处灌进去，然后从裤管溜出来，将他身上的热量带走。但我爷爷不管，顺着风里面隐约的猪臭味，一路追下去。

我爷爷奔跑的姿势其实很笨拙，手臂和腿都不协调，背上很快冒出了汗，然后又被冷风吹干。他凌乱的头发在眼前晃来晃去。他开始还能呼吸，后面便只能喘息，心脏咚咚咚跳个不停。

但他跑得很快。

我爷爷在风里穿行，在黑暗里奔跑，耳边溢满了呼啸声。跑着跑着，他自己都有种错觉：要是这么一直不停地跑下去，快一点，再快一点，自己会不会像利箭一样刺破夜的外壳，到达另一个世界？

当然，我爷爷并没有找到这个问题的答案。在他看到另一个世界之前，他看到了那群偷猪贼。

那些人牵着猪，也在夜里跋涉。他们想把猪弄到隐秘的地方，慢慢来吃，以使自己渡过困境。他们正深一脚浅一脚地走着，一边对深沉的夜咒骂不已，一边为到手的猪暗暗得意。这时，我爷爷突然冲出来，撞倒了两个人。他自己也翻倒在地上。

"怎么回事？！"有人怒喝道。

"不知道，刚有个人撞我……哎哟，我的腰……"

几个人跑过来，把我爷爷压住。"见鬼，这不是那个猪倌吗？"他们一下子认出了我爷爷，皱眉道，"刚才是谁负责把他敲晕的？"

"是我……可是我记得我一棍子下去他就不省人事了啊！怎么现在又跟个狗一样窜出来了？"

"废话少说！罚你少吃一顿肉。"为首的人说。

"那他怎么办？"

"还能怎么办,再给他一棍子,重一点!"

我爷爷看到有人拿着棍子走过来,顿时拼命挣扎,无奈对方死死按住,他动弹不得。砰,一棍子敲在他后脑勺上,他没晕,只感觉到脑袋里响起了金属振鸣的声音,同时,闻到了一丝血腥味。

"这都打不晕!罚你两顿肉!"

那小子急了,抡圆棒子,猛地挥下来。我爷爷听到棒子刮起的呼呼风声,知道这一棒下来,自己不仅仅会晕眩,恐怕脑浆都要被打出来。于是他闭上眼睛。

然而我爷爷没有听到脑袋破碎的声音。他耳朵里,只有"吭哧"的呼吸声,人被撞倒的"哎呀"声,以及纷乱的脚步声。我爷爷睁开眼睛,看到那十几个人都手忙脚乱地去赶猪,倒是没人注意自己了。

是猪救了他。

在千钧一发之际,那条被咬了后腿的猪猛地挣脱出来,撞倒了拿棒子的人,然后向外跑。其他猪也四处乱拱,场面一时乱了套。

我爷爷爬起来,手脚挥舞,在人群里冲撞。他一会儿趁乱扇这个人一巴掌,一会儿又在那个人屁股上踹一脚,就是不让他们顺利地抓猪。

偷猪贼很快转移了重点,派几个人把他抓住,狠狠地揍他。

"快跑啊,你们跑啊!"我爷爷一边忍受着雨点般的拳打脚踢,一边大声喊,"麻子,大壮,小毛,花花,阿缺……"我爷爷叫着他的猪的名字,每一声呼喊都快要把喉咙叫断,"你们快走啊,你们是自由的,不要落到他们手里。他们会把你们清蒸红烧的啊！"

猪们似乎听懂了我爷爷的话，跑得更欢畅了，撞翻好几个人，消失在夜色里。

"呵，哈哈哈……"我爷爷欣慰地露出笑容，嘴角有血流下来。

偷猪贼们气急败坏，指着我爷爷喝骂道："都怪他！混蛋，往死里打！"

当然，聪明的你肯定知道，他们最终并没有把我爷爷打死。不然也就不会有我，也就不会有这个故事了。

我爷爷遍体鳞伤，一路爬向猪圈。夜色消弭，天边有两轮黎明喷薄时，他才回到熟悉的地方。仿佛是奇迹一般，当他推开猪圈的门时，里面竟然挤满了肥猪，正睁着黑溜溜的小眼睛望着他。

这群猪，在夜色里四处奔逃，然后又不约而同地回到了猪圈。它们偎成一团，一边瑟瑟发抖，一边等待着我爷爷的回归。

我爷爷爬到它们中间。许多猪鼻子顿时蹭到他脸上，腥热的鼻息扑面而来。我爷爷在奔跑挨打时没有一声哭泣，这时却忍不住鼻子一酸，泪水哗哗流下。

尽管我爷爷为了这群猪舍生忘死，但终究没有把它们救下来。

因为要杀这些猪的，是赵队。

原因是负责整个芜星生产安全的将军要过来巡视。其实谁都知道巡视是假，到各个生产队混吃混喝才是这位将军的目的，但没有人敢阻拦——他是带着军队来巡视的。听说有几个生产队实在没有粮食，硬生生被他给烧了营地。他和他的士兵像飓风一样，走到哪里，哪里最后剩下的粮食就会一扫而空。

将军到了生产队，对赵队说："老赵啊，你看看，我这些兄弟一脸苦菜色，好几个月没尝到肉味了，我听说你这里，还养着一群肥猪？"

赵队恨得牙齿打战，脸上却堆出笑容来，说："明白、明白……"

那天是我爷爷最悲惨的一天。他耳朵里满是猪被杀死的惨嚎声，他捂住耳朵，跑得很远，趴在那个山坡下，藏在茂盛的猪草里，但那些声音还是像蛇一样蜿蜒进入他的脑海。他的麻子、他的大壮、他的小毛、他的花花、他的阿缺……这些有了名字的猪，全部被砍成一块块肉，扔进了大锅里。

那些猪肉被将军和他的士兵们一顿就吃完了，地上满是啃干净的骨头。他们吃的时候，营地的工人都围在四周，闻着肉味流口水。但没有一个人敢进去吃。

只有赵队作为主人，在猪肉宴上才有一席之位。他跟将军说了许多好话，将军才松口，让我爷爷也进来吃。或许是赵队知道这些猪是我爷爷的心血，过意不去。

我爷爷本来不想答应的，但犹豫过后，还是进去了。原因只有两个。第一，我爷爷实在是太饿了。他也是人，好几个月都在饿着肚子，闻到肉香，胃部好像有搅拌机在搅一样难受。至于第二个嘛……

我爷爷吃第一口猪肉的时候，差点把舌头给吞进去。那味道太鲜美了，像传说中的灵丹妙药，吃一口就能得道飞仙。

我爷爷也只吃了那一口肉。

接下来，每当士兵把肉端上来时，我爷爷都把衣领拉开，然后用手捂着嘴，把叼住的肉悄悄吐进衣服里。因为人多，分给我爷爷的，总共也就六块肉，他的衣服里，悄然藏了五块。

吃完抹尽，将军满意地打着饱嗝，剔着牙，瞅了我爷爷一眼，说："还留在这里干什么？滚吧！还没吃够吗？"

我爷爷点头哈腰，捂着肚子，一步步走向食堂外。

"慢着！"将军的副官突然皱眉说，"你肚子这么鼓，到底是吃了多少肉？"

我爷爷一下子站住了，脑门上汗珠滚滚而落。要是将军知道他藏了肉，恐怕会当场被激光射穿脑袋。

"嗨，这你可就冤枉他了。"赵队讨好地笑着，走过来，不动声色地把我爷爷的肚子一按，让它没那么明显，"他从小就胃气肿，吃点东西，肚子里就满是气，这是给胀的。"

"我说嘛，几块肉哪能吃那么鼓……"将军笑道。

赵队冲我爷爷的屁股抬脚踹去，大声说："快滚吧你！还留着，难道想等肚子里的气放出来，熏死我们？"

在一片哈哈大笑声中，我爷爷低着头快速走出了食堂。

等到了深夜，我爷爷悄悄来到了莎莲娜的宿舍。这个时候的莎莲娜，已经形销骨立，不复以前的红润。她躺在床上，意识昏沉，声息微弱。

我爷爷没有吵醒她，烧了水，然后把藏起来的肉放进去煮。

在此之前，他已经把门窗都关得严丝合缝，以防香味泄露出去。

所以，现在你明白我爷爷答应去吃肉的第二个理由了吧？

莎莲娜是被满屋子的肉香给勾醒的，在模糊的视线里，她只看到了那一锅肉汤。她从床上爬下来，头磕了一下，出血了，但她依旧径直爬向那锅汤。我爷爷上前扶住她，她没有看到我爷爷，眼睛直勾勾地盯着锅，手朝那个方向伸出。

在我爷爷与莎莲娜相处的时光里，她一直是娴静优雅的形象，笑声轻细，举止柔弱。要不是这场饥荒，谁都想不到她也会有饿死鬼一般的面目。

饥饿，是一种罪。

为了不让莎莲娜噎着，我爷爷把肉分成一小块一小块，小心地喂给她吃。她眼睛都睁不开，咀嚼着肉，最后还把煮肉的汤喝完了。

她这才有了一点力气，睁眼看着我爷爷，说："谢谢……"

我爷爷暗地里吞了口唾沫，摇摇头，表示没关系。

"可是……我吃了那么多，你怎么办？"

"我还有啊！我可是喂猪的，要猪肉还不容易吗？"我爷爷豪气干云地拍了拍胸膛，咚咚咚，他的胸膛里像是什么都没有，发出空洞的回响。

莎莲娜这才安心，闭上眼睛，回味刚才唇齿间的味道。

"你的锅脏了，我去给你洗一洗。"我爷爷提起锅，走到外面。

莎莲娜恢复了力气，想起刚才自己狼吞虎咽的模样，惭愧不已。她扶着墙出门，想去给我爷爷好好解释一下。

外面已是深夜，六轮月亮在天空悬挂，因此她的脚下也映出了六条影子，如同绽放的影之花。她慢慢地在黑夜中行走，脑中思索着怎么才能跟我爷爷解释她之前的失态。

快到我爷爷的住处时，她突然在屋后面听到了"哗哗"的水声，然后是"吱吱"的奇怪声响。她好奇地绕到屋后，在水管旁，她看到了我爷爷。

我爷爷背对着莎莲娜，蹲在地上，正在用那口锅接水。他把锅晃了晃，让水冲刷整个锅面，然后把水一股脑儿喝完。然后，他还意犹未尽，又把锅举起来，贪婪地用舌头舔锅底。他舔得如此认真，以至于身后的莎莲娜开始哭泣了也没有听到。

直到那口锅被舔得干净光洁，映出明晃晃的月光，我爷爷才捂着肚子站起来。他的肚子里灌满了水，站起来的时候，居然听得到水晃荡的声音。他转过身，看到了莎莲娜。

"啊！呃，我刚才在……在洗锅……"我爷爷大惊失色，笨拙地解释着。

莎莲娜哭泣不止。

熬过了那段艰苦卓绝的岁月，芜星人终于迎来了曙光：星舰奋力逃出了恒星群的引力陷阱，重新出现在宇宙空间里，并且继续开拓版图。同时，星舰派出了纠察队，对饥荒时期发生的事情进行审查。

接下来发生了一系列事情。那个混吃混喝的将军被处决了，他的士兵受到了不同程度的处罚。而作为坚守职责的典型，我爷爷成了榜样，被通报表扬，在各殖民星球网络的首页上都能看到我爷爷略带羞涩的正面照。

这给我爷爷带来许多好处，除了出名，他还被额外分配了一套房子。说到这里，我得再解释一下，我也不想啰唆，可是我不解释你就不知道一所房子在芜星的珍贵，也就不能理解我爷爷当时的优越性。你要知道，所有人都在进行艰苦的拓荒，晚上只能蜗居在狭小的宿舍里，躲风避雨，瑟瑟发抖。而我的爷爷，却能够在开发区拥有一套大房子，享受晨风吹拂，看尽落日余晖。

这优渥的条件让我爷爷受到了众多姑娘的关注。他每天都能收到数不清的秋波和笑脸，还有姑娘们以各种名义发出的邀请。

有一次，一个漂亮姑娘来到我爷爷家里，寒暄之后，天色已晚，我爷爷正要送她回去，姑娘却解开了衣襟。被优化过基因的她，拥有惊人的曲线和肤色。我爷爷的鼻血一下子就像江河奔流一样涌出来。

"今天晚上，我留下，好吗？"姑娘用魅惑的语气说。

我爷爷以令人吃惊的毅力拒绝了她。他给她穿好衣服，礼貌地送她出门，一路上，姑娘的表情先是错愕，然后是羞惭，最后是低低地啜泣。她并非水性杨花，只是希望有个栖身之所，所以鼓起了莫大的勇气，却不能使我爷爷动心。

"不是你不漂亮。"我爷爷安慰她说，"这个房子已经有女主人了。"

"是谁？"

我爷爷没有回答。

尽管我爷爷没有回答，但我想你可以猜得到，我爷爷说的女主人是莎莲娜。我爷爷安顿好一切后，兴冲冲地找到了莎莲娜，问她是否愿意搬过去住。

然而，我爷爷得到了否定的答案。

"你……你不愿意住大房子吗？"我爷爷困惑地说，"而且我也在那里啊！"

莎莲娜缓慢但坚定地摇头："对不起，我怕……我怕我会住习惯你的大房子，然后就忘记我的愿望。"

"你的愿望是什么？"

"我不想留在芜星上，我想去别的地方。这里太荒凉，太贫瘠，景色一眼就能看尽。我要回到星舰上，或是去别的星球。我不能把一辈子耗在这里。"

我爷爷怔然无语。

"我知道你也不想待在这里，我们一起走吧。"莎莲娜一把抓住我爷爷的手臂，殷切地说，"只要找到机会，我们就能一起离开。"

莎莲娜每说一句，我爷爷的心里就凉一些。

我爷爷曾和莎莲娜在六轮月亮下长谈，曾把唯一的食物留给她吃，曾抱着哭泣的她……那么多次，我爷爷都以为自己走进了这个姑娘的心中。但现在，他蓦然发现，其实自己从未了解过她。

她想离开这里。

原来她每天仰望着天空，心里想的却是怎样逃离。原来她那晚来到山坡上，并不是随意走走，她只是听说了我爷爷当年劫持飞船的英勇事迹，想找一个愿意一起离开的同伴……

我爷爷在爱情面前只是笨，却并不蠢，那一瞬间，他明白了许多事情。他跟跄着后退，手臂从莎莲娜手中挣脱出来，莎莲娜的指甲在上面划出了血痕。

"你，你不愿意吗？"莎莲娜的手停留在空气里，哀切地看着我爷爷。她的眼睛像是含了水，隔着空气，都能让我爷爷感受到温润的潮湿。

有那么一瞬间，我爷爷的心产生了动摇，他也想跟莎莲娜去游历星海，见遍宇宙的种种神奇。但是，芜星的生产还未结束，所有人都不能离开。我爷爷想起了他年少时候的那一幕，为了离开这里，他的朋友被活生生打死。那具尸体倒在我爷爷脚下的瞬间，勇气就抛弃了他。

徐家声那双如同沉郁沼泽一样没有生气的眼睛浮现出来，如同每晚的噩梦一样，在虚空中盯着我爷爷。我爷爷打了个寒战。

"不……我不能……"我爷爷嗫嚅着，像逃跑一样飞快地离开了莎莲娜的宿舍。

打那天起，我爷爷和莎莲娜的爱情之花就凋零了，它甚至还不曾绽放出芬芳。所有的爱情，如果想持久，都需要有共同的理想来维系。在当时，普遍的共同理想是建设好殖民星球，而莎莲娜的目标太高，我爷爷追不上。

我爷爷备受打击，心灰意冷，只得把精力放在工作上。那时候，他已经在生产队小有权力了，负责物资的运送。

星舰回归后，给芜星送来了技术员。那些穿白大褂的人在芜星的地表上勘探、取样，分析土壤溶液。不到一个月，就找出了饥荒的原因：芜星的环境拥有自我恢复能力，类似于负反馈调节。在经过九代人的改造之后，它开始了反击。芜星的土壤里突然多出了一种元素，能够精准地杀死外来植物。

人类科技的伟大之处在于：它可以征服那些反抗的星球。

技术员们修改了作物的基因，使其具有芜星本土作物的种种特点，成功蒙蔽了芜星的负反馈调节。

到了第二年，营地外，一片葱绿的作物漫山遍野地铺展开。

收成比往年翻了几番，粮食和其他农产品堆起来时，就像几座大山。我爷爷兢兢业业地清点物资，送上飞船，然后看着它消失在天际。

我爷爷的工作态度值得肯定，尽管占着肥缺，却从不贪污受贿，一丁点儿错也没有犯。赵队十分满意，甚至想过在他退休之后，由我爷爷接他的班。

但我爷爷不开心。

我爷爷保留了他养猪时候的习惯，每天上下班时，都会绕道经过莎莲娜的宿舍。他看到莎莲娜的脸在朝霞和晚风中依旧朝着天空，视线邈远，表情恬静。我爷爷在她楼下一次次走过，他仰望着她，她仰望着天，目光从未交会。

时间就在这些仰望中流逝。

三年后，我爷爷娶了那个魅惑过他的姑娘。到了这里，你要明白，我并没有打算讲一个缠绵悱恻的爱情故事，男女主人公彼此坚守，爱情在时间的河流里孕育出芬芳什么的……那都是小说和戏剧里的人物，愿意为了爱情牺牲一切。但事实上，我爷爷只是一个普通人，想过简单的生活，每晚有人可以拥抱，一起生活，生下孩子，继续将芜星改造成宜居星球。

而莎莲娜显然无法给我爷爷这些。我爷爷不能为她等待一辈子。

其实莎莲娜的生活过得并不好，她在营地里工作，既劳且累，总是形单影只。也有男人去亲近她，但最后都放弃了——没有人能够实现她逃离芜星的愿望。

只有我爷爷时不时地暗中帮她，送一些物资，或把自己的配额悄悄划到她名下。她知道这些恩惠来源于我爷爷，以她的处境，她不得不接受，但她无法向我爷爷表示感谢。很多次，她和我爷爷在路上遇见，都是面无表情，擦肩而过。

我爷爷也沉默。只是在错身的那一瞬间，他总是忍不住深呼吸。他的鼻子能闻到莎莲娜头发上的淡淡香味。

两年以后，我奶奶生下了我爸爸。当我爷爷捧着那幼小脆弱的身体时，忍不住长长地叹了口气，所有人都以为他是高兴傻了，乐极而叹息。只有我爷爷自己知道，他捧着儿子的那一刻，就要开始全身心承担起家庭责任了。他不能对莎莲娜再抱有任何幻想。

在当时，我爷爷的家庭简直是楷模，有大房子，有优渥的职位，而且父慈母贤子孝，人人称羡。我爷爷辛勤持家，白天工作，晚上照料妻子，只有在深夜时才偶尔发出不为人知的叹息声。

直到那一年的秋天。

那天，我爷爷刚把丰收的粮食装进飞船，看着飞船缓缓升空。通常情况下，飞船会穿越大气层，到达外空间，然后通过虫洞跃迁到星舰所在的坐标点。但这一次，飞船刚离开大地，就落下来了，一大片尘土飞扬，模糊了我爷爷的视线。

我爷爷感到好奇，但也只是远远地看着。他要早点回去照顾儿子。飞船的舱门打开，几个船员押着一个人影走出来，骂骂咧咧。许多人围过去，对着人影指指点点。船员见人多，声音愈发大了。

"……幸亏我们船上有热扫描仪，开船前我检查了一遍，发现谷堆里有个人影……"船员得意扬扬地说，"按照联盟的法律，发现了偷逃的人，可以直接扔在外空间里，不负法律责任。这种人，总想不劳而获，不愿意付出，是集体的蛀虫！"

说着，他把抓到的偷逃者往前推搡，人群顿时发出嗡嗡的议论声。在围观者的缝隙里，我爷爷看到了熟悉的脸——莎莲娜。她被船员紧紧押住，面如死灰，浑身颤抖。各种各样的目光扫视着她，她低下头，凌乱的头发如瀑布一样垂下。

"是她啊。"有人说，"她早就想跑了，没想到今天终于忍不住，藏到了谷堆里！"

"是啊是啊，这种情况，要交给赵队。惩罚肯定少不了！"

"嘿嘿，好吃懒做就是这种下场……"

……

那天回到家，我爷爷一直魂不守舍。我奶奶让他盛饭，他应承了，却拿着勺子坐在门口发呆；我爸爸尿裤子了，他去拿衣服来换，却走到了院子里，在菜园里寻寻觅觅……

这种恍惚的状态一直持续到深夜，我奶奶已经抱着我爸爸上床休息了，窗外夜色浓重，风呼啸往来。我爷爷坐在床边抽烟，地上已经堆满了烟头，不知过了多久，他猛地一拍大腿，起身就往门外走。

"站住！"我的奶奶，我那从来都是温声细气温婉贤淑的奶奶，突然爆发出响亮的呐喊，"你不准走！"

我爷爷停下脚步，却没有转身。

我奶奶坐在床上，手攥着被子，青筋一根根都暴出来。她死死盯着我爷爷，一字一顿地说："你不能去。你去了，这个家就散了。"

"我只是去……"我爷爷的声音很涩，像是吞了一颗苦果子，"去抽根烟……"

"你以为我什么都不知道吗？这几年，每次她有困难，你就拿家里的东西去帮她。每个月的配额那么少，我们俩都不够吃，你还暗地里转到她名下。"我奶奶扳着指头，把我爷爷拿给莎莲娜的每一样东西都如数家珍说了出来。

这个沉默的女人，将一切都看在了眼里，将一切都记在了心里。她花了好一会儿才把那些物资的名字说完，然后说："我从来不跟你说，是因为我们是一家人，我总想着你会慢慢改，最后只对我一个人好。但现在，你一旦出去，这个家就完了。你就算不管我，也要想想你儿子。"说完，我奶奶狠下心，使劲拧了一把我爸爸的屁股。

我爸爸正在熟睡，被剧痛惊醒，顿时哇哇大哭。

我爷爷依旧没有转身，迎着风，一口气把烟抽完。然后他吐出烟头，大步走向外面，将我奶奶的啜泣和我爸爸的哭声扔在脑后。

我爷爷独自一人在夜色里不紧不慢地走着，黑暗凝重如铁，一重重压迫着他。到了关押犯错者的禁闭室前，我爷爷停下来，深吸口气，再吐出来，然后推门而入。

"是李哥啊。"几个看守都认识我爷爷，笑着打招呼，"都这么晚了，来陪兄弟们打牌消遣？"

我爷爷摊摊手，说："一说打牌，我就手痒了。可是，赵队让我来把逃跑的人叫过去，问问她的情况。唉，改天再来跟哥儿几个玩几把。"

"好说，好说。"看守爽快地把钥匙递过来，让我爷爷去提人。

我爷爷押着莎莲娜，走到禁闭室外。"跟着我。"我爷爷低声说，"别说话，走路轻一点。"

他们没有走向赵队的住处，而是朝我爷爷上班的仓库走去。一路上，他们都低着头，路边的树木如同巨人在守卫，轮廓庞然而模糊，似乎被夜色融化了。

仓库的最里层，存放着一艘小型飞船，是紧急时用来转移重要物资的。它空间不大，只能容纳两三个人。我爷爷检查了一遍，确认线路正常、燃料充足，示意莎莲娜走进去。

"你呢？"莎莲娜走到舱门口，发现我爷爷没有动。

我爷爷摇摇头，说："我只能送你到这里了。"

"你不跟我一起走吗？"

"我还有家人。"

莎莲娜上前一步，抓住我爷爷的手，恳切地看着他的眼睛，说："什么都不要管了，跟我一起走吧！我知道你还喜欢我，我也会对你好的，我们一起去很多美好的地方。"

"我都快三十岁了，这些对我来说，已经很遥远了。"我爷爷再次重复，"而且，我还有家人。"

莎莲娜两眼通红，泫然欲泣。

正当两人僵持着的时候，外面突然传来了纷乱的脚步声。许多人在靠近——禁闭室的看守觉得我爷爷来得有些突兀，就给赵队打了电话，赵队一听，立马就想到了这个唯一有飞船的仓库。

"你快走！"我爷爷心一沉，急声说。

莎莲娜固执地摇头："不，你跟我一起走。"

仓库门被撞开，一群人冲了进来，领头的正是赵队。他已经年迈，但身形依旧魁梧，嗓门粗大，吼道："小李，快停下，不要做傻事！"

年少的阴影再次扑面而来，我爷爷这次却不再战栗，他坚定地摇头。"进去，不然就来不及了！"他将莎莲娜一把推进舱门，然后转身盯着闯进来的人。

嗡，飞船浑身一震，启动了。

"快，抓住他们！"赵队吼道。

十几个男人跑过来，我爷爷扛起一袋谷子，死命砸过去。他像疯狗一样嗷嗷叫着，冲过去顶翻了好几个人。但立刻有更多的人把他压住。

身后的飞船已经离地升起，左右摇晃着向仓库门外飞去——莎莲娜只有驾驶的基本常识，并不熟练。

"把门关上！"

男人们立刻舍了我爷爷，起身冲向仓库门。我爷爷浑身瘀血乌青，却翻身而起，追上那些男人，专踢他们的腿，让他们一个个都摔倒。追到最后两个时，已经到了门口，我爷爷咬牙扑过去，抱住那两人的脖子。三个人一起滚倒在地。

那两人急了，想推开我爷爷爬起来关门。但我爷爷爆发了不可思议的力量，死死箍住他们，多重的拳头打在自己身上都不松手。

飞船跌跌撞撞地飞过来，穿过仓库门，进入了广阔的夜空。

"走啊，快走啊，你要自由，就可以拥有自由！"我爷爷声嘶力竭地喊，眼泪和血一起流下来，模糊了眼睛。多年前，他救那群猪时也这般呐喊过，只是，猪跑了还会回到猪圈里，而莎莲娜飞走之后，就会永远消失。

飞船的八台引擎全部启动，喷出来的离子束令四周灰尘弥漫。所有人都纷纷捂住了嘴巴，仰起头，看着飞船笔直而上，逐渐变小，化为一星光点，消失在亿万星辰里。

我爷爷这才松开手臂，像一摊烂泥似的躺在地上……

我爷爷八十二岁时，芜星的改造才结束。

当星舰派来的官员们仔细检查完芜星的各处，以七比二的高票通过芜星的结束改造申请后，整个星球一片欢呼。从此以后，芜星将正式成为人类联盟的殖民星球。在星际版图上，它会以绿色的标记来标明。

宣布那天，我爷爷正躺在病床上。我爷爷坐过十年牢，然后独自在破旧的宿舍里度过了一生，艰难劳累，疾病缠身，总是感觉浑身酸痛。到了晚年，他只有依靠药物来维持微弱的生命。

听到改造结束的消息后，我爷爷的呼吸急促起来，扭过头，看向窗外。

窗外，是改造过的明净天空，几行飞鸟掠过，留下清脆的鸣声。高大的建筑群拔地而起，人工树林郁郁葱葱，清香扑鼻，阴凉怡人。看着这种景象，我爷爷很难回忆起芜星当年的贫瘠模样，他仔细思索，只能模糊地想到一个姑娘的影子。

他再也没有见过那个姑娘。

有人说她成功回到星舰里，钻进冬眠机，在青春永驻的睡眠里等待拓荒纪元全面结束；也有人说她没有回到星舰，而是在一个个殖民星球间游历，见识了种种瑰奇景象，最后累了，嫁给了一个愿意给她熬热粥的老实人；还有人说，她的飞船刚一到达芜星的外空间，就被陨石击中，船毁人亡，在群星间永远飘荡……

这些说法，跟我爷爷都没有关系了。

他下半生的整个生命，都用在了改造芜星上。正是一代代他这样的人抛洒着青春和热血，才使芜星的土壤肥沃起来，子孙后代才能富足安乐。所以他被我奶奶赶出家门，一生凄凉，孤苦伶仃，却总是能够找到活下去的勇气。

我爷爷死后，我亲手将他的骨灰盒放进公墓。这儿埋葬着几百万拓荒者的尸骨，每一个都有我爷爷这样的故事，只是我无法一一叙述。我爷爷在他们中间，将得到永恒的安息。

我离开墓园时，回头凝望，百万墓碑都在渐暗的天色里静默着，只有晚风在吟唱。

杀死一个科幻作家

【必死之局】

夏笳

警告1：本故事纯属虚构，也即是说，本文作者不对银河系历史上任何一位被杀死的科幻作家负责。

警告2：本故事是在作者本人创作的一部超低成本科幻短片剧本基础上改写而成，该剧本已先于小说被拍成超低成本科幻短片，想避免被剧透的读者，可提前去围观这部短片，地址是：http://www.tudou.com/programs/view/svIn41aGJH4/

警告3：珍爱生命，远离科幻。

以上。

零

亲爱的读者诸君，请试想某一天晚上，你走进自家客厅，看见自己的尸体在地板上横陈，心脏处插着大号牛排刀，血浆像黄石公园的火山爆发一样喷溅满地。面对此情此景，你会作何感想？

尽管身为科幻作家，每日与外星人劫持、机器统治人类、小行星撞击、太阳系量子化一类怪力乱神纠缠不清，然则看见尸体的一瞬间，我依然觉得，这场面未免太科幻了一点。

为避免语无伦次，还是从头讲起。

一

周五下午五点，我开车回家。9月，城市刚刚褪去燥热，晚风里有雨后街道湿漉漉的味道。路过大型连锁超市，我停下来买了一支1995年的长城赤霞珠干红和一束白百合。干红用来配牛排，百合用来装饰餐桌，两件事安安都特地打电话叮咛过，绝不可能忘记。

付款时收银员问我是否有会员卡。自然应该有，但翻遍钱包与全身口袋都找不到，大概出门时就忘记带出来。于是想起早上安安也曾就会员卡的事提醒我，却还是忘得一干二净。心情有点沮丧，为这点小事，日后免不了要遭到她持续不断的数落。

人类的可悲可笑之处就在于无法预知未来，如果此刻有一位剧透之神在身边，它大概会慷慨地安慰我，大可不必为那张成本不足一元的薄卡片操心，因为今晚九点钟我将准时看到自己的尸体横躺在客厅地板上。

路上很堵，到家时天色已晚。我怀抱红酒与百合花，不便掏钥匙开门，于是抬起手肘按下门铃。悦耳的电子铃声响过三下，有轻快的脚步声从门后传来。

开门的居然是苏菲，腰间还系着围裙。看见是我，她嘴角立即浮现出女演员般华丽的笑容，像身穿金色比基尼的莉娅公主一样惹人遐想。

"怎么这么晚啊，这都几点了？"她声音娇憨，伸手要接我怀里的花束。近处看，她今天的妆容格外精致。

对于她的热情，我没有立即回应，在别人家里公然做出主妇的模样，未免显得有些招摇。

安安紧跟着从厨房出来，同样系着围裙，头发随意绾起盘在脑后，用一只墨绿色蝴蝶结发卡别住，显得利落又不失女人味。她安静的声音穿过苏菲的身体，好像穿过空气一样飘到近处来。

"是啊，怎么这么晚？"

"堵车堵得要死。"我远远冲她笑，这时墙上的钟表刚刚敲响六下。钟是安安的妹妹送我们的结婚礼物，不知道她为什么想起来送钟，但模样确实精美，有玫瑰花与小天使一类的装饰，每到整点还能以婚礼进行曲报时，与新家的气氛相得益彰。

"也没多晚，刚刚六点而已。"我又笑。

将葡萄酒与百合递给苏菲，再脱下大衣交给安安，这样两人都有事忙，我也偷空坐下喘一口气。屋里弥漫着逼人香气，大概是牛尾汤，加洋葱番茄玉米一起煮。

"好香啊，晚上吃什么？"

"等会儿你就知道了。"安安淡淡笑道。

不知为何，有点心神不宁，仿佛不慎走入一间藏有异形或者终结者之类诡异存在的房间。膝盖发抖，背上冒汗。或许剧透之神已经提前在向我发出警告了也说不定。

二

六点半开饭。先端出熏鲑鱼色拉和番茄奶酪做的冷盘，然后上牛尾汤。尽管只是三个人在家吃饭，餐具之类依然摆放得很正式。为了增加气氛，甚至关掉灯，点上蜡烛，组合音响里放出如泣如诉的小提琴四重奏——名字我叫不上来，大概是安安前两天新买的CD。

葡萄酒倒入水晶杯，烛光下折射出血般嫣红的光。

"碰一个？"我率先举杯，两个女人也将面前杯子拿起。

"等一下，我先来！"苏菲快人快语，"咱们今天吃这顿饭呢，主要是为了庆祝志伟哥新书出版。所以我得先敬志伟哥一杯。志伟哥，祝你新书大卖，卖它个几百万本，从此成功混入畅销书作家行列！"

几百万本！哪有这样的好事，这年头科幻小说能卖三万本就算奇迹，这丫头是存心逗我开心。

"那就借你吉言。"我满脸假笑与她碰杯。水晶杯"叮"的一声轻响，仿佛往深井里投入一粒石子。

安安在一旁淡淡笑道："说这么热闹，还不赶紧把你的书给人家送一本。"

"对对。"我点头，去一旁取来散发油墨气息的新书。封面装帧颇为精美，并无一般青少年科幻读物那种低幼化的配图，而是以素色花纹为底，上面印着"时间旅行者的情人"几个白色小字。照例未能免俗地配有腰封，用远比书名大若干倍的字号标出十几位行业泰斗的姓名与推荐语，若仔细分辨，其中一位与科幻有关的人士都没有。很显然，出版商的意图是将其包装为都市青年白领时尚读物，若操作得好，或许真能浑水摸鱼卖上十万本也未可知。

至于小说内容，则无甚新意，大致讲一名男子突然获得时间旅行的能力，于是穿梭于六个不同时代，与七名女子分别相爱厮守的故事。因为这些女子各自有其无与伦比的美丽之处，导致男子最终也无法做出抉择，只能将生命尽量平分给这些女人。男子死去之后，七名女子分别在不同时空里为他举行葬礼，追忆与他曾经度过的似水年华。这是全书中最为煽情之处，据说编辑部的小姑娘们看到这里，无不像被按下按钮一般潜然泪下。

我将书递给苏菲，她接过去掂一掂，仿佛在揣测蛋糕盒子里是否藏有钻戒，随即唇角轻扬，似笑非笑地说道：

"这本书我已经有了呀，志伟哥你忘了？"

诚然，我早在此之前送了一本给她。若要再准确些，便是昨天中午，我开车接她去吃饭时，在车里亲手交付与她，内页中甚至偷偷写有几句肉麻不堪的话，想必她回去后已经看到了。既然如此，何必在安安面前说出来，这丫头存心找事。

我只好假笑："拿着吧。书嘛，多一本不多。"

边说边翻开扉页签名，即使礼貌客套，此种过场程序也不可少。我用与畅销书作家相称的潇洒字体写下：

"苏菲女士惠存。两情若是久长时，又岂在朝朝暮暮。李志伟赠。"

一边写，一边感到有一只光溜溜的脚在餐桌下偷偷蹭我的腿，自然不会是安安的。我佯装不知，只管埋头签名。

写好递过去，苏菲接过去笑道："那就谢谢大作家啦！"

安安也在一旁笑："什么大作家，你就会捧他，捧得他不知道自己是谁了。"

餐桌下那只脚，依然贴在我腿上摩挲。

苏菲收了书，再次举杯道："安安姐，我还要敬你和志伟哥。祝你们俩下个月顺利结成革命家庭，生个小作家出来。"

安安在烛光里侧脸看我一眼，唇间流露出蒙娜丽莎一般神秘莫测的微笑。我不由自主握住她的手，感觉到纤纤玉指上的铂金订婚戒。

三只水晶杯在空中相碰，又一粒石子，掉入黑洞般深不见底的井中。

安安道："那我也祝苏菲早日找到一个如意郎君，最好下次能带过来，我们四个一起吃饭。"

苏菲叹气道："唉，我哪有安安姐这么好福气呢，找到志伟哥这么个好男人，温柔体贴，一表人才，有房有车，还是个作家，说出去多有面子！"

安安道："以你的条件，什么样的找不到。眼光别放那么高，挑来挑去的，男人没有十全十美的，有时候就是得将就点，能过日子就行，对吧？"

她边说边看我，我也只得顺着往下说道："要求高点是好事。有机会让安安姐介绍几个青年才俊给你，都是当年她挑剩下的。"

马屁果然拍得及时，安安假意撇嘴，眉梢眼角却满是笑。苏菲也笑，桌下那只脚却狠狠踩下来，杀气力透脚背，连木地板也险些贯穿。

我不禁"嘶——"的一声。

"怎么了？"安安疑惑地看我。

"没事没事……"我咬牙强忍，"那什么，我去趟洗手间。"

三

我迈着轻快的步伐逃离客厅，穿过走廊，走进厕所。房子刚刚装修好不到两个月，高档瓷砖与实木地板散发出白璧无瑕的崭新气息。我喜欢这气息，那些地狱一般的赶稿日里，是它们神圣的光辉在远方地平线上召唤我前进。再写两万字，便可买下一平方米厕所瓷砖……再写五万字，可以升级为带清洗与自动烘干功能的高档马桶……科幻作家也得吃喝拉撒，也得在地球上买房买车，我咬着牙写了十年，终于换来今天的一切。有时夜里做噩梦，梦见瓷砖与高级马桶突然间分崩离析，重新变回电脑屏幕上寒酸的小说，一行一行消失不见，于是大吼一声醒来，内裤都被冷汗湿透。所幸只是梦而已，绝对没有刺穿现实薄膜的可能性。

嘴里不由自主哼起星球大战主题曲，前进吧，天行者，银河系的历史又揭开新的一页！

我拉开裤链，对准高档马桶撒了泡尿，冲水，扭开洗脸台龙头，洗手，洗脸，顺便从镜子里仔细端详自己。三十岁，相貌只能说是平庸，因为常年熬夜抽烟写稿，所以脸色憔悴，牙齿发黄，最糟的是由于缺乏运动，已经有肚腩顶着腰带上面的衬衫微微鼓出来。尽管如此，与周围其他三十岁男人相比，状态还算不坏。穿上名牌衬衣，坐在咖啡馆一类蛮有文化气息的场所，再请专业摄影师拍照润色，配以"畅销书作家"的头衔登上杂志封面，依然可以吸引过往女高中生们的目光吧！

我一边幻想着，一边用手指蘸水抹平头发，嘴里依旧哼着星球大战主题曲。身后马桶一直传来抽水声，好像完全没有停下来的打算。我皱眉过去查看，买来还不到两个月的高档马桶，五万字换来的高档马桶，像爱伦·坡笔下的莫斯肯大旋涡般旋转不停，发出气势磅礴的声响，令人心情甚是不爽快。我将所有按钮依次按一遍，喷水、喷香水、热风烘干，莫名其妙的功能如音乐喷泉一般交错起伏，说也奇怪，折腾一番竟好了。

我哼着歌，满意离去。

四

离开厕所，穿过走廊，向客厅走去，突然感到周围异常安静。安静分很多种，有些平淡无害，有些则是充满怪物口臭一般带有压迫感的死寂。此刻我感觉到的便是后者。墙上的钟表突然响起，庄严肃穆的婚礼进行曲，宛如身穿白纱的天使在四周缓缓游荡。

乐声中我缓缓推开门，便看见地板上的尸体。

客厅灯光大亮，一片狼藉，仿佛刚刚有台风刮过，原本应该被精心安置在各处的物品以散漫随意的姿态滚落满地。尸体横躺在受灾现场正中央，脸侧向一边，扭曲的姿态令人想起名画《马拉之死》。胸口插着刀，若要再准确说明，是上周刚买回家的德国进口组合餐具中，最大号的一把牛排刀。整个刀锋足有二分之一长度都深深插入尸体的心脏部位，血不断涌出，将深蓝色衬衣染成近乎紫黑色，并且还在沿着实木地板的缝隙不断向四周蔓延。

因为开头处已经剧透，所以此处不必再卖关子。根据死者的脸与身上衣着，可以轻易辨认出，那人正是我自己。

我！自！己！

婚礼进行曲庄严肃穆的旋律恰在此时停止，紧接着响起"当当"的报时声。我抬头望去，钟的指针指向九点。

整个状况完全超出正常人类的理解力范围，只能凭借生物本能行动。我不知道祖先们在漫长的进化过程中，给我的DNA链中存留了多少有用的逃生基因。大概仅够我在完全无意识的状态下，像尾巴被烧着的耗子一样逃回厕所吧！

灯光惨白，我将门反锁，随即浑身颤抖地滑坐在地，对着面前崭新光亮的高档马桶发呆。

五

据说当大灾难来临时，厕所是最好的庇护所，此处空间封闭，结构稳固，水源充足，并且有许多毛巾。毛巾的重要性，科幻迷几乎人尽皆知，不必在此浪费宝贵的时间解释。

我用毛巾蘸冷水擦脸，以恢复一点平静，然后鼓起勇气，对着镜子里的自己进行如下提问：

14的平方等于多少？

196。

宇宙飞船上天的速度是？

7.9公里/秒。

群星的尽头在哪里？

川陀。

宇宙、生命以及一切的终极秘密是？

42。（出自小说《银河系漫游指南》，42是一个比较无厘头的答案。）

谁是天行者卢克的爸爸？

黑暗武士达斯·维达。

谢尔顿·库珀博士的智商是？

187。

加州理工学院物理系，出生于美国得克萨斯州东部，11岁上大学，15岁去德国海德堡学院做客座教授，研究方向是弦理论，一个硕士学位两个博士学位……

足够了，没有问题，我的神志十分清醒，没有疯，没有失忆，也不是在做梦。为了万无一失，我又捏起手臂上的肉用力拧一下，十分之痛！

门外一点声音也听不到，仿佛整座房子暂时陷入时间的缝隙停滞不动。时间！这个关键词令我想起一个重要细节，看见尸体的一瞬间，客厅里的座钟正敲响九下，而我离开餐桌去厕所的时候，应该尚不到七点。

唯一合理的解释是：我穿越了。

因为穿越，所以能看到另外一个自己。也即是说，七点钟的我穿越到两个小时以后，看见九点钟的我，用科幻小说中的逻辑来思考便迎刃而解。问题是，九点钟的我胸口插着大号牛排刀死在客厅地板上，这样重口味的场景，恐怕任何穿越爱好者都吃不消。

我再次用毛巾蘸水擦脸，将新冒出的冷汗拭去。原地打转思忖良久，终于下定决心，将厕所门拉开一条缝向外张望。走廊光线暗淡，隐隐有熟悉的乐声从客厅飘来。

小提琴四重奏如泣如诉。

六

再次推门进入客厅，看见一切如故。烛光幽暗，地板整洁，任何像尸体的东西都看不到，也并无一点凌乱痕迹。苏菲与安安依旧坐在桌边，一起扭过脸来看我。或许心理作用使然，总感觉她们眼神闪烁，如同夏夜古井边的鬼火。

"怎么去那么久？"苏菲先开口。我抬头看墙上钟表，七点差十分。

"是啊，汤都要凉了。"安安抽动嘴角勉强笑道。

我胆战心惊落座，看来暂且是回到正常时间里了。喷香扑鼻的牛尾汤果然已经凉透，表面凝固起一层腻腻的油花。

安安起身，去厨房端来主菜。盖子掀开，是上好的澳洲带骨牛排，以颇专业的手法煎至五成熟，尚在滋滋地往外流淌汁液，在跳动的烛光下望去，像许多油光水滑的虫子争先恐后钻出来。我不由得一阵恶心。

苏菲俯身吸气，陶醉道："这牛排真嫩！安安姐你怎么弄的啊？我每次都弄不好。"

安安笑道："多试几次你就会了。"

两人边说边动手。切开红嫩的肉，剔去硬脆的骨，未凝固的血浆流淌出来，脂肪层迸裂，喷射出近乎残忍的香气。我坐在那里看她们吃，肉块被送进两张丰满红润的唇里，四排珍珠般的皓齿反复咀嚼，柔软的丁香小舌搅拌舔舐，最后被吞进雪白的喉咙。两人的吃相我都再熟悉不过，却从未像此时此刻看来这般陌生可怖，仿佛看到食肉霸王龙们蹲在白垩纪丛林中心情愉快地大快朵颐。

咯吱咯吱，咯吱咯吱，咀嚼与吞咽声在小提琴四重奏中四处蔓延。

"怎么不吃？"安安停下刀叉看我，"都是按你喜欢的味道做的。来，趁热吃。"

她抬手就把刀伸到我盘子里来，替我切肉剔骨。大号牛排刀，插在尸体心脏处的牛排刀！刀锋上的光芒宛如油滴，随着烛火跳动一颗一颗淌下来。血水四溅，像喷射的黄石公园火山。

"我……我自己来吧……"我勉强开口，喉咙却干涩沙哑。

牛排刀拿在手里沉重得很，我慢慢用力，操纵僵硬的手指紧握住刀柄，刀柄据说是由某种高级木头制成，枫木或者胡桃木？这会儿完全想不起来，总之花费不菲。这样昂贵的刀插进胸口是何感觉？是否如传说中的绝世宝剑，心脏已被剖出，还来不及感到痛？指尖微微用力，刀尖轻易没入五成熟的嫩牛排中，像摩西分开红海，尘归尘，土归土……突然间墙上钟声大作，我手一抖，牛排刀从指间滑落，"砰"的一声钝响。

婚礼进行曲残酷无情地炸开寂静，恍如全副武装的地球部队入侵潘多拉星，把白衣小天使们像扔燃烧弹一样抛满每一寸空间。

我满脸冷汗，背脊冰凉。鼓起勇气抬头看钟，七点整。

"怎么搞的你，心神不宁的。"安安对我皱眉，弯腰去捡刀。我堆起脸上肌肉对她假笑，为避免解释，匆忙从盘子里挖起一大块色拉往嘴里塞，却差点被腌橄榄呛了嗓子。

七

墙上的钟滴答滴答响，弹珠一般飞快流逝。

七点十分，吃牛排。

七点二十，依旧吃牛排。

七点三十，终于撤下牛排，端上新鲜的提拉米苏蛋糕。我趁此机会点燃一根烟猛抽。

七点四十，两个女人依旧吃蛋糕，我依旧抽烟。无论是牛排还是蛋糕，我都几乎没有吃下，尽管如此，却完全没有饥饿感。面前的烟灰缸里，烟蒂不知不觉堆积如山。

"啊呀呀，太好吃了！"苏菲将最后一块蛋糕送进嘴里，猫一般满足地伸出舌尖舔嘴唇，"唉，我还说减肥呢，一不小心又吃多了。"

安安笑道："你这么瘦，还减什么肥啊。我才是呢，最近又没空去健身房，胖了好几斤。"

"你是要结婚的人嘛，多吃一点也是应该的，结婚可累人呢！"

"结不结婚，还不都是伺候他。"

我半晌才领悟到，安安所说的"他"是指我。因为心不在焉，指间香烟已不知不觉烧掉一半。安安伸手过来，夺下烟蒂摁灭。

"你也少抽一点吧！真是，这么大味儿。来帮我收拾。"

苏菲乖巧地摘下餐巾："我帮你吧，让志伟哥歇着。"

两个女人起身，收拾桌上残羹冷炙，杯盘相碰叮咚作响，若是换一个环境，也未尝不能当作音乐欣赏。我再次抬头看表，七点五十。

距离九点还有一个小时零十分，大号牛排刀响声清脆。

"我……我再去趟洗手间。"

八

时间旅行究竟是怎样发生的，对此，所有科幻小说都措辞暧昧，语焉不详，像男生谈论自己初次遗精一样隐去所有技术性细节。即便有少数作者厚颜无耻地大谈特谈，也往往会被读者不耐烦地跳过，白白耗费精力与纸张不说，被技术宅挑硬伤的滋味更是不妙。因此我在写《时间旅行者的情人》这本书时，完全不提供任何拗口的科学名词与技术描写，男主角只凭借一系列特殊的动作便能穿越，只不过这些动作极为微妙，且需配合特定的思维活动同步进行，因此正确完成的成功率不高。这也正是他阴差阳错地穿越到六个不同时代、结识七位美女的主要原因。

也许我在瞎编乱造的过程中，无意间勘破了宇宙终极奥义？也许那些会发光、会旋转、会哇哇乱叫电闪雷鸣、会制造虫洞汇聚虚量子修改宇宙弦参数的高科技玩意儿才是真正的无稽之谈？也许时间旅行从来都像把灯泡放进嘴里再拿出来或者舔自己的胳膊肘一样简单，只是从来没有人做到过？

我试图一步一步重复之前做过的动作，拉开裤子拉链，立在高档马桶前，勉强挤出半泡尿，冲水，扭开龙头，洗手，洗脸，审视镜子里的自己。头发蓬乱，眼中有血丝，除此外与之前并无明显不同。

一边用手指蘸水抹平头发，嘴里一边哼星球大战主题曲。或许因为紧张，旋律变调得厉害，仿佛联合舰队在布满虫洞的空间里七扭八歪地艰难行进。若是配合此种音乐升起字幕，想必星战迷们非但不感动，反而会手持光剑将我斩成碎片吧！哼到一半，身后的抽水马桶安静下来，连滴水声都听不到。我凑过去，像对着许愿池祈祷一般虔诚地跪下查看，洁白的高级马桶里只剩一汪清水，波澜不惊，令人想起生命出现之前的原始海洋。

九

再次出门，穿过走廊，一步一步走进客厅。钟声响起，堕落天使们奏起婚礼进行曲。我抬头看钟，八点整。

叹一口气，说不清庆幸还是焦虑。距离九点还有一个小时。

客厅里空荡荡的，桌上餐具蜡烛都被收走，灯光暗着，小提琴四重奏已停止。从客厅后的厨房里，隐隐传来水声、收拾杯盘声与两个女人说话的声音。

浑身疲倦，像被终结者连续追杀三天三夜。我拖着脚步，慢腾腾地走去卧室。

十

卧室完全按照安安的品位装修布置，白色与深红为主，十分典雅华贵。黑暗中隐约能看见墙上的巨幅婚纱照，高悬在双人床上方，仿佛美国人插上月球的国旗，无时无刻不在宣告对这房间至高无上的领土权。照片上一对男女笑得极为灿烂，像用砂糖与天鹅绒反复打磨过，每个切面都自动反射光芒。

这样灿烂的笑容，是否就能与幸福画等号，我对此毫无概念，就像不知道提拉米苏蛋糕与搜狗拼音输入法之间应该如何换算一样。

懒得开灯，于是直接甩掉拖鞋侧躺在床上。卧室墙上没有钟表，因为安安睡眠很浅，连秒针走动声都不堪忍受。尽管如此，我依然感觉到嘀嗒嘀嗒的声响，从空气中每一粒分子的震颤中流过。子在川上曰，逝者如斯夫。逝去的不仅仅是时间抑或青春，还有生命，货真价实的生命，毫不抽象，毫不形而上，我本人的生命在滴答滴答流淌。

九点钟，火山将准时喷发，携带宝贵的生命离开这个世界。

嘴里发干，想抽烟，然而卧室里并没有烟。客厅或者我自己的书房里随便抽，卧室则一点烟味也不允许，这也是安安的规矩。正在胡思乱想，突然听到屋里有响动，我像被通了电流的科学怪人一样从床上惊跳起来。

屋里静悄悄，看上去毫无异状，然而方才分明是听到声音，错不了。我四下环顾，必然有某人或者某物藏在这屋子里。

先检查落地窗帘背后，然后是衣柜，门一扇一扇猛然拉开，每次都以为会有僵尸迎头扑过来，然而没有，只看见我的高档西装衬衣与安安的连衣裙规规矩矩地悬挂着，感受不到一丝生命迹象。

最终只剩下床。我浑身冷汗，慢慢跪下，地毯很柔软，因为也是高级货。床底下会藏着什么呢？无穷无尽的变态想象翩然而至。我伸手抓住床单一角，正要用力掀开，突然有一只冰冷的手从后面按住我的脖子。

心脏几乎停跳，我惨叫一声，差点瘫软在地。

"你干吗呢？"熟悉的声音从背后传来。

勉强回头，即便光线幽暗，依然凭轮廓认出是苏菲。

"你……你怎么……"我结结巴巴。

黑暗中，苏菲娇媚的笑声宛如魅惑人心的美人鱼。

"我来看看你啊！你是怎么了，一晚上都没精神？"

怎么可能有精神？比起死亡本身，更可怕的是在死期临近前被提前吓死。

"难道……是婚前……纵欲过度？"

"什么乱七八糟的？！"

"真的没有？我搜搜看……"她边说边伸手拉开床头柜，从里面轻车熟路地摸出一盒杜蕾斯。

"这是什么？"她歪着头在我眼前摇晃。

我一股无名火冲上脸，劈手抢过，扔回抽屉里，压低声音怒斥道："胡闹什么！"

短暂安静片刻。

这丫头大约没料到我会发火，瞪着眼睛呆坐一会儿，反而笑起来。

"好，好呀，现在你就会对我发脾气了……"

她一边说，一边将手伸到背后，慢慢抽出什么。刹那间我魂飞天外，仿佛看见美丽性感的T-X将上半身扭转180度对我说话。悬念终于揭晓，女魔头终于现身，手里拿着刀，锋利沉重的，大号牛排刀。

脑海中飘过我们共度的无数美妙时光，像走马灯一般旋转，莫非这就是传说中的濒死体验？美丽的苏菲，娇憨的苏菲，小猫一般软软的身子，生气时凶神恶煞，转眼间又笑得花枝乱颤……一瞬间，我竟然有点庆幸握刀的不是安安。两个女人我都亏欠，硬要挑一个来杀我，似乎还是苏菲更胜任些。理由说不上来，大概就像写小说塑造人物一样，凭借某种直觉吧！

背脊顶着坚硬的床脚，无路可退。

苏菲突然挥手向我砍来，冷风扑面，我举手欲挡，却没有预想中的剧痛与冰凉触感。什么都没有。

从指缝中向外偷看，隐约看到发光物，却不是牛排刀，是苏菲的手机。屏幕上有照片，一男一女，头凑在一起笑得很甜，或者说腻歪也未尝不可，肩膀露在被子外面，显然都没有穿衣服。

"自己睁眼看清楚，啊！"苏菲提高嗓门，声线因愤怒而微微发抖，令人想起被直升机吹过的水面，"你这个婚能不能结成还不一定呢！"

照片上的女人是苏菲，男的自然是我，若仔细端详，从这个角度拍出来的脸形居然还蛮耐看。

问题是，此时她拿出照片，显然不是为了让我欣赏自己的脸。

"你……你想怎么样？"我结结巴巴地说道。

"我没想怎么样，是你想怎么样！"苏菲将手机往床上一摔，顺势抱膝坐下，俨然受气小媳妇模样，"你说喜欢我，离开我没法活，可又答应了安安跟她结婚。你说这么多年来她的梦想就是跟你结婚，做贤妻良母，你说毁了这个婚约就是毁了她这一辈子。好，你们两个，我谁也伤不起，我不破坏你们，我死心塌地当小三行了吧！可你也不用当着她的面欺负我吧，只有她怕受伤害吗？我就不会痛啊？"

说到激动处，她声音由尖厉转为哽咽，眼中泪光闪闪，我见犹怜。

"我……我怎么欺负你了……"

"你自己心里清楚！"

"我哪有欺负你……"我用力叹气，"唉，你们两个，要我的命啊……"

我伸手替她擦眼泪，她咬牙扭脸躲开，一副不共戴天的阶级仇敌模样，不过这种游戏玩得多了，我早有经验。大丈夫风流一世，靠的不过"潘、驴、邓、小、闲"五个字，眼下便是伏低做小的时候。我又不屈不挠伸手拉扯她，往复好几回合，终于她身子一软歪过来，一张梨花带雨的小脸倚在我胸口，连精致的眼妆也不曾哭花。我对准位置，不由分说低头吻下去。无数历史经验教导我们，男女之间平息争吵，这是最佳方案。

十一

记得《时间旅行者的情人》刚写好时，我打印出来拿给安安看。她看完后沉默良久，然后问："你们男人心里，为什么都梦想身边能有不止一个女人呢？"

我百般辩解说这只是小说，纯属虚构，请勿对号入座。安安不依不饶，一定要听我说心里话。

心里话究竟是什么，实在答不上来。对人类绵延千万年的集体心理做深层剖析，或许并非我一个科幻作家能够做到。

"硬要打个比方，大概就跟你们女人买衣服一样吧！"我最终这样回答，"每次看见好衣服，都骤然生出非它不可的感觉，好像这辈子只买这一件衣服就足够了，一旦拥有别无所求，千真万确，赌咒发誓，连自己也相信是真的。只是买回家穿几次，又开始想要新衣服。旧的依然很好，依然可以隔三岔五拿出来穿，只是……只是这辈子总不能只穿一件好衣服呀，没有这样的道理。对吧，是这样的心情没错吧？"

类似的问题苏菲也问过，我也拿同样的话回答她。苏菲毕竟脾气暴躁，一巴掌甩在我脸上喝道："衣服不要了还能捐献灾区人民呢，老婆你捐出去试试看？！"

老婆自然是捐不得，我也没能耐穿越时空去跟亡个女人谈恋爱。原本以为这辈子有两个女人就能知足常乐，事到如今，却连小命都有可能丢掉，真是天大冤枉。

十二

苏菲小猫一样的身体柔若无骨，皮肤在薄薄的蕾丝连衣裙下发烫，我用手心缓缓摩挲，即便要死，也该做个风流鬼才是。

正吻得酣畅，突然有什么东西在我脑海里响起，好似哥斯拉登陆纽约市前空气里传来的狂啸，或许是剧透之神又在对我发布警报了吧！我一把将苏菲推开。

"什么声音？"

"声音？"苏菲茫然四顾，"没有啊！"

"嘘！"我用一根手指按住她的嘴唇。

四下一片寂静，宛如被废弃的庞贝古城。

"真没有啊！"苏菲压低声音，"你今晚是怎么了，疑神疑鬼的。"

我翻身下床，蹑手蹑脚潜行到卧室门口，耳朵贴在门上听了听。听不到什么声音。

转动把手，突然将门拉开，外面空无一人。

苏菲在身后怏怏不乐地说："没人吧？"

我终于松一口气，回头低声道："没人你也别在这儿待着，小心一会儿安安过来看见。"

"切，多稀罕你这破房间似的。"

苏菲身子一拧跳下床，腰身摇摆，像蛇妖一样曼妙地滑走。走到门前又故意回头嫣然一笑，伸一根手指点点嘴巴。

我愣了好一阵才醒悟过来，连忙奔去安安的梳妆台前照镜子。果然，脸上沾了鲜亮的口红印。

十三

刚把脸擦干净，安安就走了进来，手里端一杯热咖啡，香气十分诱人。

咖啡？这么大晚上的谁要喝咖啡？

不等我开口，她先朝我脸上打量。

"诶，你怎么……"

"我……我怎么了？"我做贼心虚，不禁提高音量。

"苏菲呢？"她又环顾四周。

"苏菲？我没跟她在一起啊！"我理直气壮。

安安愈加仔细地看我，我挺直腰板一脸坦然。无意间低头一瞥，却瞥见右手背上残存的口红痕迹，浅浅一抹，有如飞碟落地时留下的烧熔痕迹，将一切行踪暴露无遗。

"你的手……"安安目光也随之移动。

我迅速把手藏到背后，"怎么了？"

"我看看。"

"干吗？"

越是心虚，越得理直气壮，况且事到如今别无他法，唯有拼死抵抗一条路。安安硬要看我的手，我硬是不让，两人像老鹰捉小鸡一样绕着转圈子。拉扯间，咖啡杯陡然一滑，散发苦香的滚烫液体全洒在手上。

确切地说，是右手。

再确切说，我的右手。

刺痛感沿着神经网络向全身蔓延，尽管远远无法与光速相比，但还是极具破坏力。我像煮熟的虾米一样，整个身子缩成一团，脑门上爆出粗大青筋。

"啊！"

"哎呀，没事儿吧？！"安安惊慌失措。

一整杯滚烫咖啡泼在手上，不是温热，是滚烫，亦不是一两滴，是一整杯。若是谁说没事，我立即将他扭送非正常人类研究所。

安安没头苍蝇一般在屋里乱转，一会儿拿毛巾蘸凉水来冷敷，一会儿找出纱布和药来包扎。我痛不欲生，怒不可遏，一瞬间对两个女人都恨之入骨。这就是我，一个科幻作家的幸福人生，早知如此何必当初！

"靠，轻点儿！"我痛得忍不住骂娘。骂娘这种事与教育程度无关，纯粹祖先遗留在基因中的本能作祟，原始人搬石头砸了自己脚，必然也是暴跳如雷地骂娘。

"忍一下，马上就好。"安安声音低得几近耳语。

她跪在地上，替我红肿发亮的右手裹上纱布，动作十分轻柔，缠了一圈又一圈。不知为何，这让我想起潘多拉替冥王哈迪斯包扎伤口的场面，不禁心中浮现几分伤感。

突然间，一颗眼泪掉下来，落在我缠着纱布的手心里。

我吃一惊，抬头看安安。她哭了。

"怎么了你？"我问。

安安低声啜泣，眼泪像断了线的珠子往下掉。

"你是不是觉得我特别烦？是不是觉得我特别没用？"她的声音极为细弱，仿佛还没孵出壳就要夭折的雏鸟，"其实你讨厌我，恨我，是不是？恨不得我立刻消失掉，是不是？"

"没……没有啊，你这是怎么了好好的？"突然间形势大逆转，变成我理亏。

"我怎么了？"安安凄然一笑，"我不知道自己是怎么了，只觉得我快疯了。每天，每天我都做噩梦，梦见我一个人在教堂里，穿着婚纱，捧着花，等着你，你总是不来，外面雨下个不停，天黑了，来参加婚礼的人也一个一个走了，我一个人坐在黑暗里，一边哭，一边喊你的名字，你在哪儿呢？我不知道你在哪儿……"

我总是不忍看女人哭。尽管安安经常在我面前哭，每次目睹还是心软，像半透明的夹心水果硬糖，外壳融化，里面全是黏的稠的绵软的。我伸手扶住她抽动的肩头，安安突然抬头，眼泪还在眼眶里打转，却露出怨毒的神色。这样的神色，我从来没在她脸上看到过，像美杜莎的蛇眼，令人浑身冰冷，化作石块。

她继续用细弱的声音说着，说着，像是梦呓。

"我找啊找，找啊找，最后终于把你找到了。你猜在哪儿，在一口棺材里面，黑黢黢的大棺材，你躺在里面，像睡着了一样，特别，特别安静，再也没有人能把你抢走了，谁都不行，你是我一个人的……"

她竟然一边说一边笑起来，那神色实在奇怪，像绿芥末配上绵软的草莓冰激凌一样充满诡异的违和感。我不禁惊恐地后退，却退不动。右手被死死握在她手里，这女人，她疯了！

我忍痛一甩，抽出手，身子却失去平衡倒在床上。手碰到羽绒枕头下面冰凉坚硬的什么东西。我将枕头掀到一边。

是刀。

大号牛排刀。

今晚九点时将会插入我胸口的大号牛排刀。

今晚九点时将会插入我胸口的大号牛排刀，原来一直藏在卧室枕头底下。

为什么？

我彻底石化，浑身僵硬冰冷动弹不得。安安眼神怨毒，伸手将刀握住。惊忙之间，我只来得及抓起一只羽绒枕头挡在胸前。

若论价格，大号牛排刀与单只羽绒枕头大概相差无几；至于实用性，如果大号牛排刀的攻击力为100，那么羽绒枕头的防御大约是5，加上我自身战斗力充其量也只有5而已，这样一想，觉得场面十分可笑又十分可悲。

"志伟……"安安带着哭腔喊我的名字。

"你……你不要过来啊！"我也带着哭腔哀求。

人类理智再次失效，只剩祖先遗传的逃生基因进入自动导航模式。我先将防御力为5的羽绒枕头用力扔出，砸中安安的头，自然是不能输出任何实质伤害，但似乎造成了有效的心理攻击。安安"哇"的一声大哭起来，我趁此机会跳下床夺门而逃。

十四

客厅里的钟指向八点五十分。

胸插大号牛排刀的尸体如同黑洞，在九点整静静等待，我则一整晚都在不可避免地向那里滑去，终将在十分钟后一脚踏入，可耻而又可悲地完成合体。

老子还没活够！老子还没写出一部真正伟大的科幻小说！老

子不能死！

安安一边哭喊，一边手握大号牛排刀向我走来，她早已不是我温柔美丽的未婚妻，而是T病毒侵染的行尸走肉，僵尸，杀人魔！苏菲从厨房里跑出来，当然还有她，两个女人是一伙的。对此我也不必再客气，抓起手边能摸到的一切向她们扔去，大部分都未能砸中，哗啦啦掉落在昂贵的实木地板上碎裂。每扔出一样东西，我的脑海中都飞快闪过它们的价格与标签，水晶杯、骨瓷盘、烟灰缸、洛阳三彩，让它们都见鬼去！

女人的哭泣与呼喊在一声声碎裂中蜿蜒起伏，不知为何，这声音此刻听来分外过瘾，好像在打实战游戏。我且战且退，退出大厅，跑过走廊，一头钻进厕所，将门啪的一声关上。

大灾难来临时，厕所是最好的庇护所，此处空间封闭，结构稳固，水源充足，并且有许多毛巾。

我用力喘息，将氧气泵入肺中。门外哭喊声与脚步声渐渐逼近，时间，时间，滴答，滴答，滴答。宝贵的生命在流淌。

事到如今，逃生的路只剩一条。

我再一次重复那套动作，拉开裤链，对准高档马桶颤抖着撒尿，冲水，扭开龙头，洗手，洗脸，从镜子里端详自己，用手指蘸水抹头发，嘴里哼着走调的星球大战主题曲。身后马桶抽水声持续不停，仿佛打算坚持到世界末日宇宙尽头。我飞扑过去，依次按下所有按钮，热水，热风，香水味，我将脸埋在高档马桶中，桃李芬芳，如沐春风。

整个银河系的命运在马桶中旋转，冲刷，终于平静下来。

十五

透过厕所门缝向外窥视，外面的世界是凶是吉，难以预测。

光线似乎比之前明亮不少，气氛也宁静安详，有如世界大战前飞过天际的鸽群，纯洁无瑕，尚未来得及被任何邪恶势力玷污。我小心翼翼走出厕所，穿过走廊，推开客厅门。客厅明亮整洁，没有遍地狼藉，亦没有胸口插有大号牛排刀的尸体。

我连忙抬头看表，五点五十。

我成功穿越回五点五十的世界，天堂一般美妙的，周五下午五点五十的世界。

虽然不便过分张扬，但还是忍不住单膝跪地，摆出各种超级英雄造型，以庆祝自己逃过一劫。此时此刻我必然是被主角光环笼罩着，《2012》早就告诉我们，即便全人类都毁灭，科幻作家也能活到最后一刻。

后面厨房里传来水流声、煤气火焰声与切菜声。我蹑手蹑脚潜行过去，趴在门后偷窥。安安与苏菲正在料理台前准备晚餐，仅看背影就能认出。案板上堆满各种新鲜食材，汤锅在炉子上小火慢炖，加入洋葱番茄玉米的牛尾汤咕嘟咕嘟。我陡然间感到饥饿，虽然两个小时前刚吃过晚饭，但吃下去的分量不多，此刻腹中空空如也。

"志伟哥怎么还不回来啊，这都几点了？"苏菲的声音透过蒸汽传来。

安安淡淡答道："大概有点堵车吧！瞧你，怎么比我还着急。"

这样想来，此刻另一个我应该正在回家路上，或许快到楼下了也说不定。

牛尾汤逼人的香气四处弥漫，肚子里咕噜咕噜直响。饥饿宛如太空中旅行的古董飞船，慢悠悠孤零零地穿过亿万光年，目之所及不见星辰，只有比虚空更虚空的无限黑暗。

厨房近在咫尺，各色食物有如黑洞，散发出致命的引力波，然而我却不敢贸然闯入。按照常理，此时我分明不该在这里，毕竟不是每个人都善于接受科幻小说中的逻辑。

我返回客厅，想找些零食充饥，费心寻觅却一无所获。安安对饼干薯片一类的零食恨之入骨，在她心中，唯有健康天然的才配被称作食物，才有权力登堂入室，占据厨房空间。客厅门口则恨不得贴出"零食与狗不得进入"的标牌才合理。

门铃声突然响起。按铃的不是别人，正是我自己。

苏菲的声音从厨房里传来："诶，是志伟哥回来了吧，我去开门。"

想要去其他房间躲避却已来不及。仓皇间我瞥见餐桌，粉红色印花桌布亦是安安同事送的礼物，十分宽大，一直垂到地面。我顾不得多想，掀起桌布躲进去，旁边随即掠过苏菲踢踢踏踏的脚步声。

门开了，隔得老远听见苏菲笑得娇嗔。

"怎么这么晚啊，这都几点了？"

紧接着，安安的脚步声也从厨房里出来。

"是啊，怎么这么晚？"

"嗨，堵车堵得要死。"一个熟悉又陌生的声音回答道。紧接着墙上的钟奏响婚礼进行曲，那个声音自我辩解般说一句：

"也没多晚，刚刚六点而已。"

不知为何，觉得这声音多少有点招人烦。

十六

叫不上来名字的小提琴四重奏如泣如诉，客厅光线黯淡，只有烛火幽幽闪烁。

我蜷成一团躲在餐桌下，像尚未发育完全的胎儿，硬被塞进狭小漆黑的母亲子宫中。实木地板冰凉坚硬，硌得尾巴骨生痛。尤其难熬的是各种食物香气从头顶飘来，我周围却只有三双套在拖鞋中的脚，散发出算不上恶臭、但也绝不能说好闻的气味。

对话声断续传来，像重看熟悉的肥皂剧，只是看不到画面，仅能凭声音猜测剧情。

"碰一个？"

"等一下，我先来！咱们今天吃这顿饭呢，主要是为了庆祝志伟哥新书出版。所以我得先敬志伟哥一杯。志伟哥，祝你新书大卖，卖它个几百万本，从此成功混入畅销书作家队伍！"

"那就借你吉言。"

什么吉言，虚伪！

"说这么热闹，还不赶紧把你的书给人家送一本。"

"对对。"

"这本书我已经有了呀，志伟哥你忘了？"

"拿着吧！书嘛，多一本不多。"

餐桌上传来沙沙的写字声，餐桌下，一只光脚像银鱼般从拖鞋中滑出，一点一点向我的脸逼近。我只好屏住呼吸尽力闪避，勉强为它让出道路。那只脚终于成功抵达目的地，在穿西裤的腿上磨蹭。

"那就谢谢大作家啦！"

"什么大作家，你就会捧他，捧得他不知道自己是谁了。"

银鱼般形状完美的脚，依然得意地在另一条腿上游走。不知为何，突然很想拿刀将这脚利落地刺穿，或许与穿西裤的腿一起钉在地板上，看着血浆汩汩流出，才能令郁结的心情稍微平复。

"安安姐，我还要敬你和志伟哥。祝你们俩下个月顺利结成革命家庭，生个小作家出来。"

"那我也祝苏菲早日找到一个如意郎君，最好下次能带过来，我们四个一起吃饭。"

"唉，我哪有安安姐这么好福气呢，找到志伟哥这么个好男人，温柔体贴，一表人才，有房有车，还是个作家，说出去多有面子！"

祝你全家祖宗十八代都嫁给作家。

"以你的条件，什么样的找不到。眼光别放那么高，挑来挑去的，男人没有十全十美的，有时候就是得将就点，能过日子就行，对吧？"

"要求高点是好事。有机会让安安姐介绍几个青年才俊给你，都是当年她挑剩下的。"

银鱼般的光脚如同雷神之锤，狠狠向下跺在另一只脚上。虽然是另一只脚，我却也隐约感到痛，嘴里忍不住嘶的一声。

"嘶——"

"怎么了？"

"没事没事……那什么，我去趟洗手间。"

十七

穿西裤的腿起身离开，我趁此机会，赶紧将头伸往空出的位置下面，小心翼翼地透过桌布透气。在桌下蹲了快一个小时，此刻四肢麻木头脑昏沉，若是再不赶紧补充氧气，怕就要可耻地闷死在这里。

餐桌上陷入短暂沉默。只有刀叉碰撞声、咀嚼声与喝汤声。

片刻后突然听见安安的声音："菲儿，咱们认识多久了？"

苏菲说："从中学到现在，有十好几年了吧。"

安安问："你和志伟呢？"

苏菲说："也有三四年了吧。"

安安问："你觉得他这个人怎么样？"

苏菲说："他……挺好的呀，我一直都说他挺好的。"

安安问："好在哪儿？"

苏菲说："我不都说过吗，有钱，有文化，对人好，长得帅……是个女的都想嫁。"沉默一瞬，她反问，"你觉得呢？"

安安笑道："呵呵，是啊……想一想，这么好的男人，很快就要变成我老公了。"

苏菲说："这还不好？"

安安说："是，挺好……"

又是片刻沉默。我屏息凝神，竖起耳朵聆听，突然听见安安的一声啜泣。

餐桌上异常安静，那是大灾难过后，惨白微弱的朝阳照在城市废墟上的岑寂，此情此景令人无言以对，只好跟随整个世界一起沉默不语。

安安深吸一口气，终于说道："行了，我都知道了。"

苏菲问："知道什么？"

安安说："你知道我知道什么。"

苏菲竟无语。

安安又叹气，一字一句地说："菲儿，你们过去的事，我不管，以后的事我也不管，眼下我就想好好把这个婚结了，在家里做个好太太，这是我一辈子的梦想。我都快三十了菲儿，错过这一个，以后还有谁会要我，你说是不是？看在我们这么多年姐妹的分儿上，你成全我好不好，啊，就算我求你了……"

沉默如灰色穹庐，笼罩四野，漫长的灰暗的布满尘埃的核战爆发后的天空。安安细弱的啜泣在这片天空下绵延，仿佛拴着红气球的脆弱丝线。

许久才听见苏菲不无凄楚的声音。

"姐，你别哭了。"

安安努力抑制住啜泣，丝线断裂，红气球向着尘埃满布的天空中飘去。

"别哭了……"苏菲喃喃着，像说给自己听，"安安姐，你放心，我没想跟你争，从来没有。"

沉重的脚步声逐渐逼近，那货上完厕所归来。更确切点说，是刚刚穿越到九点看完自己的尸体仓皇归来。

屋里气氛有一瞬间尴尬，我想象三人面面相觑的模样，突然觉得大家都很可怜。

人类就是这样可笑又可悲的生物，视野被时空所限，如井底之蛙，却兀自狂妄自大。如果有一位全知全能的剧透之神守护在身边，随时拍着肩膀低声告知每一件事的前因后果来龙去脉，好像自宇宙中俯瞰，一眼便能看清整颗地球的形状，那样的世界或许会有所不同吧？至于到底如何不同，身为科幻作家的我却无从推断，想象力在此枯竭，好像搁浅的蓝鲸，在沙滩上被一点一点晒成肉干。

最终是苏菲先开口："怎么去那么久？"

安安接着说："是啊，汤都要凉了。"

不过片刻工夫，两个女人已经像科克船长与史波克般结成奇妙的同盟关系，这种神秘的作用力与反作用力，恐怕我一辈子也搞不明白。

主菜端上来，牛排香气绵延百里，我肚子愈加咕噜咕噜狂叫。

咯吱咯吱，咯吱咯吱，咀嚼与吞咽声在小提琴四重奏中蔓延。

"怎么不吃？都是按你喜欢的味道做的。来，趁热吃。"

"我……我自己来吧……"

墙上的钟突然敲响，与此同时，沉重的牛排刀笔直掉落，像杨氏单缝实验的粒子一般，精确地穿过我包着纱布的右手与身体之间的缝隙落地，"砰"的一声钝响。

我惊出一身冷汗。

"怎么搞的你，心神不宁的。"安安边说边弯下腰来捡刀。我屏住呼吸，慌忙将刀颤颤巍巍递到她脚下。幸好她并未多看，握住刀柄起身。

时钟刚好敲响了七下。

十八

墙上的钟滴答滴答，生锈的弹簧一般逡巡不前。

七点十分，餐桌上的三人吃牛排。

七点二十，依旧吃牛排。

七点三十，撤下牛排，端上提拉米苏蛋糕。餐桌上的志伟点燃一根烟抽，我闻见烟味，除了饥饿外更增添一分煎熬。

七点四十，依旧吃蛋糕，抽烟。

"你也少抽一点吧，真是，这么大味儿。来帮我收拾。"

"我帮你吧，让志伟哥歇着。"

杯盘相碰叮咚作响，如同电影片尾曲。或许因为饥饿与缺氧的缘故，我竟有点昏昏欲睡。

"我……我再去趟洗手间。"

餐桌上的三人依次离开客厅，我偷偷探出半个身子，闻见食物香气，如雨后松林里的蘑菇一般鲜美可人。饥饿感翻涌上来，我再也无法忍耐，趁着黑暗爬出桌布包围。双腿麻木无法站立，只能像小矮人一样可怜巴巴地蹲在桌边，伸出一只手在桌上摸索。

指尖碰到一个冰凉坚硬的东西。又是大号牛排刀，阴魂不散的大号牛排刀！

我握刀在手，对其怒目而视。非得找个办法妥善处理不可，若是没有这把刀，这一连串倒霉事也就不会发生。正在环顾四周思考对策时，突然听见脚步声从厨房走来，本想躲回桌下，又突然想起安安马上会来收拾餐桌。我慌不择路，拖着麻木的双腿向最近的卧室爬去。

钟表当当作响，敲响了八下。

十九

卧室漆黑一片，我没走几步，就狠狠踢到床脚上，身子失去平衡，一头栽倒在床上。

脚趾钻心痛，像被整支沃贡人的拆迁队伍强行碾过。我张大嘴无声地嘶喊，抓过羽绒枕头紧紧咬住。脑海中陡然浮现出一千张黑洞洞的嘴，一起反复高唱"为什么受伤的总是我"。

好不容易等疼痛稍微褪去，门外又突然有人走来，脚步声踢踢踏踏，如同终结者逼近。我几乎抓狂，扔下枕头一个鱼跃跳下床，刚想拉开衣柜门往里躲，脑中却再次响起剧透之神的警报，此处躲不得！原因无暇细想，只得凭借逃生基因的指引，身子卧倒在柔软的高档地毯上，顺势一滚，爬进床下躲藏。

脚步声进来，慢腾腾走到床边，我从缝隙中看到两只脚，该死的我自己的脚。

咯吱一声，有重物压在床上。

房间里一片寂静，我屏息凝神，不敢发出半点声响。

床上那货对我的存在一无所知，依旧安逸地躺着，时间一分一秒在空气中无声流逝。此时此刻，突然有一个关键词，像小行星撞击木星大红斑一样准确命中我的大脑：

刀。

大号牛排刀。

今晚九点时将会插入我胸口的大号牛排刀。

今晚九点时将会插入我胸口的大号牛排刀，被我无意中留在了枕头下面。

原来如此！

脑中轰然一片，涌起数公里长的巨大波涛。我不禁懊恼得猛砸自己脑壳，却忘了被烫伤的右手，剧痛中忍不住发出一声闷哼。

床上那货被声音惊动，噌的一声跳下，鲨鱼一般在屋里逡巡。先是拉开衣柜门搜索，没有发现，又向床边走来。

我尽力往角落里缩了缩。

一双脚停在床边，慢慢跪下，手抓住床单一角，正要用力掀开。

另一双脚悄无声息地走进来，站在那货背后。

螳螂捕蝉，黄雀在后。

寂静的房间里突然爆发出一声惨叫。

我竟幸灾乐祸地松了一口气，暂时安全了。

男人和女人的声音从头顶上方传来。

"你干吗呢？"

"你……你怎么……"

"我来看看你啊。你是怎么了，一晚上都没精神？难道……是婚前……纵欲过度？"

"什么乱七八糟的？！"　我趴在床下默默盘算，该如何逃出这个鬼地方。

"……我死心塌地当小三行了吧！可你也不用当着她的面欺负我吧，只有她怕受伤害吗？我就不会痛啊？"

"我……我怎么欺负你了……"

"你自己心里清楚！"

"我哪有欺负你……唉，你们两个，要我的命啊……"

头顶上的床垫发出被挤压的声响，咯吱咯吱，仿佛巨型沙虫在洞穴里蠕动。我无声地叹一口气，开始手脚并用，慢慢从床底下往外爬。

床上的一对狗男女专心缠绵，对周围的一切毫无知觉。我趁此机会潜行到门边，慢慢转动把手。

门无声地打开，我刚松一口气，就看见安安一脸错愕地站在外面。

二十

好巧啊，原来你也在这里。

据说这是自人类发明语言以来，应用范围最广的一句打招呼用语，足以应付任何突发状况，无论是上厕所遇见老板，还是打开衣柜看见没穿衣服的同事。

我曾经写过这样一篇科幻小说，非常短，只有一句话：

"地球上最后一个人坐在屋子里，这时外面传来了敲门声，他拉开门对外面说：'好巧啊，原来你也在这里。'"

此时此刻，看见安安的脸，脑海里迸出的唯有这句台词。

逃生基因再次切换到自动模式，我上前一步，挡住安安的视线，她刚要开口说什么，我已奋不顾身扑上去紧紧抱住她，顺带反手将门关上。

门内依稀传来说话声。

"什么声音？"

"声音？没有啊。"

"嘘！"

我抱住安安的脑袋使劲往怀里塞，不让她听到这一切。

二十一

趁安安反应过来之前，我硬是将她从卧室门口拉到客厅，一把摁倒在沙发里。

"你……"安安惊诧万分。

"我……我太高兴了！"我表情夸张地挥动双手，"老婆，我终于出书了！你不高兴吗？！"

"不是吧，刚才还好好的……"安安伸手摸我额头，"你没事吧，看你一晚上都不对劲儿。"

我推开她的手，"没事没事，我就是……高兴……"

"你手怎么啦？"安安突然惊叫。

"啊？手？"我这才想起右手上的纱布，连忙将手藏到背后。

"手没事啊！"

"你手受伤啦？什么时候弄伤的？我看看，怎么也不说一声。"

"我手没事，真没事，你看错了！"

突然又有人走进客厅，是苏菲。

"诶！你？"苏菲大吃一惊，"你不是……"

她迷茫地看看我，又回头看卧室方向。

"我哦哦哦哦哦哦哦啊啊啊啊啊啊啊啊……"我像疯子一样冲上去拦住苏菲，"哦，对啦！我有个东西要给你看，你，你跟我过来一下，这边，快快快！"

我不顾一切，硬推着苏菲往外走，安安傻呆呆地坐在沙发里看着我。

"志伟你……"

我回头大喊："你别过来！"

"啊？"

"那什么……"我搜肠刮肚，调动一切脑细胞扯谎。"你去那个厨房……那个……给我泡杯咖啡，对了泡杯咖啡，快！"

二十二

我推着苏菲迅速离开客厅，卧室里还有那货在，只得拐进书房，还好书房里没人。我关上门，猛喘一口气。

"怎么回事？"苏菲声音有点发颤，"你刚才不是才……"她又回头，想出门看个究竟，我连忙一把将她拉回来，为了不让她出声，只好故技重施，抱住她的脸又是一通狂吻。

门外一串轻柔的脚步声经过，应该是安安去卧室找那货了。

苏菲从我怀中挣脱出来。

"你搞什么啊？"

我按住她的嘴，"嘘！"

"你手怎么了？"苏菲看见我的手，也是一惊。

"手？手没事！真的没事！"

"没事你裹纱布干什么？"

"我……我裹个纱布怎么了？碍着你了吗？这是我家我怎么连裹个纱布的自由都没有了呢？"

"不对呀，刚才还好好的，就这一眨眼的工夫……"

"我都说了没事没事，你不要想这么多好不好！"

"手给我看看。"

"不给！"

"给我看看！"

"不给不给就不给！"

正相持不下，卧室方向突然传来一声杀猪般的惨叫。

"啊！"

我愣了一下，然后想起另一个关键词。

咖啡。

一整杯滚烫的热咖啡。

我如梦初醒，看着被烫伤的右手，纱布经过一整晚折腾，已经变得又脏又皱，好似木乃伊的裹尸布。

"什么声音？"苏菲满面惊诧。

"声音？没有声音啊！"我颤声说。

"我明明听到有声音！"

"真的没有！"

苏菲还想争辩，我万般无奈之下，只好又上前去企图抱住她。

苏菲再次将我推开，这次力气颇大，我被推得后退好几步。还想不屈不挠再次上前，啪的一声脆响，苏菲直接狠狠甩了我一个耳光。

"我知道了，你故意的是吧？"她一脸愤怒地瞪我，恨不得用目光温度直接将我升华为等离子态。

"谁，谁故意的，我怎么故意了……"我结结巴巴地说。

"靠，当我三岁小孩耍着玩儿呢？啊？至于么整这么一堆，你累不累啊？！"

"我没有啊……"

卧室再次传来带着哭腔的惨叫。

"志伟……"

"你……你不要过来啊！"

我想起被遗忘在枕头下的大号牛排刀。

哭声、惨叫声、砸东西的声音断断续续传来。整个世界如同一根脆弱的宇宙弦，被拉紧，拉紧，拉紧。终于啪的一声，彻底坍缩了。

"靠！"我忍不住喃喃自语。

二十三

"怎么了？到底怎么回事？！"苏菲也声音发抖，她清楚地听见我的声音从卧室传来。

我用力把苏菲按在椅子里，"你你你……你别动，你在这儿待着，我出去看看。"

我握住门把手轻轻转动，将门打开一条缝，呼的一阵乱响，另一个我像发疯的霸王龙一般从面前跌跌撞撞跑过。

我砰的一声把门关上。

"怎么了？"苏菲问。

"没事！"我颤声回答。

喘了一口气，我再次开门，看见安安手拿大号牛排刀，好像女鬼一样披头散发地慢慢走来，边走边呜呜地哭。

我又要关门，苏菲一把将我推到一边。

"安……安安姐……你这是怎么了这是……"她惊诧地向安安走去。

安安哭得上气不接下气，失魂落魄地向客厅里追过去，苏菲紧跟在她身后。客厅里翻天覆地，各种碎裂声砰砰啪啪响起，仿佛有霸王龙破门而入，要将这屋里的一切碾为齑粉。

疯了，整个世界彻底疯了。我抱着头躲在门背后，发出痛苦的呻吟。

闹腾片刻，声音稍微平息，只听见安安的啜泣声愈加凄厉。我慢慢从书房出来，朝客厅内偷看，只见安安瘫倒在一片狼藉中，苏菲在一旁搀扶着她，神情呆若木鸡。

"这……这到底是怎么回事……"

安安凄厉地啜泣着大喊："这婚我结不成了！"

不知为什么，苏菲也哭了起来。

我趁她们不注意，闪身从客厅门口溜了过去。

二十四

厕所门在眼前砰的一声关上。

我蹑手蹑脚走到门口，耳朵贴上去倾听。各种声音宛如飞船启动程序一般依次响起。拉开拉链，撒尿，冲水，洗手洗脸，哼歌，冲水，冲水，冲水。

终于安静下来。

我鼓起勇气推开门，里面空无一人。

二十五

另一个李志伟消失了。

从这个时间点上穿越回去，回到三个小时之前。此时此刻，我又变成这时空里独一无二的李志伟。

不知为何，我长长地舒了一口气。

结束了。

噩梦一般的游戏，终于结束了。

我走回客厅，听见安安还在梦呓般喃喃自语。

"结不成了，这婚结不成了……"

"安安姐，有话好好说……你……你先把刀放下……"苏菲小声说。

安安怨恨地瞪着手中的刀，长抽一口气，大号牛排刀哐当落地，苏菲连忙把刀踢到一边。刀锋在满地狼藉中一路滑动，刚好停在我脚边。

我低头看着刀，像史前草原上未进化完成的猿猴看着一块黑色碑石，查拉图斯特拉庄严的旋律在耳边响起。世界为何而存在，我为何而存在，时间是什么，宇宙又是什么，如何开始，又如何终结。所有问题与答案统统搅作一团，像大爆炸最初的一瞬，没有上下左右前后，没有起因经过结果，没有答案，没有问题。

我有气无力地笑一笑，弯腰捡起刀，向安安与苏菲走去。

"喂，没事了……"我低声说。

两个女人抬起头，同样用猿猴般迷茫的眼神看我。

"其实……其实都是误会……"

话未说完，我不小心踩到一小块碎瓷片，向后一滑，大号牛排刀脱手而出，被高高抛向天空。

在查拉图斯特拉庄严神圣的乐声中，时间线被无限拉长。我如同慢镜头一般，缓缓地、轻轻地仰天倒下，倒在狼藉一片的高档实木地板上，银光闪闪的大号牛排刀在天空中翻转、上升，然后掉落，几万年时间流逝了，猿猴进化为人，发明武器，发动战争，杀死成千上万无辜的生命，而我即将成为其中一个。

普普通通的一个。

刀锋准确地插入胸口，划破皮肤，割开肌肉，穿过肋骨缝隙间的薄膜，刺中跳动的心脏，血浆四处喷溅，有如黄石公园火山爆发。一个科幻作家就这样被杀死了，死在2012世界毁灭之前。

"啊——"安安与苏菲尖厉的叫声划破长空。

我躺在那里，好像被钉在地板上的昆虫标本，四肢不甘心地抽搐几下，温暖的血浆在身下蔓延，淹没地板上各种碎片，恍如汹涌的洪水，将一片又一片破碎的大陆吞没。

黑暗，黑暗漫天席地向我卷来，仿佛被黑洞吞噬。黑暗边缘的星星逐渐黯淡，光芒向着紫外一端移动。最终我什么都看不见了，黑暗漫延开来，像遮住眼睛的一块布，把整个世界远远推开。

"志伟！志伟你怎么了志伟！说话啊！"

"快！打电话给医院！"

两个女人的脚步声匆匆远去，这时墙上的钟刚刚敲响了九下，婚礼进行曲宛如星云一般旋转，弥漫，缥缈无依。紧接着，我听见另一双轻快的脚步声渐渐靠近。

逐渐暗下去的视域里，一张熟悉又陌生的脸出现在客厅门口，正惊恐万分地向我望过来。

后记以及一点说明：

这篇小说是根据先前创作的一部剧本改编而来。通常小说改剧本比较多，剧本改小说，尤其是作者本人先写剧本再写小说，则似乎比较少见。

为避免语无伦次，还是从头说起。

大约是2009年冬天，北师大科幻协会的会长邓少跟我谈起想拍低成本科幻电影的事。我记得那是在万圣节之夜，一次科幻主题的化妆晚会。我扮成吸血伯爵，而邓少则身穿绣有斯莱特林徽章的校服，周围各色怪力乱神川流不息：终结者、女超人、桃乐丝、守望者罗夏、史波克、阿拉蕾甚至宇宙墓碑……我被浓烈科幻宅气场所感染，满口答应给邓少写剧本。

经过几次商讨后，我们一致决定，要拍一部超低成本零特效的科幻悬疑室内情景剧，灵感大概来源于当时大热的《关于时间旅行的FAQ》。为了保证"超低成本"与"悬疑"这两点，一度想到许多方案，也推翻了许多方案。直到某一天夜里，我兴奋地将一句话的剧本大纲用短信发给邓少：

"从前有一个科幻作家穿越了，后来，他死咗（咗：方言）。"

这大概是我写过的最不靠谱的故事大纲。

2010年初，我终于完成了剧本。英文片名定为《Time Kill》，中文名则迟迟想不出，最终勉强定为《死局》。

年底，邓少克服重重困难将片子拍完剪毕。大约用了三天时间，三千元钱，三位演员，外加一位导演兼摄影兼灯光师，以及担任生活制片的导演弟弟。

听上去似乎效率不高，但毕竟比我们其他许多无疾而终纸上谈兵的伟大理想要靠谱一点点。毕竟，我们没有钱，却想拍科幻片，听上去无异于天方夜谭。

2011年6月，我在一家桌游店里看到邓少带来的成片，画面出乎意料地流畅，演员的表现也很精彩。尽管邓少一直为拍摄时条件简陋而自责，我却认为，这部片至少是蛮好看的。

至于将剧本再改成小说，则纯粹是我个人的心血来潮。若说有什么非如此不可的理由，大概是因为某天突然拍脑袋想到"杀死一个科幻作家"这个标题，觉得不写成小说简直暴殄天物，于是就写了。

此篇后记虽然并非植入广告，但依然希望大家支持身无分文却心怀梦想的科幻电影宅们。假以时日，或许他们真能拍出一两部优秀的"中国科幻电影"也未可知呢！

十亿年后的来客

【沾染未来】

何夕

（一）

有一种说法，人的名字多半不符合实际但绰号却绝不会错。以何夕的渊博自然知道这句话，不过他以为这句话也有极其错误的时候。比如几天前的报纸上，在那位二流记者半是道听途说半是臆造的故事里，何夕获得了本年度的新称号——"坏种"。

何夕放下报纸，心里涌起有些无奈的感觉。不过细推敲起来那位仁兄大概也曾做过一番调查，比如何夕最好的朋友兼搭档铁琅从来就不叫他的名字，张口闭口都是一句"坏小子"。朋友尚且如此，至于那些曾经栽在他手里的人提到他当然更无好话。除开朋友和敌人，剩下的就只有女人了，不过仍然很遗憾，何夕记忆里的几个女人说得最多的一句话便是"你坏死了"。

何夕叹口气，不打算想下去了。一旁的镜子忠实地反射出他的面孔，那是一张微黑的已经被岁月染上风霜的脸。头颅很大，不太整齐的头发向左斜梳，额头的宽度几乎超过一尺，眉毛浓得像是两把剑。何夕端详着自己的这张脸，最后下的结论是：即使退上一万步也无法否认这张脸的英俊。可这张脸的主人竟然背上了一个坏名，这真是太不公正了。何夕在心里有些愤愤不平。

但何夕很快发现了一个问题，他的目光停在了镜子里自己的嘴角上。他用力收收嘴唇，试图改变镜子里的模样。可是虽然他接连换了几个表情，并且还用手拉住嘴角帮忙校正，但是镜子里的人的嘴角依然带着那种仿佛与生俱来也许将永远伴随着他的那种笑容。

何夕无可奈何地发现这个世上只有一个词才能够形容那种笑容。

——坏笑。

何夕再次叹口气，有些认命地收回目光。窗外是寂静的湖畔景色，秋天的色彩正浓重地浸染着世界。何夕喜欢这里的寂静，正如他也喜欢热闹一样。这听起来很矛盾，但却是真实的何夕。他可以一连数月独自待在这人迹罕至的名为"守苑"的清冷山居，自己做饭洗衣，过最简朴的生活。但是，他也曾在那些奢华的销金窟里一掷千金。而这一切只取决于一点，那就是他的心情。曾经不止一次，缤纷的晚会正在进行，头一秒钟何夕还像一只狂欢的蝴蝶在花丛间嬉戏，但下一秒钟他却突然停住，兴味索然地退出，一直退缩到千里之外的清冷山居中；而在另一些时候，他却又可能在山间景色最好的时节里同样没来由地作别山林，急急赶赴喧嚣的都市，仿佛一滴急于要融进海洋的水珠。

不过很多时候有一个重要因素能够影响何夕的足迹，那便是朋友。与何夕相识的人并不少，但是称得上朋友的却不多。要是直接点说就只是那么几个人而已。铁琅与何夕相识的时候两个人都不过几岁，按他们四川老家的说法这叫作"毛根儿"朋友。他们后来能够这么长时间保持友谊，原因也并不复杂，主要就在于铁琅一向争强好胜而何夕却似乎是天底下最能让人的人。铁琅也知道自己的这个脾气不好很想改，但每每事到临头却总是与人争得不可开交。要说这也不全是坏事，铁琅也从中受益不少，比方说从小到大他总是团体里最引人注目的那一个，他有最高的学分，最强健的体魄，最出众的打扮以及丰富多彩的人生。不过有一个想法一直盘桓在铁琅的心底，虽然他从没有说出来过。铁琅知道有不少人艳羡自己，但却觉得这只是因为何夕不愿意和他争锋而已。在铁琅眼里何夕是他最好的朋友，但同时也是一个古怪的人。铁琅觉得何夕似乎对身边的一切都很淡然，仿佛根本没想过从这个世上得到什么。

铁琅曾经不止一次亲眼见到何夕一挥手就放弃了那些许多人梦寐以求的东西。就像那一次，只要何夕点点头，秀丽如仙子的水盈盈连同水氏家族的财富全都会属于他，但是何夕却淡淡地笑着将水盈盈的手放到她的未婚夫手中。还有朱环夫人，还有那个因为有些傻气而总是遭人算计的富家子兰天羽。这些人都曾受过何夕的恩惠，他们最大的愿望就是找机会有所报答，但却不知道应该给何夕什么东西，所以报答之事就成了一个无法达成的心愿。但是有件何夕很乐见的事情是他们完全办得到的，那便是抽空到何夕的山居小屋里坐坐，品品何夕亲手泡的龙都香茗，说一些他们亲历或是听来的那些山外的趣事。这个时候的何夕总是特别沉静。他基本上不插什么话，只偶尔会将目光从室内移向窗外，有些飘忽地看着不知什么东西，但这时如果讲述者停下来他则会马上回过头来提醒继续。当然现在常来的朋友都知道何夕的这个习惯了，所以到后来每一个讲述者都不去探究何夕到底在看什么，只自顾自地往下讲就行了。

何夕并不会一直当听众，他的发言时间常常在最后。虽然到山居的朋友多数时候只是闲聚，但有时也会有一些陌生人与他们同来，这些人不是来聊天的，直接地说他们是遇到了难题，而解决这样的难题不仅超出了他们自己的能力，并且也肯定超出了他们所能想到那些能够给以帮助的途径，比如说警方。换言之，他们遇到的是这个平凡的世界上发生的非凡事件。有关何夕能解决神秘事件的传闻的范围不算小，但是一般人只是当作故事来听，真正知道内情的人并不多。不过凡是知道内情的人都对那些故事深信不疑。

今天是上弦月，在许多人眼里并不值得欣赏，但却正是何夕最喜欢的那种。何夕一向觉得满月在天固然朗朗照人，但却少了几分韵致。初秋的山林在夜里八点多已经转凉，但天空还没有完全黑下来。虫豸的低鸣加深了山林的寂静。何夕半蹲在屋外的小径上借着天光专心地注视着脚下。这时两辆黑色的小车从远处的山口显出来，渐渐靠拢，最后停在了三十米以外大路的终点。第一辆车的门打开，下来一位皮肤黝黑身材高大壮硕的男人，他看上去大约三十出头，眼窝略略有些深，鼻梁高挺，下巴向前划出一道坚毅的弧度。跟着从第二辆车里下来的是一位头发已经花白的老者，大约六十来岁，满面倦容。两个人下车后环视了一下四周，然后并肩朝小屋的方向走来。另几个仿佛保镖的人跟在他们身后几米远的地方。老者走路显得有些吃力，年轻的那人不时停下来略作等待。

何夕抬起头注视着来者，一丝若有所思的表情从他嘴角显露出来。壮硕的汉子一语不发地将拳头重重地砸在何夕的肩头，而何夕也以同样的动作回敬。与这个动作不相称的是两人脸上同时绽放出灿烂的笑容。

这个人正是何夕最好的朋友铁琅。

"你在等我们吗？你知道我们要来？"铁琅问。

"我可不知道。"何夕说，"我只是在做研究。"

"什么研究？"铁琅四下里望了望。

"我在研究植物能不能倒过来生长。"何夕认真地说。

铁琅哑然失笑，完全不相信何夕会为这样的事情思考："这还用问，这根本是不可能的事情。"

"这是两个月前在一个聚会上一个小孩子随口问我的问题，当时兰天成也在，他也说不可能。结果我和他打了个赌，赌金是由他定的。"

铁琅的嘴立时张得可以塞进一个鸡蛋。兰天成是兰天羽的堂兄，家财巨万，以前正是他为了财产而逼得兰天羽走投无路几乎寻了短见，要不是得到何夕相助的话兰天羽早已一败涂地。这样的人定的赌金有多大可想而知，而关键在于，就是傻子也能判断这个赌的输赢——世界上哪里有倒过来生长的植物？

"你是不是有点发烧？"铁琅伸手触摸何夕的额头，"打这样的赌你输定了。"

"是吗？"何夕不以为然地说，"你是否能低头看看脚下？"

铁琅这才注意到道路旁边斜插着七八根枝条，大部分已经枯死。但是有一枝的顶端却长着翠绿的一个小分枝。小枝的形状有些古怪，它是先向下然后才又倔强地转向天空，宛如一支钩子。

铁琅立时倒吸一口气，眼前的情形分明表示这是一株倒栽着生长的植物。

"你怎么做到的？"铁琅吃惊地问。

"我选择最易生根的柳树，然后随便把它们倒着插在地上就行了。"何夕轻描淡写地说，"都说柳树不值钱，可这株柳树倒是值不少钱，福利院里的小家伙们可以添置新东西了。"

"可是你怎么就敢随便打这个赌，要是输了呢？"铁琅不解。

"输了？"何夕一愣，"这个倒没想过。"他突然露出招牌坏笑来，"不过要是那样你总不会袖手旁观吧？怎么也得承担个百分之八九十吧？朋友就是关键时候起作用的，对吧？"

铁琅简直哭笑不得："你不会总是这么运气好的，我早晚会被你害死。"

何夕止住笑："好了，开个玩笑嘛！其实我几岁的时候就知道柳树能倒插着生长，是贪玩试出来的。不过当时我只是证明了两个月之内有少数倒插的柳树能够生根并且长得不错，后来怎么样我也没去管了。不过这已经符合赌博胜出的条件了。这个试验是做给兰天成看的。他那么有钱，拿点出来做善事也是为他好。"

铁琅还想再说两句突然想起身边的人还没有做介绍，他稍稍侧了侧身说："这位是常近南先生，是我父亲的朋友。他最近遇到了一些烦恼。他一向不愿意求人，是我推荐他来的。"

常近南轻轻点头，看上去的确是那种对事冷漠、不愿求助他人的人。常近南眯缝着双眼，仔细地上下打量何夕，弄得何夕也禁不住朝自己身上看了看。

"你很特别。"常近南说话的声音有些沙哑，不过应该不是病，而是天生如此，"老实说你这里我是不准备来的，只是不忍驳了小铁子的好意。来之前我已经想好到了这里打了照面就走。"

何夕不客气地说："幸好我也没打算留你。"

"不过我现在倒是不后悔来一趟了。"常近南突然露出笑容，脸上的阴霾居然淡了很多，"本来我根本不相信世上有任何人能对我现在的处境有所帮助，但现在我竟然有了一些信心。"

铁琅大喜过望，他没想到见面这几分钟竟然让多日来愁眉不展的常近南说出这番话来。

"哎，你可不要这样讲。"何夕急忙开口，"我只是一个闲人罢了。"

常近南悠悠地叹口气："我一生傲气，从不求人。眼下我所遇到的算得上是一件不可能解决的事情。"

"既然是不可能解决的事情你怎么会认为我帮得上忙？"何夕探询地问。

常近南咧嘴笑了笑，竟然显出儿童般的天真："让植物倒着生长难道不也是一件不可能解决的事情？"

（二）

常氏集团是知名企业，经营着包括化工、航运、地产等诸多产业。常家位于檀木山麓，面向风景秀丽的枫叶海湾。内景装饰豪华但给人简练的感觉，看得出主人的品位。

常近南将客厅里的人依次给何夕做介绍。常青儿，常近南的大女儿，干练洒脱的形象使她有别于其他一些富家女，她不愿荫庇于家族，早早便外嫁他乡自己打拼。但天不佑人，两年前一场车祸夺去夫君性命。伤痛加上思乡，常青儿几个月前回到家中，陪伴父亲。常正信，二十五岁，常近南唯一的儿子，半月前刚从国外学成归来，暂时没有什么固定安排，就留在常近南身边，帮助打理一些事务。

何夕打量着这几个人，脸上是礼节性的笑容，从表情上看不出他的想法。常青儿倒是有几分好奇地望着何夕，因为刚才父亲介绍时称何夕是博士，而不是某某公司的什么人，印象中这个家很少有生意人之外的朋友到来。何夕的目光集中在常正信身上，对方身着一套休闲装，很随意地斜靠在沙发上，他对何夕的到来反应最冷淡，只简单打个招呼便自顾自地翻起杂志来。何夕并不是全部时间都盯着常正信，只不过是利用同其他人谈话的间隙而已。不过，对何夕来说这已经足够获取他想要的信息了。随着对常正信观察的深入，他对整件事情产生了兴趣，同时他也意识到这件事情可能不会那么简单。本来当常近南请他来家中"驱鬼"时他还以为这只是某个家里人有歇斯底里发作现象，这在那些富人家里本不是什么稀罕事，但现在他不这么看了。照何夕的观察，这个叫常正信的年轻人无疑是正常的，他应该没有什么精神方面的障碍，那么又是什么原因会令他做出那些让自己的父亲也以为他"撞鬼"的事情呢？

常近南的书房布置得古香古色，存有大量装帧精美的藏书，其中居然还有一些罕见的善本。

何夕是个不折不扣的书虫，这样的环境让他觉得惬意。

常近南关上房门着急地问："怎么样？你们看出什么来了吗？"

"老实说我觉得贵公子一切都好好的，看不出什么异样来。"何夕慢吞吞地说。

"我也觉得他很正常。"铁琅插话道。

常近南有些意外，"你们一定是没有认真看。他一定有问题了，否则怎么可能逼着我将常氏集团的大部分资金交给他投资。虽然……"常近南欲言又止。

"虽然什么？如果你不告诉我们全部实情的话我恐怕帮不了你。"

"我不知道该不该要说出来。"常近南的脸色变得古怪起来，仿佛还在犹豫，但最终，对儿子的担心占了上风，"虽然他本来已经做到了，但在最后一刻他终止了行动。"

"什么行动？"何夕追问道。

常近南叹口气："那是七天前的事。那天早晨正信突然来到我的卧室，建议我将所有可用的资金立刻交给他投资到欧洲的一家知名度很小的公司。我当然不同意，正信很生气，然后我们发生了激烈的争吵。我问他是不是得到了什么可靠的内幕消息，他却不告诉我，只是和我吵。这件让我心情很糟糕，身体也感到不适，所以我没有到办公室，但上午却发生了奇怪的事情。"

常近南迟疑了一下，然后在桌上的键盘上敲击了几下："你们看看吧！这是当天上午公司总部的监控录像。"

画面显然经过剪辑，因为显示的是几个不同角度拍摄的图像。常近南正走进常氏集团总部的财务部，神色严肃地说着什么。

"据财务部的人说，是我向他们下达了资金汇转的命令。"

"可那人的确是你啊。"铁琅端详着画面说，"你们的监控设备是顶尖水平的，非常清晰。"

"也许除了我自己之外，谁都会这样认为。哦，还有常青儿，她那天上午和我一起在家。这人和我长得一样，穿着我的衣服，但不是我。"

"会不会是常正信找来一个演员装扮成你，以便划取资金？"何夕插话道，"对不起，我只是推测，如果说错了话请别见怪。"

"世上没有哪个演员有这样的本事，我和那些职员们朝夕相处，他们不可能辨别不出我的相貌和声音。"常近南苦笑，"你们没有见到当他们事后得知那不是我时的表情，他们根本不相信我说的话。"

画面上陈近南做完指示后离开，在过道里踱着步，并在窗前眺望着远处。大约几分钟后，他突然再次进入财务部，神色急切地说着什么。

"那人收回了先前的命令，不知道是什么原因。"常近南解释道。

这时画面中的陈近南急急忙忙地进到一间空无一人的会议室里，锁上门。他搜索了一下四周，然后在墙上做了一个动作。

"他堵上了监控摄像头，但他不知道会议室里还有另一个较隐蔽的摄像头。"

那人面朝窗外伫立。他的双手撑在窗台上，从肩膀开始整个身躯都在剧烈颤抖。从背影看这似乎是一个充满痛苦的过程，有几个瞬间那人几乎要栽倒在地。这个奇怪的情形持续了约两分钟，然后那人缓缓转过头来……

"天哪，常正信！"铁琅发出一声惊呼。

"砰"的一声，书房的房门突然被撞开了，一个黑影闯进来。"为什么要对外人讲这件事，你答应过不再提起的！"声音立刻让人听出这个披头散发的黑影正是常正信，但这已经不是客厅里那个温文尔雅的常正信了。他直勾勾地瞪着屋里的几个人，眼睛里闪现出妖异的光芒。"瓶子，天哪，你们看见了吗？那些瓶子。"说完这话他的脖子猛然向后僵直，何夕眼疾手快地扶住他。

"快拿杯水来。"何夕急促地说。

常正信躺在沙发上，喝了几口水后平静下来。过了一会，他睁开眼望着四周，似乎在回想刚才发生的事情。

"告诉我发生了什么？"何夕语气和缓地说。

常正信迷茫地望着何夕："我怎么在这里，真奇怪。"他看到了常近南，"爸爸，你也在，我去睡觉了。晚安。"说着话他起身朝门外走去。

"好了，何夕先生，你大概也知道我面临的处境了吧？"常近南幽幽开口，"事后我问过正信，但他拒绝答复我。我现在最在意的就是家人的平安。也许真的是什么东西缠住了他。也许这个世界上只有你能够帮助我了，只要你开口，我不在乎出多少钱。"

"那好吧。老实说吸引我的是这个事件本身而不是钱，不过你既然开口了我也不会客气。"何夕在纸上写下一行字递给常近南。

铁琅迷惑地望着何夕。虽然何夕的事务所的确带有商业性质，但他从未见过何夕这样主动地索取报酬。不过，比他更迷惑的是常近南，因为那行字是"请立刻准备一张到苏黎世的机票。"

铁琅抬头，正好碰上何夕那招牌般的坏笑："常正信不是在瑞士读的书吗？"他的目光变得幽深起来，"也许那里会有我们想找的东西。"

（三）

在朋友们眼中何夕是一个很少犯错误的人，也就是他说的话或是写的文字极少可能会需要变动。不过最近他肯定错了一次，他本来叫人准备一张机票，但实际上准备的却是三张，因为来的是三个人，除了他之外还有铁琅和常青儿。铁琅的理由是"正好放假有空"，常青儿只说想跟来，没说理由。不过后来何夕才知道这个女人做起事来"理由"两个字根本就是多余。

苏黎世大学成立于1833年，是无数优秀人才的摇篮。何夕看着古朴的校门，突然露出戏谑的笑容："要是校方知道他们培养了一个不借助任何道具能够在两分钟内变成另一个人的奇才不知会做何感想？"

来之前何夕已经通过各种渠道了解了常正信求学时的一些概况，比如成绩、租住地、节假日里喜欢上哪里消磨时间、有没有交女朋友等等，以至于常青儿都忍不住抗议要求尊重一下常正信的隐私。

"那些无关紧要的事情就不必要查了吧。"她扯着尖尖的嗓门试图保护自己的弟弟。

"问题是你怎么知道哪些事无关紧要？"何夕反驳的话一向精练，但是却一向有效，总是顶得常青儿哑口无言。

　　卡文先生的秃头从电脑屏幕前抬起来："找到了。常正信是一个比较普通的学生，没有什么特别的地方。"

　　"是这样，"何夕信口开河，"他现在已被提名参选当地的十大杰出青年，我们想在他的母校，也就是贵校，找一些不同寻常的经历，作为他的事迹。"

　　"我再看看。哦，他专业上成绩好像一般，但在选修的古生物学专业上表现不错。你知道，我校的古生物研究所是有世界知名度的。这对你们有用吗？他的论文是雷恩教授评审通过的。我看看，对了，雷恩教授今天没有课程安排，应该在家里。"

　　……

　　"常正信？"雷恩教授有些拗口地念叨着这个名字，"你们确定他是我的学生？"

　　常青儿也觉得这一行有些唐突了："他只是在这所大学读书。他不喜欢自己的制药专业，却对古生物学颇感兴趣，而您是这方面的权威，所以我们猜测他可能会与您有较多的联系。"

　　雷恩蹙眉良久，还是摇了摇头："也许他听过我的课吧？见了面我大概能认识，但实在想不起这个名字。其实你们东方人到这里留学一般都是选择像计算机、财会、法律等实用性很强的学科，很少会选我这个专业的。"

　　"其实我倒是一直对这门学问非常感兴趣，只可惜当年家里没钱供我。"何夕突然说。

　　"这倒是实话。"雷恩笑了笑，"这样的超冷门专业的确只有少数从不为就业发愁的有钱有闲的人才会就读。就连我的女儿露茜，"他朝窗外努努嘴，"对我的工作也毫无兴趣，不过也许今后我有机会培养一下我的小外孙。哈哈哈。"雷恩说着爽朗地大笑起来。

何夕顺着雷恩的目光看出去，室外小花园里一个容貌秀丽的红衣女子正在修剪蔷薇，她的左手轻抚着隆起的腹部，脸上正如所有怀孕的女人一样是恬静而满足的笑容。

从雷恩的住所出来何夕准备找常正信的房东了解些情况。他们已经了解到常正信那几年基本上是住在同一所房子里。何夕让常青儿开车，他想抽空打个盹儿。就在他刚要放下座椅靠背的时候，他眼睛的余光从后视镜里发现了情况。

"我们被跟踪了。别往后看，往前开就行。"何夕不动声色地对常青儿说。

"哪儿，是谁？我怎么看不到？"常青儿惊慌地瞟了一眼后视镜，在她看来一切如常。

何夕没好气地指着前方说："如果你也能察觉的话他们就只能改行开出租了。"

"不知道会是些什么人？"铁琅倒是很镇定。同何夕在一起时间长了，这样的场面他早已见惯不惊。

"看来是有人知道我们在调查常正信，本来应该小心点才是。"何夕叹气，但神色却显得很兴奋，对手的出现让他觉得和真相的距离正在缩短。

"我们要不要改变今天的计划？"铁琅问道。

"不用，反正别人已经注意到我们了。"

（四）

戴维丝太太的房子是一座历史久远的古宅，院落宽广，外墙上爬满了翠绿的植物。她是一位退休护士，大约七十岁，体态微胖皮肤白皙，十年前就一直独居。了解了这行人的来意后她并没有显得太意外，仿佛知道会有这么一天似的。不过出于德裔人的谨慎，她专门从一个资料柜中取出封面上有常正信名字的信封，然后要求何夕说出常正信正确的身份代码。当然，因为常青儿在场这不算什么难题。

"常的确有些与众不同。"戴维丝太太陷入回忆，"我的房子是继承我叔父的，不算巨宅，但也不小了。由于我一个人住不了那么大的房子，所以一直都将底层出租，这里本来就偏僻，附近大学的学生是我比较欢迎的租客。以前都是十多个学生分别租住在底楼的房间里。常来的时候正好是新学期的开始，常要求我退掉别人的合约，违约的钱由他负责。因为他要一个人租下所有的房间，还包括地下室。看得出他很有钱，但我实在想不出一个人为何需要这么多房间，更何况还有地下室。但常从来不回答我的这些问题，我也就不再问了，反正对我来说都一样。"

"他总是一个人住吗？有没有带别的人来。"何夕插话道。

"这也是我比较迷惑的地方。虽然我并不想关心别人的私事，但他的确从来没有带过女朋友之类的人来。倒是每隔些日子就有几位男士来访，而且每次并不总是同样的人，但衣着打扮非常接近。怎么说呢，虽然现在许多人在穿着上都比较守旧，但他们这些人也的确显得太守旧了些，都不过二三十岁的人，却总是一身黑衣，就连里面的衬衣都像是只有一种灰色。"

"我的老天，正信不会加入什么同志协会了吧！"常青儿脱口而出。

"应该不是的。"戴维丝太太露出笑容，"他们只是在一起谈论问题。那都是些我听不明白的东西，有时候声音很大，但多数时候声音是很小的。我的耳朵本就不好，基本听不见他们说些什么。我的房子比较偏僻，除了他们之外没什么人来。"

"光这些也说不上有什么奇特啊！"铁琅说。

"不过有一件事情一直让我觉得奇怪。"戴维丝太太接着说，"就是你弟弟住下不久之后便要求我更换了功率很大的电表，那基本上应该是一个工厂才需要的容量了。"

何夕立刻来了兴趣："这么说他是在生产什么东西吗？"

"我从来没有看到过他住外输送过产品，所以肯定不是在办厂。他只是运来过一些箱子，然后到离开的时候带走了这些箱子。在他租房期间我从没进过地下室。"

"我们能到他住的地方看看吗？"何夕问道。

"这恐怕不行，现在住着别的人，我是不能随便进入他们的房间的。"

"那地下室呢？"

戴维丝太太稍稍迟疑了一下："这倒是可以，不过里面空空的什么也没有。现在只放着我自己的一些杂物。"

古宅的地底阴冷而潮湿，一些粗壮的立柱支撑着幽暗的屋顶。何夕注意到与通常的地下室相比这里的高度有些不同寻常。常青儿或许是感到冷，瑟缩地抱着肩膀。

"我看层高至少有五米吧？"铁琅也注意到了这点，他用力喊了一声，回声激荡。

一截剪断的电缆很显眼地挂在离地几米的墙壁上，看来这是常正信留在这里的唯一痕迹。就算这里曾经发生过什么，从眼前的情形看也无从得知了。何夕仔细地在四处搜索，但十分钟后他不得不有些失望地摇了摇头。铁琅深知何夕的观察能力，从他的表情看来要从这里再知道些什么已是不太可能的事情。

戴维丝太太突然开口道："我想起一件事，当时常刚搬走的时候我曾经在角落里捡到过一样东西，是一个形状很怪的小玻璃瓶，我把它放在……放在……"

戴维丝太太的表述突然中止，她微胖的躯体像一团面似的瘫软倒地。何夕和铁琅的第一个反应都是像箭一般窜向地下室的出口。前方一个黑影正急速地逃走，何夕和铁琅的百米速度都是运动健将级的，只几秒钟时间他们同那个黑影的距离已缩短到二十米之内。但就在这时，那个黑影突然窜向旁边的树林，然后何夕和铁琅便见到了令他们永生难忘的一幕。那个黑影居然在树丛之间荡起了秋千，就像一只长臂猿。只几个起落便甩开二人，越过高高的铁围栏，消失在茫茫夜色之中。

铁琅转头看着何夕，表情有些发傻，不过话还说得清楚："人猿泰山到欧洲来干什么？"

戴维丝太太的伤显然已经不治，致她于死命的是一粒普通的鹅卵石，大约两厘米见方，就嵌在她的额头左侧。看到这一幕何夕才醒悟到自己有些大意了，不过他的确没料到会到这一步。不过现在看来事情越来越不简单了。

常青儿正准备打电话报警，何夕果断地制止了她："等一下我们出去用公用电话报警，否则会被警方缠住的。"

"那戴维丝太太最后说的那样东西到底会在哪儿呢？"常青儿焦急地环顾四周，"要不再找找看。"

"不用了吧，这里何夕已经搜寻过了，他都没有发现那样东西。"铁琅抱着膀子说，样子看上去有些不负责，但说的却是大实话。

"我想我知道那样东西在哪儿了。"何夕突然开口道，他径直朝地下室出口奔去，留下铁琅和常青儿两人面面相觑。

这是一个很小的瓶子。它是从一个写有名字的信封里取出来的。

"既然戴维丝太太知道这是常正信遗留的东西，她自然会把它同属于常正信的其他东西放在一起。"何夕用一句话就回应了常青儿眼里的疑问，同时拿着尺子比划着。瓶子是六棱柱形，边长0.5厘米，高度1厘米，虽然透明但不是普通玻璃造的，而像是一种轻质的强度远高于玻璃的高分子材料。瓶子的顶部和底部都镶嵌着金属片，在顶部还开着两个直径约1毫米的小孔，但被类似胶垫一样的东西密封着。瓶子里大约装有一半的透明液体。

"我实在看不出这东西是干什么用的。"铁琅满脸不解。

何夕仔细地端详着小瓶，眼睛里有明显的迷惑："到现在为止我只觉得这像是一个容器。"

"这我也看得出来。"常青儿插话道，"那两个小孔肯定就是注入和取出液体用的。"

何夕赞同地点头："不过我还看出这东西应该不止一个，而是数量庞大的一组。"

"这样说没什么根据吧？"铁琅说，"它完全可能就是一个孤立的配件。"

"你们注意到它的形状没有？像这种六棱柱形的造型在加工上比正方形之类困难许多，容量也没有大的提高，除非是有特别的考虑，否则不会随便造成这个样子。"

"对啊，大量六棱柱形拼合在一起是最能节约材料和提高支撑强度的，就像蜂巢的结构。"铁琅恍然大悟。

"那我们不妨假设一下在古宅的地下室里曾经有过数量巨大的这种小瓶子，可常正信到底在干什么呢？记得吗，在常家的书房里常正信曾经说过：'看，那些瓶子'。"何夕眉头紧锁，"还有，我们见到的那个黑影又是什么呢？"

"我从来没见过那么猛的人，他简直就是在树上飞。"铁琅抓挠着头发。

"常青儿，看来要麻烦你联系一下，我们现在需要一间设施齐全的实验室。"何夕带头往外走，"现在我们还是赶紧离开吧！"

（五）

常氏集团在瑞士并没有产业，但有生意伙伴。十个小时之后何夕已经有了一间工作室，这是一家制药公司的实验室，鉴于瑞士制药业的水平，这间实验室的配置在这个星球上大约算是顶级的。不过何夕很快便发现其实有些小题大做了，因为从容器里取出的液体成分实在非常简单。

测算出来每千克这种液体中大约含有23克的氯元素、12克的钠元素、9克硫元素、3克镁元素，还有不到1克的钙和钾，剩下的就是一些微量元素和水了。现在实验室里就是这么一张化验结果，以及三张愁眉不展的脸。怎么说呢，它的成分太普通了，就像是随便从太平洋某个角落里汲取的一滴水。当然这只是一个比喻，因为它和通常的海水之间还是有些不同的，比如硫和镁显得稍高一些，但没有什么本质的区别，就像是在某个特殊地域采集的一滴海水。地球上这种地方有的是，比如海底烟囱附近或是像红海之类的特殊海域。

"看来我们有方向了。"铁琅先开口，"我想应该拿它同世界各地的海水成分进行比对，确定一下它们是从什么地方运来的这些海水。等会儿我到专业网站上查询一下。如果他们曾经运送过大量的海水的话，肯定会留下线索的。"

"可我弟弟拿这些海水来干什么呢？"常青儿皱着眉，"他从小对化学就不感兴趣，本来我父亲是希望他在制药业有所发展的，但他一直不喜欢这个专业。"

"我倒是觉得整个事件越来越有意思了。"何夕脸上掠过一丝奇怪的表情，望着铁琅说，"虽然并没多大依据，但我有种预感，你很可能查询不到匹配的结果。"

"你是说这可能不是海水，那我可以扩大范围，顺带查一下各个内陆湖的数据，应该能找到接近的结果吧？"

"但愿你是对的。"何夕若有所思，"也许是我想的太多了。"

"难道你有什么猜测吗？"常青儿追问道。

"我只是在想……"何夕的口气有些古怪，"那个能在树上飞的人是怎么回事？"

"也许他是个受雇于人的高手。"常青儿插言道，"就像是那些从事极限运动的跑酷运动员。"

"我见过跑酷。但……"何夕看了铁琅一眼，"你觉得他是在跑酷吗？"

铁琅脸上的神色变得凝重起来："我有些明白你的意思了。"

常青儿着急地叫嚷起来："你们在说些什么啊？"

铁琅苦笑了一下："我是说世界上没有人能够像那个家伙那样跑酷的，他在树上跳跃的时候不会输给一只长臂猿。"

"你们的意思是……他不是人？"常青儿的眼睛比平时大了一圈。

"我只是觉得他在地上跑的时候肯定是个人，在树上跳的时候绝对不是人。"何夕说。

（六）

享誉世界的瑞士风光的确名不虚传。铁琅今天要查对神秘液体的来路，至少要大半天的时间。常青儿耐不住等待，要游览名胜。以何夕一向的绅士做派当然只能陪同侍驾。直到这时何夕才领教了像常青儿这样的女人有多难伺候。首先由于出身和见识的原因她的眼光的确独到，对于一般的景色基本不屑一顾，总是四处寻找出奇的风光；同时由于做事一向泼辣干练，常青儿对于入眼的景色每每又不甘于远望，只要有可能就非得亲到跟前一睹究竟不可。这就苦了何夕，手里大包自然提着，还得逢山开路遇水架桥，要不是仗着身体强壮早累趴了！只好在心里宽慰自己，幸好常大小姐只是在郊外踏青而不是游览瑞吉山或是皮拉图斯山。

现在终于上到一处坡顶，放眼看去是一条平坦的小径徐缓下行，看来前面再无险途。何夕长出口气，这时他眼睛的余光突然发现斜上方十来米高处有团粉色的影子，几乎是电光火石之间何夕将左手的包甩到肩上。但已经迟了，他没能挡住常青儿的视线。

"好漂亮的花儿啊！"常青儿叫嚷起来，"你看那儿，我从来没有见过这么粉的蔷薇。"

说到这儿常青儿不再开口，转头热切地看着何夕。何夕望着她绯红的脸颊，微微带汗的几缕发丝在风中颤抖，只得在心里叹口气，认命地放下手里的包开始朝山壁攀缘。提包口儿张开了，可以看到里面已经放了一些"很紫的玫瑰""又漂亮又光滑的鹅卵石"以及"好青翠的树叶"。

"只要一枝就够了，还有，别伤了它的根。"常青儿对着坡上的何夕喊，看来她并不贪心。就在这时，一只粗大的手搭在了她的肩膀上。

……

"我们谈谈吧，何夕先生。"来者是四个头戴黑袍只露出双眼的人。说话的是来人中个头最高的一位。他说的是英语，只是口音有些怪。

何夕看了眼被反缚双手的常青儿，放弃了反抗的念头："你们想谈什么？"

"是这样，你们不觉得自己闯到了不该去的地方了吗？"

"我只是想帮助这位女士的弟弟，他的家人很担心他。"何夕斟酌着用词，他还摸不准对方的意图。

"我们调查过你，知道你的一些传奇故事。老实说我们很尊敬你，我们不打算与你为敌。这样吧，如果我们保证以后不再和常正信联系，也就是说，他不必再要求他的父亲投资给我们公司。这样的话你能否能就此罢手？"

"我们不需要和他谈判！"旁边一位个子较矮手臂显得有些长的黑袍人插话道。何夕感觉他的眼神就像两把充满戾气的匕首，亮得刺人，"常正信会配合我们的。眼下这个家伙交给我收拾好了。"

"现在是我在说话。"高个黑袍人声音高亢，"难道你要违背我的命令吗？"

那人不情愿地退下，眼里依然恨恨不已。

"我好像根本没有选择的余地。"何夕笑了笑，"加上常青儿还在你们手里，我们俩可不想出什么意外。不过，你能兑现你的保证吗？"

"这不成问题。我们是商人。商人想多得到一些投资也是正常的要求吧？既然现在出了这么多麻烦，我们也觉得得不偿失，所以你不必怀疑我们的诚意。"

"那好吧，我们明天就离开瑞士。现在，请将这位女士的手交给我吧！"

"这样最好。哈哈哈。"高个黑袍人满意地大笑几声。常青儿的双手被松开了。她呻吟一声倒在何夕臂弯里，身体仍止不住发抖。四个黑袍人像出现时一样快速地消失在了黄昏的峡谷里，四周只剩下冷风的呜咽。

（七）

四川南部，守苑。

从瑞士回来已过半月。这段时间何夕回绝了所有应酬，独自一人留在这处能让他心绪平静的地方，想一些只有他自己知道的事情。铁琅和常青儿天天打电话，但何夕一直说还不到时候。直到前天上午，他突然请铁琅和常青儿今天过来，算起来他们应该快到了。

黄昏的湖畔充满了静谧的美，夕阳洒落的光子碎屑在水面上跳着金色的舞蹈。所谓"湖"其实是一个有些拔高的说法，眼前的这并不浩渺的一汪水称作池塘也许更加贴切。何夕伫立在一株水杉树旁凝视着跳荡的水面，像是痴了。

"想什么哪？"不知什么时候铁琅和常青儿已经站在了一旁，当然与这句问候相伴的照例是铁琅重重的拳头。

"阳光下的池塘很美，不是吗？"何夕的声音与平时不太一样。

"还行吧。"常青儿环视了一下，"可没瑞士的风景好。"

"你们看过法布尔的书吗？"

"不就是写《昆虫记》的那个博物学家嘛！"铁琅咧嘴一笑，"以前看过，觉得很好玩。一个大人像孩子一样天天对着小虫子用功，不过他真是观察得很仔细。我记得有一篇写松毛虫的，他发现松毛虫习惯一只紧接着一只前进。他故意让一队虫子绕成圆圈，结果那些松毛虫居然接连几天在原地转圈，直到饿晕为止。当时我边看这一段边想象着一队又胖又笨的松毛虫转圈，肚子都笑痛了。"

"还有这么好玩的书啊，以后我一定要找来看。"常青儿插话道。

"我现在屋里就有一本。不过我最喜欢的是法布尔笔下的池塘，那是个充满生命之美的地方。"何夕的眼神变得有些迷蒙，"我觉得当这个世界上有了阳光有了池塘之后，所有后续的发展其实都是顺理成章的事情。阳光下的池塘是唯一关键的章节，故事到此高潮已经达成，结局也早就注定，后面的那些蓝藻、草履虫、小麦、剑齿虎、孔子、英格兰、晶体管、美国共和党等等其实都只是旁枝末节的附录罢了。"

"你在说什么啊？乱七八糟的！"铁琅挠了挠头，和常青儿面面相觑。

"好吧，还是说正题吧！"何夕招呼大家坐下，品尝他喜欢的龙都香茗，"常青儿，我前天说的事情办好了吗？"

"还说呢。一连那么多天谁都不理，突然打个电话来就是让我去悄悄搜集我弟弟脱落的脚皮。"常青儿忍不住发着牢骚，"这叫什么事儿啊！"

"你没办吗？"何夕有些沉不住气，他实在也没把握摸透这女人的脾气。

"哪敢啊，是大侦探的命令嘛！"常青儿调皮地一笑，"那些脚皮都送到了你指定的中国科学院病毒研究所，他们保证结果出来后马上同你联系。可你为什么要这么做？"

何夕沉默了几秒钟："知道我当时为什么要答应离开瑞士吗？"

"问题已经解决了啊！那些人不就是想通过我弟弟得到常氏集团的投资吗？现在他们放弃了。这种事在生意场上很常见，只不过他们的手段比较过分罢了。你帮我们查清了问题我父亲很感谢你的，还特意委托我这次来一定要邀请你到家里做客。我父亲说了。"常青儿脸上突然微微一红，"常家的大门永远都对你敞开。"

"是啊，问题已经解决了。"何夕低声说道，"我都没有想到会这么快就办到了。可是……"

"可是什么？"

"相比于我以前经历过一些事件，这件事起初显得非常诡异，但是调查起来却非常顺利，真相仿佛一下子就浮现出来了。但其中还有一些疑点没有得到解释。比如说，常正信变脸那次……"

"我分析这应该是一种魔术。"铁琅插话道，"就像当年大卫表演的一些节目，直到现在都还没有人说得清楚其中奥妙。"

"可是我不这样想。"何夕摇摇头，"那些人花费了那么多精力，设计了那么多圈套，最后却轻描淡写地放弃了事，这不符合常理。"

"他们不是说是因为不愿意与你为敌吗？"常青儿提醒道。

"你太抬举我了。"何夕苦笑，"我没有那么大的影响力。我问你：你们常氏集团有多少资产？常正信名下又会有多少？他们本来已经完全控制了常正信，巨大的利益已是唾手可得，现在为什么会主动放弃？"

"你这么讲我也觉得有些奇怪了。"常青儿不自信地嗫嚅道。

"所以我分析他们的承诺只是拖延时间的权宜之计，他们似乎……在等待着什么事件的发生。也许到时候这个故事才会真正开始。"

"你把我都说糊涂了？"铁琅显得一头雾水。

"我现在也说不大好，就算是直觉吧！不过我想事情的真相总会弄清楚的。"

这时何夕的电话突然响起来："是我，崔则元。"一个穿着白色工作服的人出现在电话屏幕上。

"结果出来了？"何夕的语气显得很兴奋。

"我不明白你为什么要给我们大家开这个玩笑。"崔则元表情很严肃，"那位女士说你要求我们在最短时间内给出结果，我的助手放弃了休假，没想到却是个恶作剧，虽然我们是朋友，但这也太过分了点吧？"

"等等。"何夕有些发懵，他没想到一上来就劈头盖脸挨了顿训，"我只是拿份人体样品给你检测一下DNA序列，这是你本行啊，怎么就过分了？"

"可你拿给我的根本不是什么人体样本啊。虽然它看起来和人体脱落的皮肤一模一样，我不知道你玩的是什么魔术，可里面根本就不包含DNA，听清楚了吗？它里面没有脱氧核糖核酸，没有双螺旋结构，连蛋白质都没有——它根本就不是人体样本，甚至也不是任何生物样本！"

"啊？"何夕转头看着常青儿，"你确定拿的是你弟弟的脚皮吗？"

"我当然确定。"常青儿委屈地叫起来。

何夕蹙紧了眉，良久之后从椅子上撑起："走吧，我们该出发了。"

"到哪儿啊？"铁琅问道。

"去看看那件不是样本的样本。"何夕有些恼火地捏了捏拳头，"看来故事终于开始了。"

(八)

湖北省武汉市。中国科学院病毒研究所。

在崔则元看来，何夕近来大概是有些不正常。大家相交多年，还从来没有像现在这样话不投机。说起来崔则元走上现在这条道路还跟何夕有点关系，在中学时代崔则元正是受了何夕的影响才对生物学产生了浓厚的兴趣。不过后来崔则元才知道对何夕来说生物学只是一个普通爱好罢了，何夕后来并没有像其他人一样升入正规的大学，他根本就放弃了考试，一个人跑到不知什么地方逍遥去了。在差不多七八年的时间里所有人都同何夕失去了联系，等到何夕重新回到原有的圈子里时，原来那个面色苍白显得有些青涩的少年已经变得皮肤黝黑，目光灼人。关于那几年的经历何夕从来都没有正面回答过别人的询问，有时候被人问得急了就说是到"阿尔西亚山"参禅去了。只有少数相关专业人士能从这句话立刻听出何夕是在胡诌，因为虽然的确是有一座"阿尔西亚山"，但是位于火星上。

虽然崔则元认定何夕这次是在胡闹，但凭多年的经验他深知何夕的狡辩本事，所以并不敢太大意。崔则元至今还记得多年前的一件小事，当时几位朋友对何夕那与众不同的往左斜梳的发型发生了兴趣，于是借机追问何夕为什么总是特立独行，连头发都和大多数人弄得不一样。结果何夕只一句话便让大家乖乖闭上了嘴："你们照镜子欣赏时头发不全是往左梳的吗？这说明往左梳才好看。"

这次让崔则元觉得问题不对劲的是何夕居然要求他们重做实验，以便从那些根本不是生物材料的样品里面找出"也许隐藏了的DNA"。

"开什么玩笑？"崔则元嚷嚷道，"你不会怀疑我们的技术吧？我们这里可是全亚洲最好的生物实验室。明明是你拿来的样品有问题。"

何夕正在电脑上打游戏，这是他休息的一种方式。屏幕上是古老的任天堂游戏"超级玛丽"，那个采蘑菇的小人儿正起劲地蹦跶着。"超级玛丽"是何夕儿时的一种鼻祖级游戏机上的经典，现在何夕是通过电脑上的模拟器来玩。也许是童年时的印象太深，直到现在何夕也只喜欢这些画面简单但却充满无穷乐趣的游戏，他觉得这才是游戏的精髓。听到崔则元的话何夕有些恋恋不舍地关掉程序开口道："可常青儿向我保证这的确是人体皮肤样本。"

崔则元不客气地反诘："女朋友说的总是对的，是吧？"他这句话立刻让一旁的常青儿羞红了脸，她急促地低下头。

"那你们分析出来样品到底是什么了吗？"铁琅恰到好处地转开话题。

"老实说我们也正在伤脑筋。虽然我们知道这不是生物材料，但是却不知道它到底是什么东西。"崔则元困惑地挠着头，"我从来没有见过这种东西。它像是一种全新的高分子聚合物，它的元素构成同蛋白质相似，也是碳氢氧氮等的化合物，但各元素的比例完全不对。而且分子量很大。"

"这么说它是一种高分子化合物？"何夕沉思着，"可怎么会来自常正信的身体？"

崔则元简直无语了，他脸上的表情已经代替他下了结论：感情真的会让人变蠢，即便是像何夕这样的所谓聪明人也不例外"我再最后强调一次啊，它不可能来自人体。"

"会不会常正信的体表覆盖了这样一种特殊材料？"铁琅突然开口说出自己的推测。

"这倒很有可能。"崔则元表示赞同。一旁的常青儿也忙不迭地点头。

一丝神秘的笑容在何夕脸上浮现开来："虽然这个解释看起来很不错，但我不这样认为。这样吧，我请你们再做一次实验。"何夕转头对常青儿说，"你弟弟应该快来了吧？我们到机场接他。"

"你为什么要我骗他说是来武汉旅游，我不能说实话吗？"常青儿不解地问。

"常正信知道的应该比我们多一些，我们必须有所防备。"何夕转头看着崔则元，"等会儿打麻醉剂时手脚可得快点。"

"哎，我们不能违背当事人的意志采集样本的。这是有法律规定的。"崔则元听出了其中的奥妙，急忙发表声明，"违法的事情我不能做。"

"违法的事你做得来吗？你以为是个人就能犯法吗？那得具

备必要的才能。比如像我和铁琅这样的。"何夕面有得色地拍了一下胸脯。

"那也不行。如果你们不能保证事情合法我是不会配合的。"崔则元很坚持。

何夕同铁琅对视一眼，露出招牌坏笑。他从上衣口袋里拿出张纸递给崔则元。

"这也能拿到。"崔则元看着部里面的大红印章，隐隐觉得事情越来越不简单。

"所以说崔则元同志，执行命令吧！"何夕语重心长地说。

（九）

常正信已经进入了深度麻醉状态。何夕端详着常正信的脸，他特别注意观察着常正信的皮肤，但无论他怎么仔细也没能看出有什么特别的地方。这次采集的样本是七个，分别采自常正信不同的组织部位。此前崔则元还从来没有从一个人身上采集这么多样本。因为按照DNA鉴定的原理，采集一个就足够了；但是何夕坚持要这么做，却无法说出理由。不过崔则元已经感觉到这本来就是一件不合常理的事件，也许应对的方法也应该不合常理。

检测结果对崔则元来说完全是一场灾难。

"这不可能。"崔则元面色苍白，同众多以技术立身的人一样，他一向有着稳定的心理素质，但他现在面对的是超出了他的全部想象力的事件。七件样品中有六件样品的结果同第一次实验是一样的，只有一件样品表现出了人体生物学特征。如果按照这个结果来看常正信基本上就不是人类。但这怎么可能？每件样品都是崔则元亲自采集的，为了彻底驳倒何夕他甚至没让助手帮忙！

"你们明白吗？他根本不是人类。"崔则元大叫道，"你们明白吗？"

"那他是什么？另一种生物？"铁琅的面色一样苍白。之前的结果还可能是因为常青儿拿错了样本，但现在却是由最严格的实验得出的结论。

"不，他甚至不是生物体。"崔则元的语调变得有些恐怖，"你们明白我的意思吗，所有生命的基石都是核酸，也就是DNA或RNA，从病毒到野草到大象再到人类，核酸的编码决定蛋白质性质。可他体内没有核酸，我不知道他是由什么构成的。"

"你们胡说！"常青儿动容，"虽然正信近来是有些古怪，但我敢肯定他就是我的亲弟弟。我不管你们的什么科学实验，我只相信自己的感觉。他就是我的弟弟。"

"不是还有一份样品的结果正常吗？"何夕倒是很冷静。

"对对，是这样的。"崔则元看了眼电脑屏幕上的结论，"那份样本取自脊髓。它部分正常，像是一份混合体，就是说它表现了部分人类特征。而且我拿这份样本同常青儿的DNA数据做过比对。如果单以这份样本来看，可以判断他们具有姐弟关系。"

"脊髓。"何夕念叨了声，"那另外几份样品都分别取自哪里？"

"肌肉组织，皮肤组织，肝脏，血液及腺体组织。"

"这么说，常正信身体的绝大部分都出了问题。"

"我不知道该怎么描述。"崔则元无法抑制自己的情绪，"他的生理机能都很正常，在显微镜下他身体的每一个细胞都充满活力；但从严格意义上讲，他的确不应该称作人类。"崔则元点击一下键盘，屏幕上立刻显出电子显微镜下一群活细胞的图像。"这是取自肝脏的部分。"崔则元补充道。

"难道他是机器人？"铁琅分析道，"或者说是一种复合型的机器人？因为他毕竟还有少部分人类的成分。"

"但是你们知道我的感觉吗？"何夕凝视着屏幕，"崔则元你是专家，你能看出这群肝脏细胞同正常人的肝脏细胞的区别吗？"

"说实话我不能。"崔则元无奈地承认，"你们看这里，液体在流动，线粒体在燃烧，葡萄糖酵解成丙酮酸，并在三羧酸循环中释放出大量的三磷酸腺苷，由此提供生命必需的能量。一切都井井有条。"

"这也正是我的感觉。"何夕的声音变得有些古怪，仿佛是在宣示着什么，"所以它们不可能是机器，它们是生命。"

"可它们没有DNA，也没有蛋白质，不可能是生物体！"崔则元近乎绝望地想要捍卫自己的信念，虽然他感到自己心中那座曾经坚不可摧的大厦正在何夕的宣告下坍塌。

"我没说它们是生物体啊！"何夕淡淡地纠正道，"我只是说它们是生命。"

（十）

北京，某地。

"你们怀疑这可能是一次生化事件的前奏。"齐怀远中将在静听了十分钟后发言。他大约五十岁，身形瘦削，目光中闪烁着军人特有的坚毅。

"这正是我们求助军方的原因。本来事情的起因只是有人企图非法获取他人的资金，但现在看来问题远不止于此。有一种奇怪的技术出现了。"何夕尽量让语气平缓，他同齐怀远并不是初识，在以前的一次突发事件中打过交道，何夕在其中起到了重要的作用，虽然出于可以理解的原因这一点在军方档案中没有任何记录。

"他们的目的是什么？"

"现在还不知道，但这个世界至少已经有了一些怪异的个体。我知道其中一个人能像猿猴一样在树上跳跃，并且能用一颗小石子轻取他人性命；另一个则能够随意改变自己的相貌。"

"听起来就像是神话。"齐怀远目光深邃，如果对方不是何夕的话他早就对这番奇谈怪论嗤之以鼻了，"那你要我们做什么呢？"

"尽可能地给予我们帮助。"

"在苏黎世我们没有太多力量，你知道那里并不是热点地区。"

"但是你可以动用其他的力量，包括盟友。我是说，包括你能运用的一切力量。"

"有必要吗？现在事情的真相还没有弄清，也许这只是一个局部事件。"

"也许你还不清楚我的意思。"何夕正色道，"如果你看到过那些细胞，如果你从生命的角度上来看问题，你就会意识到这是一个多么严重的事件。"

"有多严重？"齐怀远被何夕严肃的语气所感染。

"就一般的生化事件而言，往往是某种致病微生物参与其中，导致一定数量的人群受到感染并出现病理特征；而现在我们面对的却是一种未知的现象，准确地说我们见到了一种此前地球上根本不存在的生命现象。"

"对不起，你的话让我理解起来有些困难。"

"在我们的世界上存在着几百万个物种，加上那些曾经存在但现在灭绝了的数量则更为庞大。从几微米的病毒到高达百米的美洲红杉，从深海巨乌贼到南极地衣孕育的孢子，生物界按门、纲、目、科、属、种的规律分成了各个类别。生物体之间无论是外形还是功能都存在着巨大的差异；但是从根本上说，所有生物具有同一性，即它们都具有相同的遗传物质类型，它们之间的差异只是DNA或RNA的编码不同罢了。明白我的意思吗？我们不仅和猿猴来自同一个祖先，从最根本的意义上讲，我们同你窗台上栽种的云南茶花也来自同一个祖先。但是，这次我们却见到了一种完全另类的生命。"

"你是说我们可能遭遇了外星生物的入侵吗？"齐怀远的声

音有些颤抖，这在他的军人生涯中是绝无仅有的事情。

"现在我还不知道这到底是一次怎样的事件。"何夕的语气沉重而无奈，"但愿我们能早些知道事情的真相。我们需要时间，但愿我们有足够的时间。现在你明白我为什么请求你动用所有力量了吗？"

"是的，我明白了。"齐怀远拿起旁边的红色电话。

（十一）

苏珊在快餐店像往常一样点了一份肉馅饼和一杯咖啡。今天是周日，这个时候的客人还不多。一位头发花白的老人坐在窗户边悠闲地品着红茶。两位学生模样的女孩在窃窃私语，不时发出低低的笑声。苏珊拿着汤匙慢慢地搅动着，回想着出家门时女儿艾米丽稚嫩的笑声。作为一名单身母亲，四岁的女儿几乎就意味着她的一切。苏珊感到自己的手心很干爽，这是她觉得安全的表现。哪怕是潜意识里有一丝危险的警告她的手心就会变得潮乎乎的，这是只有苏珊自己才知道的秘密，包括当年在特工训练营里的教官们也不知道这一点。就在这时她看到了那个人，虽然和照片上相比并不一致，但苏珊的直觉告诉她就是这个人了。

"和这位女士一样。"来人一边对侍者说着话一边坐下来，他摘下墨镜，显出灼人的眼睛。来人正是何夕。

"他们给我的照片上你没有胡须。"苏珊点点头算是打招呼。

"是粘上去的。"何夕笑了笑，"苏黎世有认识我的人。"

"我接到的命令只有一条，就是执行你的一切命令。"苏珊的声音很低。

"我需要查询今年4月13日一批货物的流动路径，我知道它们发运的起始地点。"何夕在地图上指明了一个点。

"时间有些久了，不知道沿途的监控录像是否还保留齐全。"

"并不需要全部齐全，只要有一个大概的路线图能帮助我们推测货物的去向就可以了。"

"这应该能办到。我明天给你结果。"苏珊突然呶了下嘴，"不是说你就一个人吗？那边那位一直朝我们看的人是谁？"

何夕悚然回头，虽然隔着几排座位，何夕还是一眼就认出了戴着帽子遮遮掩掩的常青儿。常青儿大概也意识到自己已经暴露，有些不好意思地笑了笑。

"是你的搭档？"苏珊仿佛看出点什么。

"算是吧。"何夕低头啜咖啡。

"那我先走一步。"苏珊起身，"但愿我能尽快给你带来好消息。"

何夕慢腾腾地踱到常青儿的座位边："这边有新的生意需要常大小姐亲自打理吗？"

"就是就是。"常青儿忙不迭地借坡下驴，"碰到你真是好巧啊！"

"事情办完了吗？如果差不多了还是早些回去吧。"

常青儿抬眼看着何夕，黑白分明的眸子里闪过一丝委屈：

"我知道我帮不了什么忙，可是，我真的很担心你。所以……"

何夕在心里叹口气，老实说近段时间以来这个有别于一般富家小姐的常青儿已经在他心里留下了印迹，但他知道这没有太大意义，这种温馨平凡的情感是像他这样的人可望而不可即的。每个人的现在其实都源自他的过去，一些事情虽然已经成为过去，但却永远不会消逝。就像多年前那海边古堡里阴冷的风声，这么久了一直还在何夕耳边回响。

"你知道我们面对的是些什么人吗？"何夕尽力使自己的声音显得冷漠，"你留在这里只会让我分心。"

"我能照顾自己。你是在帮助我弟弟，我不能袖手旁观。"

"我以前为你们所做的只不过是商业行为，是我的工作罢了，你们也已付了足够的报酬。我现在已经不是在帮你的弟弟了，我接受了另外的委托。所以请你立刻回去吧，不要妨碍我的工作。"何夕抛下一句话后头也不回地离开。

（十二）

贝克斯盐矿位于日内瓦湖以东，总长度超过50公里，从公元1684年一直开采至今。一年前有位神秘人士买下了盐矿的部分废弃区，苏珊调查的结果表明常正信运走的货物大部分正是运到了这里。贝克斯盐矿的部分已经开发成了旅游景点，但废弃区却终年人迹罕至。

从望远镜里看去一个守夜人模样的老人斜倚在躺椅上，像是睡着了。何夕和苏珊没费什么劲便潜入到了山脚，现在是夜里十一点，从外面看上去山壁上的入口一片漆黑，也听不到有什么声音。旁边惨白的路灯光照在草地上，一株被锯得光秃秃的梧桐树在地上投下古怪的黑影。

"我进去了，你留在这里。"何夕吩咐苏珊，他收拾着开锁器具。洞外的轻松很可能意味着里面加倍的危险。

"随时保持联系。"苏珊手里紧扣着一支枪，声音有些微的颤抖。

何夕点点头，然后急速地从门口溶进了黑暗之中。苏珊警惕地四下张望，然后退守到那株梧桐树下，借助树的阴影潜伏。苏珊对这个位置感到满意，周围很空旷，便于她观察，而在昏暗的路灯下没有人会注意到这里潜藏着一个人。但不知怎的，苏珊突然感到手心里满是汗水，她觉得似乎有什么事情不对劲。几乎就在这种感觉升起的同时，苏珊感到一个铁钳一样的东西攫住了自己的咽喉。在意识即将离开苏珊的身体之前的一刹，她终于在挣扎中目睹了欲致自己于死命的究竟是什么东西……

一张鬼脸！这是苏珊脑海中涌现的最后一个意识。

"啊——"一声凄厉的惨叫在黑暗中响起，是常青儿的声音。何夕从入口中冲出来，映入他眼帘的是昏厥倒地的常青儿。

……

"你醒了。"何夕关切地望着常青儿，"喝口水吧。"

"鬼脸！我看到一张鬼脸！"常青儿显然还没有从惊吓中缓过来。

"什么鬼脸？"

"是一张长在树上的鬼脸。"常青儿眼睛里充满恐惧，"太可怕了。"

"树上的脸？"何夕沉吟着，他突然失声叫道，"是那棵梧桐树。我出来的时候那棵树和苏珊都不见了。我知道了，那根本就不是一棵树，而是一个人！守夜的老人只是一个摆设，他才是真正的警卫。"

"对不起，我悄悄跟踪了你。"常青儿嗫嚅着说，"我只是担心你。"

"看来这一次是你救了我。如果不是你突然出现打乱了对方的计划，我也许已经在毫不知情的情况下被暗算了。可是苏珊……"何夕难过地低头。

"你说那棵树其实是人？这怎么可能。"

"我想那也许应该叫作模拟。想想常正信吧，他曾经在几分钟时间里不借助道具变成另外一个人，使得所有人都无法分辨。我不认为那是什么魔术。今天我们显然遇到了一个能力更加强大的人，他甚至能模拟植物。现在我都不知道究竟什么地方是安全的，也许这个房间里的某株盆景……"

"别吓我。"常青儿身子发抖，紧张地四下张望。

"没事的，我已经检查过了。"何夕怜惜地抚着常青儿的额头，"你休息一下。"

（十三）

苏珊只是受了点轻伤。警方第二天上午发现一辆车撞在了公路护栏上，昏迷的苏珊就在后排位置上，前排位置上有一摊血，但司机不见了。医生检查的结果她身体没什么大碍。看来绑架者的驾驶技术不怎么好。

"很抱歉，让你担心了。"苏珊躺在病床上，面容有些憔悴。一名粉嘟嘟的小女孩紧紧依偎在她身上，大大的眼睛里还闪动着害怕的神色，那是她的女儿艾米丽。苏珊充满爱怜地紧握着艾米丽的手。

"是我没有考虑周全。你先休息，别想那么多。"何夕安慰道。这时他的电话突然响了，电话屏幕上铁琅显得心神不宁，他的第一句话便是"常正信死了"。

何夕悚然一惊，这已经是事件里的第二个死者了。

"是这样的，这些天他本来一直留在病毒所的实验室，情绪也比较平静。但从前天开始他就强烈要求出去，我们当然没有答应。结果今天早上他突然强行逃跑，还抢了警卫人员的枪。就在我们试图劝说他放弃行动时他突然冲到了马路上，一辆货车刚好经过……"

何夕沉默了，他感觉眼前仿佛出现了巨大的黑影，而且这个黑影还在不断地逼近，行将吞噬一切。

"你怎么了？"铁琅关切地询问。

"噢，没什么。"何夕摇了摇头，"你马上让崔则元他们再对常正信做一次全面的DNA检测，还是从以前的那些身体部位取样。"

"什么意思？"

"先别问这么多，照着做吧。我预感到我们离真相更近了。"

"发生了什么事？"苏珊撑起身，"我可以帮忙吗？我已经没什么事了。"

"没什么。"何夕不想吓着艾米丽，"你先休息。"

"我真的没什么了。"苏珊执意下床，"有了这次的经验我知道该怎么做了，那些家伙不会再得手了。我现在就能继续工作。"

"那好吧，这次我们白天去。"何夕敬佩地看了眼这个坚强的女人。

但他们晚了一步，一小时后映入他们眼帘的是已经炸成了废墟的矿场入口。

（十四）

"常正信DNA检测结果出来了。"电话屏幕上铁琅神情严肃。

"我猜想脊髓部分也一定完全变性了。"何夕先发表看法。

"正是这样。可见在常正信身体上发生的可能是一个渐变的过程。"

"现在可以理解他在伪装常近南时的表现了，当时那种东西还没有完全控制住他，所以他在最后一刻改变了命令。"

"我还是不明白他身上到底发生了什么事情？难道是一种病毒感染吗？可崔则元说这种东西根本不是生物材料。"

"我想快知道答案了。对了，关于那些海水你调查得怎样？"

"说实话我正头疼呢？我找遍了全球各处的水文资料，都没发现和它成分相符的地方。稍微比较接近的是黑海的海水，但差异也不小。真不知道常正信从哪里搞来的这些海水。"

"记得我曾经说过吗？我说你可能找不到匹配的结果，因为……"

"因为什么？"铁琅嚷嚷道。

"因为你没有时间机器。"何夕没头没脑地说完这句话便挂断了电话，留下铁琅一个人兀自在电话那头发呆。

"那我们下一步怎么办？"苏珊正擦拭着她喜欢的P990，这款出自德国瓦尔特公司的手枪是她从不离身的爱物。

"我们的大方向应该没有问题。"何夕皱眉思索，"但是一定有什么地方被忽略了。这个组织虽然神秘，但时间上不像是成立太久。常正信到戴维丝太太那里租房是在他到瑞士第三年之后的事情。"

"你有什么新想法吗？"

"让我想想。"何夕的神情突然一变，"我现在要出去一趟。你先赶到贝克斯盐矿去等我。"

"那里不是已经被毁掉了吗？"

"总之你先到那里去，再等我的通知。"

雷恩刚上车，一只黑洞洞的枪口就从后座上对准了他的后脑。

"教授您这么急是去哪儿呢？"何夕似笑非笑地问，"是贝克斯盐矿吗？"

"你是什么意思？我想起来了，你是那天那个中国人。"

"记忆力不错。但我们其实不止见过那一面，还有郊外那一次。"

"我不明白你在说什么？"

"当时你改变了说话的语气，加上又罩着黑袍，我完全没有认出你。直到几小时以前我才受到另外一件事的启发想起当时你的笑声，当时你很得意，人在得意的时候会疏于伪装的。你成功改变了语气，但笑声暴露了你。"

"是吗？"雷恩镇定了些，"那启发你的又是什么事情呢？"

"是我发现你撒了一个不起眼的谎。我查过常正信的资料，他选修的古生物研究论文获得了当年的最高分。在专业上表现得这样优秀的学生你却说想不起这个人了。这符合逻辑吗？除非当时你是想刻意掩饰什么；还有，我们刚与你接触就被人注意到了，结果导致戴维丝太太死于非命。"

"这些只是你的推测。"

"不用狡辩了。虽然我还不知道你在那个组织里居于什么位置，但至少你能带我进到贝克斯盐矿去，我想看看里面究竟发生了什么事情。"

这时何夕的电话响了，是苏珊："我已经到了盐矿，但这里的确是一片废墟，我不知道你派我来干什么？"

"我马上就到。听着，雷恩教授会带我们进去的，他现在和我在一起。"何夕挂断了电话，对雷恩说，"需要我帮你带路吗？你应该知道我杀过人的，而且不妨告诉你，我还杀错过人，并且不止一个。"

"好吧。"雷恩嘟囔了一声，无奈地发动了汽车。

（十五）

事实证明何夕这次动粗很有效。

雷恩表现得很配合，他从汽车尾箱里找出了两具黑袍给何夕和苏珊披上，然后引领他们从另一个伪装得极其隐蔽的入口进入了矿场。通道里不时有人擦肩而过，每个人都非常恭敬地向雷恩致意，可见雷恩在这个组织里一定地位尊崇。

在最后一道门前站着一名警卫，何夕立刻意识到这个人他见过不止一次，因为他有一双明显异于常人的特别长且粗壮的手臂。

"教授您好。"那人挺了挺腰板。何夕注意到他手里握着一把石子，眼前不禁浮现出戴维丝太太的死状。

"把门打开。注意警戒。"雷恩下了命令。三个人进去后雷恩按下开关，厚重的合金门缓缓合上。

眼前的景象让何夕有些发晕。

在盐矿里存放的不是盐，而是一些瓶子。很小但是很多，多到难以计数，在一排排的柜架上密密麻麻地重叠铺陈。无数这样的瓶子组合成了巨大的阵列，顺着甬道延展开去，直到超出了视线。瓶子的高墙向上连接到矿井的顶部，让置身其中的人备感渺小。

"你们应该感到幸福，能够目睹这个世界上最伟大的奇迹。"雷恩显得很镇定。

"我在数这里有多少个瓶子。"何夕的语气很平静。

"你一辈子都数不完的。我来告诉你吧，整个系统的瓶子数量是十亿。"雷恩露出笑容，"这些六棱小瓶的排列方式类似蜂巢，真是一个巨大的巢。老实说如果一个人做了件了不起的事情却没有人欣赏也很无趣，所以今天让你们参观一下也不错。"

"但是这些瓶子里面好像没什么动静。"

"当然，现在这里只是一个伟大的遗迹，它们的使命已经完成了。"

"什么使命？"

"那是一种你们永远无法理解的使命。是由上帝借由我的手来完成的使命。每个瓶子里大约装有一毫升的液体，而十亿个瓶子里的液体成分都是不同的，由计算机在很宽泛的范围里按一定算法随机配制。有些瓶子里的成分非常奇特，但谁又真正知道生命会选择怎样的环境呢。每个小瓶每秒钟里大约发生十次放电现象，那是我们制造的微型闪电。那是一幅多么壮观的景象啊！无数的闪电将整个地下矿场变得比白昼还要明亮。每个瓶子里其实都是一种可能的原始行星环境。从理论上讲我们存放着十亿颗各不相同的行星。你明白我的意思吗？"

"我明白了，许多年前米勒等人就曾经做过这样的事情，他们模仿原始地球的海洋成分，然后通过持续的电击，最终从无机物中产生了氨基酸等构建生命的有机物质。你是在重复他们的工作吧？"

"不是重复，我所做的工作远远地超越了他们。"雷恩脸上充满得意之情，"他们仅仅设计了一种可能的行星环境，而我从一开始就站在比他们高出百倍的地方，我做的是他们连做梦都无法想象的事情。"

"其实我猜到了你在做什么？"

"不可能。"

"你是在制造更高位数的生命。"何夕的眼睛闪现出洞悉的意味，"我说得对吗？"

五秒钟的沉默之后雷恩不禁拍了拍手："你真让我吃惊，居然能够明白其中的真相。你是怎么猜到的？"

"很多人认为常正信能够不借助任何工具改变容貌是一种魔术，但我意识到这可能是一种不可思议的生命现象，是一种超级模拟现象。"何夕注视着雷恩，"而你那位能在树上纵跳如飞的下属更坚定了我的看法。然后是奇异的瓶子，它六棱的形状暗示着数量的庞大。加上瓶子里与原始海洋类似地液体成分，还有常正信身体里的奇异成分。这些线索的共同作用最终把我引到了这里。"

"你真应该做我的同行。"雷恩眼里闪过一丝欣赏的光芒，"我承认你猜对了。"

"那你成功了吗？"

"你以为呢？"

"应该是部分成功了吧。至少我亲眼看到了一些奇怪的人以及他们奇特的表现。这么说他们真的是另一种生命吗？"

"人们都说DNA或RNA是生命的基石，其实DNA是由鸟嘌呤、腺嘌呤、胸腺嘧啶、胞嘧啶四种碱基编码而成，每三种碱基对的排列组合决定了一种氨基酸的结构和性质，并最终决定蛋白质的性质。碱基才是构成地球生命的终极基础。DNA不过是一段代码，四种碱基就相当于数字0，1，2，3，它们在双螺旋上的排列组合方式决定了蛋白质的构成，进而决定了地球上千万种生物的多姿多彩的表现。从某种意义上讲，地球上的所有生命都不过是一段各不相同的四进制程序代码罢了。"

"那你发现的究竟是什么呢？"

"那是一次极其偶然的事件。其实当时我的实验远没有达到现有的规模，行星瓶的数量是一百万个。我永远记得那个编号为637069的行星瓶，它是孕育了新型生命的摇篮。没有人在事先能预料到我们的实验会有什么结果，就算在我内心深处曾经有过朦胧的构想，但这一事件超出了哪怕是最大胆的假设。但是我很快意识到什么事情发生了，X光衍射结果表明有一种呈三螺旋结构的超级类核酸物质出现了。你应该知道，在X光衍射图像下DNA的双螺旋结构呈现为'X'形，而超级核酸的三螺旋结构呈现出清晰的'★'型。当时我的感觉简直无法用语言形容。"

"那是成功的感觉，对吧？"何夕了解地点点头，"这是好事啊，凭借它没有任何人能和你争夺诺贝尔生物与医学奖。"

"我曾经这样想过。但是，我想到了更多。在超级核酸的编码下，全新的氨基酸诞生了。在四进制生命中，氨基酸最大的可能数目是64种，而在八进制生命中，氨基酸最大的可能数目是512种，这是多么巨大的飞跃！由此产生的全新的蛋白质种类更是呈现爆炸式的扩张。直到此时此刻生命才真正成了无所不能。"

"不过按照人类现在的标准，这些新的核酸和蛋白质都不能定性为生物材料。"何夕插话道，"比如我的一位生物学专家朋友就认定常正信不是人类，甚至不是生物体。"

"这很正常，就好比Windows操作系统的程序无法在DOS操作系统下运行一样，虽然前者肯定高级得多。如果DOS系统有知的话，它一定会认为所有的Windows程序都不能称作程序，而是一堆不可理解的无意义的乱码。"

"你说得不无道理。"何夕若有所思地点头，"那后来呢？"

"我们以那个行星瓶为蓝本，将规模扩大到了十亿。这多亏了像常正信一样的人的帮助，当时戴维丝太太的地下室里有两亿个行星瓶，是我们一个重要的节点。最初诞生的超级核酸是极不稳定的，直到一年之后，你应该能算出来这其实就相当于自然界里十亿年的时间，稳定的超级核酸产生了。然后，我在一种普通的病毒上植入了超级核酸，我称之为'★病毒'，也可称为'星病毒'。"

何夕倒吸了一口凉气，他觉得自己的背脊有些发麻："你知道自己在做什么吗？"

"我当时只是想做个验证。我想知道超级核酸会表达出怎样的生命现象。也许你会说我的好奇心太重，但现在看来我当时的行为更像是一种宿命。其实我想在宇宙中八进制生命迟早会自行诞生，所需的不过是更长的时间罢了。四十亿年前地球逐渐冷却，然后大约经过五亿年之后四进制生命诞生了。从此你们这些低级的四进制生命体就占据了这颗星球，而八进制生命的演化进程就此搁置。现在好了，看看四周吧，我创造了这个大自然要用十亿年才能完成的奇迹，现在该是你们让位的时候了。超级核酸自有它强大的生命力，从它诞生的时候起就已经在影响周围的一切。有时我感觉根本不是我创造了它，而是它找到了我。它在冥冥中借用我的大脑，借用我的手，创造了它自己，从十亿年后来到了现在。"雷恩的神色变得有些恍惚，"它是那么奇妙，拥有那么不可思议的魔力。"

"你这样说让人很难理解。"

雷恩脸上显出高深莫测的笑容，其间还夹杂有一丝不屑："在宇宙万物中没有比生命更神秘的事物了。生命诞生之初是那样的孱弱，一丝紫外线、一点高温都能彻底消灭它；但是，在冥冥中，在天意的指引下，生命却能占据一颗颗星球。你看看我们脚下这个直径一万两千公里的小石子，它的大气成分、土壤构成、地底矿藏、温度湿度等等无一不是几十亿年来生命活动的结果，生命的发展甚至将最终改变整个宇宙的面貌。你永远无法理解我面对超级核酸时的心情，因为你对生命没有我这样的敬畏。"

"但你恰恰没有表现出对生命应有的敬畏。"何夕打断雷恩的话，"没有人可以扮演造物主的角色，你创造了新的生命，但你打算怎样对待这个世界上原有的生命呢？"

一丝略显尴尬的表情自雷恩脸上掠过，他没想到何夕一句话就说透了他潜藏很深的心思："老实说我很尊敬你，在低级生命里你应该算是佼佼者了。如果你能够合作的话肯定对我们的计划有所帮助。在宇宙的生命法则里永远是强者生存，你应该识时务。让我来回答你的问题，原有的生命可以被改造。超级核酸拥有了远胜过地球生命的生命力。它有一种强大的生存欲望，被植入核酸的'星病毒'在极短的时间里就迅速改变了整个病毒种群的基因构成，原有的种群根本无法与之抗衡；而且，超级核酸对四进制生命体的感染和改造是全方位的，植物、动物、微生物，都无一避免。我说这些就是希望你能与我们合作。"

"这是绝不可能的事情。"何夕冷笑一声，"而且我还要阻止你。快告诉我'星病毒'在什么地方。"

"这么说你真的拒绝我的提议了？其实我不想强迫你，你最好与我们合作。"雷恩脸上掠过一丝诡异的神色。

"你别忘了现在是我说了算。"何夕晃了晃手里的枪，他觉得雷恩大概是急昏了头。但雷恩奇怪的话让他心中怦然一动，的确，雷恩为何毫无保留地说出真相？而且今天的事情似乎过于顺利了些……何夕猛地想起一件事，他下意识地回头看着苏珊。

"对不起，何夕先生。"说话的人是苏珊，她手里的M990寒光四射。

"这么说在这两天里发生了一些我不知道的事情。"何夕喃喃自语。

雷恩上前轻抚着苏珊的细腰："你怎么就没有看出来我和苏珊已经是同类了？当你找到苏珊的时候她已经注射了'星病毒'。我们告诉了她真相，后来的一切都是顺理成章的，而下一个接受改造的人就是你。"

苏珊脸上的表情很平静，她很利落地将何夕铐在栏杆上："我选择忠于自己的种族；而且，地球生命很快就会全部升级成八进制生命。到时候我们都是一样的了。"

"你不是很想知道'星病毒'在哪里吗？我来告诉你吧。"雷恩得意地大笑，"我已经以协助研究的名义将装有特殊样本的盒子送到了全世界的七家研究所，再过十个小时它们就会自动打开，释放出'星病毒'。它们与注射用的病毒不同，被它们感染的个体将具有高度传染性，不仅在人与人之间，也在人与其他生物之间。伟大的超级生命体将从研究所的每一个人开始传播，以几何级数的方式在短时间内占据这个星球的每一个角落。这个世界上没有任何一种药物能够解除'星病毒'的感染。不，这不是什么感染，而是生命的升华。是八进制生命对地球低级生命的一次崭新升级。那是多么美妙的时刻啊。"

"你不能这样做。"何夕的声音已经沙哑，雷恩的话让他不寒而栗。

"我当然可以这么做。就像是人们都喜欢把自己的电脑升级成高位数一样；而且，升级后你如果怀旧的话还可以随时模拟四进制生命，你可以扮演任何你喜欢的低位数生命形象，这难道不好吗？"

"不是这样的。"何夕试着做最后的努力，"生命不应该分出高低贵贱。每个生命体都是独一无二的个体，它有自己的尊严。你这样的做法其实是对原有个体的灭绝，你难道不明白吗？想想看吧，你觉得自己还是原来的雷恩吗？你的灵魂已经被超级核酸控制了，你成了它的傀儡，成了行尸走肉，这和毁灭有什么区别？还有苏珊，你觉得还有自我吗？问问自己的内心，以前的那个苏珊到哪儿去了。别忘了，艾米丽还等着你，快醒醒吧！"

一丝复杂的神色自雷恩眼里一闪而逝："你不要白费心机来说服我了。我多年来的心愿即将实现，人类即将迎来伟大的新生命时代。也许你现在还不理解我，但是你很快就会认同我了。"一丝奇怪的笑容自雷恩脸上浮现，他的手里多出了一件样式复杂的注射器。

"'星病毒'已臻于完美，你的运气很好，整个过程相较于以前已经大大缩短，没有任何痛苦，超级生命将完成对你全身细胞的升级。你会毫无知觉地睡上一觉，但醒来后你会发现自己已经脱胎换骨，那是种无比美妙的感觉。"雷恩慢慢逼近。

何夕徒劳地挣扎着，手铐在他的手腕上勒出了血痕。一种从未感受过的绝望攫住了他的心，不仅为自己即将成为异种，也为人类将要面临的命运。以何夕的知识他当然明白雷恩说的是对的，醒来之后他自己也将异化为雷恩的帮凶，任何生命体的心智都从属于自身的物种，就像一只蟑螂永远只会从蟑螂的角度思考问题一样——假如它能够思考的话。但那是多么可怕的结果，从某种意义上讲甚至超过死亡。汗水从何夕额上滑下，他绝望地闭上了眼睛。

一声沉闷的枪响。

何夕睁开眼。雷恩捂住胸口缓缓倒地，惊骇莫名地望着苏珊。

苏珊凝望着何夕，目光里有奇异的光芒闪动："你让我想到了我的女儿。她是这个世界上独一无二的珍宝，我不能容许什么东西来替代她。谢谢你。"

"应该说谢谢的是我，还有这个世界上的所有人。"何夕撑起身，苏珊帮他打开了手铐。

"你们阻止不了我的。"雷恩口中流出血沫，他的脸部扭曲得有些狰狞。

"你快走，我坚持不了多久了！"苏珊痛苦地指着自己的头，"它们就要完全控制我了，我感觉得到。那边还有一条安全的通道能出去，你一定要阻止雷恩的计划。"

"你不和我一起走吗？"

"不。"苏珊的脸变得惨白，看得出她正在用尽全身力气挣扎，"我留下来处理一切。"

"我要带你走。"何夕坚持道。

"你快走！"苏珊突然举起枪，脸上的痛苦之色越发明显，"你知道，我已经不是从前的苏珊了，我随时可能会杀了你的。你快走啊，趁我还能控制自己的时候。"

何夕默然退后，进入通道前他突然听到苏珊最后喊了一声："告诉艾米丽，说我永远爱她。"

"我会的。"何夕答应道，没有回头。

二十分钟后，随着一声巨大的爆炸，贝克斯矿场的一隅连同天才雷恩一起埋在了地底深处，为他陪葬的是十亿颗小小的行星。

（尾声）

一个月之后。中国武汉。

销毁"星病毒"的仪式最终选在了中科院病毒研究所。实际上，在这一个月里世界各国专家争论的焦点是究竟应不应该销毁它。但是谨慎的一方最终占据了上风，现在七个潘多拉盒子已经并排着摆放在了熔炉边上。

"真想亲眼看看里面那东西长什么模样。还有，它们到底是怎么诞生出来的。"崔则元小声嘀咕道。

"估计在座的这些人十有八九都有这想法。"何夕总结道。他至今没有对任何人吐露过其中具体的技术原理，因为他实在没把握这个世界上会不会再产生雷恩这样集智慧与疯狂于一身的天才。

"谁让咱们是干这一行的呢。这一个月心里都快痒死了。"崔则元忍不住叹气。

来自联合国卫生组织的高级官员已经讲完了话，按照安排下一个环节是由他亲手摁下开关将七个盒子送进熔炉。但是他突然停下了悬在空中的右手开口道："我提议应该由何夕先生来完成这最后的环节，因为正是由于他的努力才阻止了这场可能毁灭整个地球生物圈的灾难。"

何夕仓促起身上台，一时间他竟不知该从何说起。他仿佛又听到了莽撞无知的常正信那惊惶的嘶喊，看到了地底深窟中苏珊那难以描述的最后一瞥。

"站在这里我想到了雷恩教授，他原本和在座的各位一样，是一位优秀的科学家。我一直忘不了雷恩临死前说的那些话。他居然能够接受所谓高级生命对自身的替代，虽然他称之为升级。我想，地球上那些比我们人类更低级的生物恐怕不会这样做，因为它们所遵循的本能法则严格禁止了这种做法，而只有人类这种自诩为万物之灵的物种才具有了这种不同寻常的超越了本能的思想。雷恩教授应用他的天才智慧将本应在十亿年后才可能诞生的生命体带到了现在，但他真正明白这意味着什么吗？就像我，虽然我遵照自己的选择阻止了雷恩，但我想除了上帝之外其实也没有谁能够判定我做对了没有。是否我们人类这种智慧生物把生命的进步看得过于透彻了，生命也许并不只是碳和氢，也许不只是碱基对的数学排列组合。"何夕停顿了一下，"生命是有禁区的。"

四下里一片长久的沉默。何夕摁下开关，七个盒子滑进熔炉，幻化成一簇妖异的夺人心魄的火焰。

十亿年后它还会回来。何夕在心里说道。

雕塑

瘟疫

【焚尸炉内灵魂的尖叫】

燕垒生

我知道我疯了，一定是。没有一个人会自愿做这种事的。

每天我穿好从头到脚的防护衣，在我心中并没有一点对此的厌恶和不安，相反，很平静。一个正常的人不会如此平静，即使注定你会死，也没人肯干这事。可是我每天把一车车的尸体像垃圾一样扔进焚化炉里，却像这事有种趣味。

我知道我准是个疯子。

瘟疫不知从什么时候开始流行的。

当第一个病例被披露时，人们还没有想到这事的严重性，有一些愚蠢的生物学家甚至欢呼终于找到了另一种生命形式，因为引起这场瘟疫的那种病毒的分子链中是硅和氢、氧结合而不是碳。

感染这种病毒的初期，除了全身关节稍有点不灵便，并没有什么不适。然而到了两周后，病人却突然不会动了，全身皮肤首先成为二氧化硅，也就是石头。但此时人并没有死，眼睛还能眨动。这时的人如果想强行运动，是可以动的，只是皮肤会像蜡制的一样碎裂。我看到过好几具石化了的尸体，身上凹凸不平，全是血迹。随后内脏也开始石化，直到第六周，全身彻底石化。换句话说，到第四十天左右，一个活人就成为一座石像。

没有人知道这种病毒是如何产生的。现有的抗生素也只能对蛋白质构成的病毒起作用，对这种病毒毫无用处。

更可怕的是，这种病毒的传染性极大，甚至可以通过呼吸传染。而初起阶段，正因为没有症状，极难发现。你可能在人群中走过，就已经被感染了。

唯一的特效药是酒精。

酒精可以延缓这种病毒的活动，但充其量不过是让病毒的代谢延缓一周。即使你浸在酒精里，也不过多活一个星期。据科学家说，人体的石化，是因为病毒的代谢物堆积在细胞里。酒精其实不是杀死病毒，而是让病毒保持活性。所以，酒精不是药，而更像一剂毒品。通俗点说，因为病毒保持活性，它们活得更长，在体内同时生存的个体数就更多，因此在它们代谢时产生的尸体也就更多，到后期人体石化得更快。

可不管从哪方面来说，人们觉得酒精还是一种灵药。酒精的消费量因此呈几何级数增长。

当然，统计局早已经撤销了。世界这时也没有国家可言。在瘟疫早期，一些侥幸没有发现这种病毒的国家还在幸灾乐祸地指责是其他国家的过失以至于造成了这场瘟疫，而传到自己国家时又气势汹汹地指责别国采取的措施不力。然而当这种瘟疫已成燎原之势时，谁也说不出多余的话了。不管意识形态如何，国体如何，在这场瘟疫面前人人平等。

在这种情况下，形成了世界大同，实在是种很奇妙的现象。

紧急应变机构建立了。而这种应变，只有一种对策：对感染的人进行隔离，未感染的人发防毒面具。好在这种病毒的个体尚通不过石墨过滤器，不然人类真的要无处可逃了。

当一个人被发现感染了病毒，会立刻被收缴面具。因为对于尚未感染的人类来说，一个带菌者无异于一头危险的猛兽。这些人立刻被抛弃在外，有钱的开始酗酒，不管会不会喝。没钱的到处抢劫。事实上也不必抢劫，已经有三分之二的住宅已经空了，随便进出，财物也随便取用。

我的任务是善后工作。说白了，就是到处收集已经变成石像的尸体，运到郊外焚烧。由于没有药，所以只能如此做，尽量把病毒消灭掉。做这事，不但感染的可能性更高，更可怕的是，我们往往收集到尚未彻底石化的尸体。而把这样的尸体投进焚尸炉，往往会从里面发出一声撕心裂肺的惨叫。我有两个同僚因为不能忍受良心的谴责而自杀了。

这不是个好工作，但总要人做。

我说我疯了是因为我不但不害怕这种惨叫，反而在投入每一个石像时，总是满心希望它发出那一声绝望的呼叫。

毕竟，不是所有的石像都是门农（古希腊人物，著名雕像）。

我驾着大卡车驶过空荡荡的街道。今天只收了七具尸体，每一具都不像还会在焚尸炉里叫唤的。

我驶过一个幼儿园时，一个没有面具的男人抱着一堆东西跑出来。

由于儿童的身体小，他们感染病毒后发作得比成人快得多，因此早就没有儿童了。然而这幼儿园门口并没有表明无人的白标牌，也没有红标牌，说明里面还有正常人。无人住宅是白标牌，病人住宅则是红标牌。

对于病人抢劫无人住宅，这并不违法。而他从这幼儿园里出来，只怕那里已没人了，不然，他是犯了抢劫罪，我可以将他就地正法。

我跳下车，拔出枪来，对他喊道："站住。"

他站住了，看着我。他的手里，是一堆女人的衣服。

我说："这不是无人住宅，你已经触犯紧急状态法第八条，必须接受死刑。"

那个男人的脸挤作一堆。能做这种表情的人，至少还可以到处跑上一个礼拜。他道："我不知道，我是新来的。"

"不必解释了，你必须接受处罚。"

他的脸扭曲，变形，嘴里开始不干不净地骂着。我开了枪。在枪声中，他的脑袋像是一堆腐烂的烂肉，四处飞溅，在墙上形成一个放射状的痕迹。而他的尸体，也是真正的尸体，向后倒去。

紧急状态法第八条，凡病人进入未感染者住宅，不论何种理由，一律就地处决。

这条不近人情的法律得到了所有未感染者的支持，因而得以通过。

我踏进那家幼儿园里。

生与死，在这个年代已不重要了。杀了一个人，我心中没有一点波动。我想的只是，他进入这里，可能原先的住民已经死了，或者这里的住民已感染。不论如何，我必须弄清楚。

"有人吗？"

我喊着。在教室里，还贴着一张张稚拙的儿童画。《我的家》。在那些夸张得可笑的人和景中，依然看得到画画的孩子的天真和可爱。尽管画笔拙劣，但至少看得出那些人没有感染。

没有一个人。黑板上还写着"一只手，一口米"这样的字，但没有一点有人迹的样子。也许这真是个无人住宅，我是错杀了那个人了。但我没有一点内疚，他无非早死几个星期而已。

我穿过几个教室。后面是一排宿舍，但没有人。

看来是个无人区了。我的车里还有几块标牌，得给这儿钉上。

我想着，正准备走出去，忽然在楼道下传来了一点响动。

楼道下，本是一间杂物间，没有人。从那里会传来什么？目前已没有老鼠了。所有的老鼠早于人石化，因为个体要小得多。现在，只有大象在感染后活得最久。

这里有个地下室！

我推了推门，门没开。我退了一步，狠踹了一脚，"砰"一声，门被我踢开了。

下面，简直是个玩具工场。

我说那像个玩具工场，因为足足有三十个小孩的石像。有各种姿态，甚至有坐在痰盂上的。但那确实都早已石化了。

我苦笑了一下。每个小孩，也有近六十斤，三十多个，一共一千八百多斤。这可是个体力活。我搬起一个手里还抓着玩具汽车的小男孩，扛在肩上，准备走出这间地下室。

"你不能带走他们。"

我看到从墙上一个隐藏得很好的门里走出一个人来。听声音，那是个女子，可身上也穿着厚重的防护服。

我站住了："还有人？你刚才为什么不出来？"

　　她盯着我隐藏在面具后的脸，像要看透我脸上的卑鄙和无耻。她慢慢地说："你是乌鸦？"

　　我不由苦笑。"乌鸦"是一般人对我们的俗称，因为我们的防护衣是黑色而不是一般的白色，而做的事也像报丧的乌鸦一样。

　　"算是吧！"

　　"你要把他们带走？"

　　我看看手里抱着的一个像个大玩偶一样的石像，道："这可不是工艺品。"

　　"你要把他们烧掉？"

　　"你有什么更好的办法么？请与紧急应变司联系，电话是010—8894……"

　　"我不是与你说这些，"她有点恼怒地说，"你不能带走他们。"

　　"小姐，请你不要感情用事。古人说壮士断腕，也是这个道理。他们已经没有生命，就如同一个定时炸弹一样危险，你把他们藏在这儿，能够保证你自己不会染上吗？"

　　她愤怒地说："不对，他们没有死。"

　　我有点好笑。这种感情至上主义者我也碰到过不少，如果由他们乱来，人类的灭绝早就指日可待了。我说："一个人已经成为石像了，你说他没有死？"

　　"是。他们并没有死，只不过成为另一个形式的生命。就像我们人类的身体里，纤维素极少，但不能由此说绝大部分是纤维素构成的植物不是生命一样。"

我有点生气了。她真如此不可理喻吗？尽管政府告诉我们，如果遇上人无理取闹，可以采用极端手段，但我实在不想拔出枪来。"小姐，你说他们有生命，那他们有生命活动吗？植物不会动，可还会生长。"

"他们不会动，只不过他们成为这种形式的生命，时间观念与我们不同了。我们的一秒钟，对他们来说可能是一天，一个月，一年。但不能因为他们动得缓慢，我们就剥夺他们的生存权利。"

我笑了："小姐，科学家们早就证明了，人一旦石化，就不再有生命了，和公园里那些艺术品没什么不同。小姐，你想成为罗浮宫里的收藏品，机会多得是。"

她尖叫着："他们骗人！"她拖着我的手说："来，我给你看证据。"

透过厚厚的手套，我感到她的手柔软，却又坚硬。我吃了一惊，说："你已经感染了？"

她苦笑了一下："是，已经两天了。根据一般人的感染速度，我大概还能活上五天，所以我一定要你来看看。"

她给我看的是那个坐在痰盂上的小女孩。这小女孩脸上带着一种奇怪的表情，我对此并不陌生。每一个人大便后都是这样的不论年纪大小。然而她的手提着裙子，屁股却不是坐在痰盂上的。

她说："这个孩子已经石化两年了。两年前，在她还没完全石化时，是坐在痰盂上的，可今天她却成了这个样子。你说她想干什么？"

我说："天啊，她想站起来！"

她没有看我，只是说："是。她知道自己拉完了，该站起来了。只不过时间对于她来说慢得很多，在她的思想中，可能这两年不过是她坐在痰盂上的一小会儿，她甚至不知道到底发生了什么事。我们的动作对于她来说太快了，快得什么也看不清。你把她扔到焚尸炉里，她被焚烧时的痛苦甚至还来不及从神经末梢传到大脑就已经成为沙子了。你说，你是不是在杀人？"

我觉得头有点晕。根据统计，我一天大约焚烧二百个人。照这样计算，两年来，七百多天，我已杀了十四万个人了？

也许她在说谎？然而我不太相信。因为石化不是快如闪电，从能运动到不能运动的临界时间，大约是三十分钟。我见过不少人在这三十分钟里强行运动而使本来的皮肤龟裂的例子。也就是说，这小女孩不可能在三十分钟里保持撅着屁股的姿势一动不动的，不然她的皮肤一定会裂开。然而现在她的皮肤光滑无暇，几乎可以当镜子照。

然而，要我相信一个变成石头的人还能动，还能思想，而思想比血肉之躯时慢上千百万倍，这很难想象。我不是知识分子，不会相信别人口头上的话，即使那非常可怕，非常诱人。我只相信我看到的。

我的手摸向枪套。对于不想理解的事，枪声是最好的回答。

然而我没有开枪。

我看到了她的眼睛。她的眼睛在防护面具后面是一种怜悯和不屈，仿佛我只是一个肮脏的爬虫。

我移开了目光："把你的防护衣脱下来，你已经没有资格穿了。"

第二天上午，我在一个兵营里收到了一大队士兵。在回去时，我到那个幼儿园里转了转。

她正在晾晒衣服。我把车停在门口，抓了一包食物，向她走去。

她的目光还是不太友好："你来做什么？"

"你没有粮食配给，我给你拿来一些。"

粮食配给也是紧急应变司的一项措施。由于植物与动物一样，也石化了，因此食物极为稀少，每个正常人每月只有十八千克的食品。像我们这一类乌鸦，由于没人肯干，因此每月要多十千克。而感染者立即停止配给食物，让他们自生自灭。

她看着我："是怜悯？"

我也看了看她，但很快不敢面对她的目光："是尊重。"

她道："如果你真这么想，我只希望你答应我一件事。"

"什么？"

"当我石化以后，不要把那些孩子烧掉。"

我抬起眼，看着她眼里的期待，实在不忍心告诉她真话。我垂下眼睑，道："好的，我答应你。"

我无法告诉她，我的任务就是收集已经石化的人体，然后，烧掉，不论他们是不是成为另一种生命形式，是不是还有感觉。然而我只能说些这种话，让她在剩下的时间里得到一点不切实际的安慰吧。

我不知道我在做什么，把自己宝贵的食物给她，那也许太蠢了。可是我总觉得我应该这么做。不能要求我成为殉道者，那么我只能做一个旁观者。

过了几天，我又去了一次那个幼儿园里。她的衣服还晾在外面，大概她已不能运动了。我走到楼下，她正站在门口，张开了手，像不让我进去。但她已经是个石像，就算她有意识，她也不知道我做了什么。也许当她意识到我违背了诺言时，她早成了灰尘了。

我把她搬到一边，从里面把那些小石像一个个搬出来。当我最后去抱她时，看到她眼里，尽是对我的痛恨与不屑。我不敢去面对她，只是把她小心抱上卡车。以前我可是动作很粗野，不时有人在被我搬动时弄断了手臂和脚，然而这一回我像搬一件一碰就碎的细瓷器一样，先在地上放了几件她的旧衣服，让她小心地躺在上面，然后，我在幼儿园门口钉上了一块白色的牌子。

回到我的住处，我把那些小孩卸下车后，没有把她们烧掉，只是有点羞愧吧。我把她竖在我住处的门口。

在满地从焚尸炉里飞出来的白灰中，她伸开了双手，站在我门口，那张开的臂弯仿佛在期待，但更像在遮挡什么。她的外表光滑至极，衣服有点破了，然而并不给人不庄重的感觉。然而她的目光，那目光里充满了厌恶。

眼睛石化得很晚，人石化后，即使无法动弹了，但眼睛有时还能转动。不过，她再过一两天就完全石化了。我有点羞愧，觉得自己实在不是个好人，在她成为石像后，我还要把她变成一件装饰品。那些小孩，还是等她完全石化后再烧吧。

我把收来的另外十几个石像拖到焚尸炉旁。在我把他们扔进炉膛，听到一声凄惨的呼叫时，我没有像以前那样感到快慰，而是心头一阵抽搐。

即使石化后没有生命，但此时他们总还活着，只是身体不如尚未感染者那么柔软。我们有什么权力剥夺他们生存的权利？

我心情沉重地回到住处。地上，那些孩子横七竖八地躺了一地，我小心地绕开他们，走到屋内。

第二天，我又出去拉了一车。

在路上遇上安检员，他十分赞许地给我的积分卡上加了一颗星。我现在是四星级，再加一颗星，就可以进入紧急应变司，成为安检员了。安检员告诉我，目前全球未感染人数只剩下五十几万，但由于措施得力，有几个地区已不再发现感染者。看来，彻底扑灭这场瘟疫不是不可能。

好消息如此，但他也告诉了我一个坏消息，全球做我这种乌鸦的，一共有一万多人，平均每月有十几个自杀。

好消息和坏消息都让我心情沉重。

我把收回来的几十个人扔进焚尸炉。也许，她对我说，他们仍有生命，我口头上虽不信，但心底，却也有点动摇了吧？在把那些石像扔进去时，我只觉得自己好像是个刽子手。

回到住处，进门时，我看到她的目光。她的目光已经改变。

也许是我的错觉，但我发现她眼里不再是那种厌恶和受欺骗的眼神——如果石像也有眼神的话。

是因为我没有把那些小孩烧掉吗？

我看看地上一堆横七竖八的小石像，那个小女孩提着裙子，但人却躺在地上，十分可笑。我把那些石像一个个放好，按我记忆中的样子，把他们一个个恢复原来的样子。尽管没有痰盂，但由于重心的缘故，这小女孩也能撅着屁股站着。

我放好孩子，走到她面前，慢慢地说："如果你还能听到的话，你也该知道，我遵守了诺言。"

她当然没有反应。

我进了屋，在消毒室里让强烈的紫外线照射到我身上。

生命是什么？那么脆弱。石头比我这种血肉之躯坚固多了，然而如果他们还有生命，他们却只是一堆可以让我随意消灭的沉重的垃圾而已。

可是，我有权力这么做吗？

现在能收到的石像越来越少，我每天只能收上十几个了。如果我是在杀人，那每天杀一个和每天杀两百个也没什么本质的不同。

再一次遇上安检员，是在三十天后。他这一次是特意等我的。奇怪的是，他不敢来我的住所找我。也许，他也是从乌鸦做上来的。

"恭喜你。"他一见我，便向我伸出手。隔着厚厚的手套，我能感到他肌肉的柔软。

"恭喜你，经过讨论，一致同意你成为安检员。你做得很好，这一块已经大致扑灭了瘟疫。"

如果是一个月前听到这消息，我会很高兴。然而此时我并不怎么兴奋。

"是吗？谢谢。"

"明天，我带你去紧急应变司总部。"

紧急应变司总部位于北方一个城市。本来有上千万人口的大城市，现在只剩了不到几千人。

总部大楼被一个巨大的透明罩子罩住，与外界彻底隔开。那是层离子化的空气。要维持这个罩子，每天都要消耗以前储存下来的大量能源。我和安检员经过严密的消毒，终于进入内部。

总部占地大约有两百万平方米，相当于一个小镇了。里面不需要穿防护衣，因此每个人都带着一种优越感。也难怪，那些人本来就都是国家上层机构的人物。

我被带到几个地方看了看。人们安居乐业，食物充足，和没有发生瘟疫时没什么不同。

"目前，这里周围两百平方公里内已没有再发现过那种病毒。预计，再过五个月，就可以撤除防护罩了。"

我看见在大道街心的广场上竖着一个女子的石像。那是几年前红极一时的影星，但她早就石化了，而且是第一批。据说就是她从国外染回的病毒。现在这石像却雕得极其精细，栩栩如生。

“这里也有她的影迷？”我有点好奇地问。

“是，司长很喜欢她的电影。”

我走上前，仔细地看了看：“怎么不把衣服雕出来，却要给石像穿衣服？多浪费，为了更有真实感？”

我有些吃惊：“那不会有病毒吗？”

“没关系，据严格检查，石化后七个月，体内就不存在病毒了。她放在这儿足有一年了。”

我有点讪讪地一笑：“看样子，我们做的事，其实都是无用功？只需隔离，也可以消灭病毒。”

“那可不一样，你们把刚石化的都焚烧掉，在很大程度上控制了病毒的扩散，你们为人类做出了很大的贡献。好，我带你去参观这里的食品加工基地。”

我跟着他去看食品加工基地。那是紧急应变司的中心，因为外面的食品不免会被污染，只有这里，与外界完全隔离，可以放心。目前，所有正常人的食品配给都产自这里，然后通过无重力通道发送到各地。

走马观花地看了一圈，他和我又来到广场上。坐在喷水池边，他小声说：“下午司长要接见你，和你面谈，你要顺着他的意思说话。”

“为什么？”

“目前，司长具有至高无上的权力，我们谁也不能违背他的意愿。”

"他会说什么？"

"他说的话，你可能会无法接受，但你一定要忍耐。你能有这个机会很不容易，你要珍惜。"

我脑中一闪，道："你是不是说，那些石化了的人，仍然有生命？"

他的脸变了："谁告诉你的？"

我的脸色也一定变了："这难道是真的？"

他没有回答我："是谁告诉你的？这是一级机密。"

我的声音有点响："那是真的了？"

他看着我，我注视着他，他不敢再面对我，垂下眼，道："是。你说话轻一点，这儿有不少人。"

我站起来，指着那个竖着的女明星说："事实上，她也仍然是活的，只是动作、思想远比我们慢而已？"

他也站了起来："是的，"他慢慢地，小声地说，"一年前我见她的手还是举过肩的，现在却已在肩头以下了，脚的位置也发生了变化。"

"所以说，我这两年来，是在杀人？"

"不用说得这么难听，"他说，"老鼠也是生命，可你以前抓到老鼠会毫不犹豫地浸死它们。"

"它们不是老鼠，是人！"

他突然坚毅地说："不对，他们不再是人了。他们既然成为另一种形式的生命，那就是一种异类，当他们威胁到我们时，我们有权消灭他们。"

"有权？"我的喉咙里发出了干笑。我想起那个女子的话。权力是什么？无非是无耻的代名词。在权力中，我只是这部绞肉机中的一个小螺丝而已。即使我反抗，只能是让机器的所有者换掉一个小小的、微不足道的零件而已。

我说："我要求放弃成为安检员的资格。"

他吃惊地看着我："你疯了？你知不知道，乌鸦尽管感染的机会少一些，可每年还会有近一百个感染者。只有安检员……"

"谢谢你的好意，只是我想我还有一点多余的，叫作'良心'的东西吧。"

他看着我，把手搭在我肩上，说："我知道，我也是从乌鸦做上来的。只是，看问题的角度可能每个人都会不同，你再考虑一下吧！"

我把他的手拿下来，说："不必了，我想过了许多。"

"不，你还是很感情用事。下一批的安检员资格申请是三个月后，希望你到时能回心转意。"他离开了我，走了几步，他又回头说："你知道吧，鸡蛋去碰石头，毫无意义。你再想想吧！"

我看着他缓缓走向消毒室，心头有点冲动地想叫住他，告诉他我是有点意气用事了。然而我没有。

回到住处，天色晚了。我走进房时，看到她的目光已经显得很温柔，我不由苦笑。我是为了一个不值钱的信念放弃了一次好机会吗？没那么高尚。我到此时，才明白我那些自杀的同僚才真正的伟大。

在这个时代，我们无法让自己做到对一切都无愧于心。

第二天，我把车开出去。绕过一个街口，我突然听到在一家废弃的商店里有人在哭喊。我停住，跳下车向里走去。

有两个不穿防护衣的大汉在地上压住了一个穿防护衣的人。这人听声音是个女人。

我拔出枪，说："住手！"

一个大汉抬起头，呵呵地干笑了几声，道："是个乌鸦啊，没你的事，快走开吧。哥们没几天活头了，你就让哥们乐一乐。"

我看着地上那个人。那是个三十多岁的女子，在这种时候，她头上还戴着首饰。我把枪扬了扬，说："快走开。你既然知道没多久可以活了，就更不应该害人。"

他从腰上拔出了一把刀，冷笑道："臭乌鸦还会说大道理。要是信你这一套，老子也不会变成今天这样子了。让开，你要有种的话就朝老子身上开枪。"

我拉下保险。如果前几个月，我会毫不犹豫地开枪，但此时我却没有。我犹豫了，他却猛地把刀掷了过来，我一闪，刀擦着我的手臂飞过，扎在身后的墙上。

我开枪了。他的身体跳了跳，姿势十分优美地倒了下来，血像一条小蛇，流在地上。

另一个也跳起来。他的眼神却没那么狂妄，带着乞怜和忧郁。我扬了扬枪，说："快走，走得越远越好。"

那女人从地上爬起来，毫无用处地掩上已经破损的防护衣，在那人身上踢打着，一边哭叫："快开枪，杀了他！杀了他！"

我拉开她，对那男子说："你快走，真要我开枪吗？"

他转身跑了。那女人开始踢打我："你为什么放了他？你知道我爸以前是省长吗？"我推开她，说："小姐，把你的防护衣脱下来，你已没有资格穿它了。"

她哭喊道："我没资格，你有资格吗？"

这时我才意识到，刚才那一刀，划破了我的防护衣。我的手臂上，有条血痕。尽管这点伤根本无关紧要，然而我知道成千上万个病毒已经涌入了伤口。我开始脱下防护衣，说："是，你说得对。"

她几乎吓傻了。我脱下防护衣，恍惚觉得轻松了不少，说："快把你的防护衣脱下来。"

回到住处，我没有再进房里。现在，里面那种严格的消毒设施对我已毫无意义。由于是从伤口进入，感染速度很快，我的伤口附近已经有些坚硬了。我和衣躺在地上，看着星空。

许久没有见过星空了，闪烁的繁星是那么美丽。从远古以来，它们就存在着，也许，也有星球上有过生命，也曾有过种种悲欢离合吧？

我苦笑。也只有这时，我才能看一眼星空。人的一生能有多少这样的日子？在沧海中，一粒粟米与须弥山都没什么不同，而在无垠的宇宙里，沧海又算什么？夜郎自大。哈哈，夜郎不大，但就有权利取笑别人吗？

我睡在温暖的灰中。那些灰，仿佛也还有着生命，在空气中浮动，落下，像大片的萤火。

月光温柔，她的眼波也似流动。然而我没有做梦。

安检员来的时候，我还没醒，并不知道。他给我留下一大包食物，足够我吃两个月了。

每天，我仍然四处收集石像，把他们烧掉。生命总是不同的。然而我已经决心，绝不烧掉她。

之后，我无法移动了。那病毒已经大规模代谢，使得我的身体迅速石化。尽管我的眼睛还保留着视觉，但我不知道如果我全身彻底石化，还能不能看到？

如果我强行移动，是可以移动的。在石化的皮肤下，肌肉还保持了一定的活力与弹性，足以移动身体。但如此一来，势必要造成皮肤龟裂。当然，这并不疼痛，尽管会惨不忍睹，因为神经末梢早已经石化，无法传送痛觉了。不，还是能传送痛觉的，但那可能要很久很久，一年，两年，或者，一百、一千年之久吧？

我不想让我的身体千疮百孔，我只是努力而又小心地挪动我的双脚，努力把我的身体向前移动，每一天能移动多少？一微米？一纳米？这一米多的距离对我来说，恍若天涯，然而在一千年，抑或两千年后，我会揽住她的腰，我的嘴唇也会接触到她的嘴唇的。

我静静地等候。

"同学们，"教授在台上说，"你们大约也在前几节课上读到过，六千年前是人类文明的萌芽时期。以前一直认为这个时期人类的文明还是很初级的，可能只会用火，但最近发掘出来的两个雕塑可能会颠覆我们所有的陈旧观念。"

他拉开了讲台前一块白布，两个雕塑出现在学生们面前。

"你们也看到了，这两个雕塑栩栩如生，尽管有过于写实的毛病，表情的刻画也有点错误，这男子过于炽烈而女子过于冷漠，但大家可以看到，人体的比例掌握得相当好，几乎可以写生用。"

他开了句玩笑后，说："艺术上的问题不是我们要研究的，这堂课我要讲的是当时的工艺水平。以前我们认为当时不可能产生铁器，但有一点可能证明我们错了，因为没有铁器是做不到这一点的。请看，"他从讲台上拿起一张纸，放在两个人像的脸之间，道："请注意，他们嘴唇间的距离，大约只有两毫米！"

移魂有术

【灵魂寄生者】

江波

余额：5000000 Eur

如果一个人相信自己有前世，而且还有很多个前世，自己的生命一次次轮回，不断结束，却从未终结，并且以一种肯定的口吻告诉你这一切，你一定会认为他疯了，因为这和现代科学观念水火不容。宇宙里没有去处可以容纳从古到今的无数个灵魂，以及未来即将产生的更多灵魂。

然而眼前的这个人却让我不得不信，因为他关于前世的记忆让我拿到了五百万。一个人平时有点儿疯疯癫癫并不算奇怪，然而如果疯到了和钱过不去的程度，那么此人就真的疯了。他把信息告诉我，而我真的拿到了钱！

这个事意义重大，足以颠覆我的世界观。我一直是一个非神秘论者，一个人有前世，这充满了神秘色彩，让我无法相信。然而，实实在在的五百万放在面前，还有什么世界观值得我坚持？哪怕让我相信自己前世是他的一条狗，因为对主人俯首帖耳恭敬有加而得到这笔飞来横财，也值了！

我克制住自己的兴奋，平静地把我拿到了五百万的消息告诉他，他异常激动："这是真的，这是真的！"他反反复复地说着这一句话。

我悄悄退出，把他一个人留在房间里。出了房门，我情不自禁地拿出那张小小的卡片，它代表五百万新欧元，可以让我拥有阿尔卑斯山脚下某个著名度假地的一套别墅，永久产权，而且不用缴纳物业税。我忍不住在上面亲吻了一下。作为一个著名医生，这种举动显然有失风度，然而医生也喜欢钱，更何况是天上掉下来的五百万。天知地知，他知我知……想到这里，我的心突然一沉，一切手续合法，但谁知道有没有第三个人知道这笔钱？

虽然是赠予，但是如果被人捅出去，只会引起无数羡慕嫉妒恨，肯定不会有什么好结果。

"梁医生！"屋子里的那个人突然大叫起来，我慌忙把价值五百万的卡片塞进兜里，推开房门，以专业的步伐走了进去。

"什么时候能给我做催眠？"他问，语气急促，迫不及待。

我清了清嗓子，让语调显得平静而专业，"催眠有一定危险性，你昨天刚做了深度催眠，如果再做，可能会对大脑造成损伤，造成不可逆的后果。我们最好等两天。"

"不行！"床上的病人大叫，"我要马上就开始。你拿了钱就要办事。"

我一时语塞。我很想把病历本狠狠摔在他的脸上，扬长而去，然而这样只能一时痛快，没法堵住他的嘴。再说……一个阴险的念头不可抑制地在我脑中萌发出来，只有他死了，这五百万我才能踏实地拿着。

好！我把心一横。

一个人既然想死，那么就成全他。我摆出一副公事公办的面孔说："我必须再次提醒你，频繁进行深度催眠会导致神经衰竭，进而导致脑死亡，甚至有生命危险。催眠所使用的阿匹胺苯片剂，属于神经麻醉剂的一种，可能导致心律失常，甚至呼吸衰竭……"

"我知道！"这个人暴怒，"你只管做就是了。"

我走出病房，拿回一份告知书，还有一份催眠协议。我已决定让他去死，不过一切必须看起来符合规范，无懈可击。这对于一个决定昧着良心动手的医生来说，虽然有些麻烦，却并不是太难。

病人痛快地在上面签了字。我拿过来一看，倒吸了一口凉气。

王十二！这是他签下的名字。这是他认为自己应该是的那个人，而不是他自己的真实姓名。我感到被一个疯子戏耍了一道。

"李先生，你必须签自己的名字。"我告诉他，然后给他一份新的协议书。

"什么？"病人有些困惑，"我签的当然是我的名字。"

这种情况屡见不鲜，我早有准备："这是你的身份证。"我把身份证递过去。很多病人到最后都不知道自己是谁，也没有家属来认领。因此病人进入这所医院时必须抵押身份证，当然身份证也可能造假，所以医院都与国家个人信息管理中心核对过的，不可能有假。必须确认病人的身份属实，这是精神病院全体员工数十年的经验总结，或者说血泪教训。

"李川书。"他把身份证上的名字念了出来，然后愕然地看着我，"这是我的名字？"

我不动声色地点头。他的病情加重了，昨天，当他宣称自己是王十二时，至少还记得李川书这个名字。人格分裂的精神病患者就是这样。最初他们感觉自己曾经是某个人；然后，他们偶尔觉得自己就是某个人，但还对真正的身份有着清醒的认识；再后来，他们已经不知道自己到底是谁，不同的人格在他们身上打架，让他们的行为变得古怪，失去逻辑。到最严重时，不同的人格彻底地分隔开来，他们时而是这个人，时而是那个人，彼此间毫无关联，下一秒钟不记得上一秒钟的事。如果病情还有发展……病情不会再发展了，到了这个地步，死神已经在敲门了。李川书的病情发展很快，他的臆想人格占据了上风。

"李先生，你先休息一下，晚饭后我再来看你。"我看他不再歇斯底里，趁机把协议书和身份证拿了回来，把床头的阿匹苯胺片放回药袋。杀死一个人总是需要很大的勇气，我得承认，我是一个懦夫，不过短短的几分钟，方才的杀机就消失得干干净净。我慌忙掩上门，趁着病人仍旧平静，逃也似的走了。

医院在山上，远离市区。下晚班的时候，山道上通常没有车。因为习惯，也因为五百万，我把车开得飞快。

突然间，迎面射来强烈的灯光。该死，会车也不关远光灯！我来不及抱怨，猛踩刹车，强烈的惯性让我重重地撞在挡风玻璃上，车歪出山道，撞上了路边墩子。

对面的车缓缓开过来停下，有人下车过来看个究竟。

"你他妈怎么开车的！"虽然我一直认为自己很有涵养，但还是忍不住破口大骂。

来人却一声不吭，只是走到我的车边，掏出一支手电筒照着我。

"你干什么！"我感到愤怒，同时有些惶恐。来人高大威猛，黑黑的身影颇有些压迫感。我的声音不自觉地小下去，却仍旧保持着愤怒的语调，"开车要当心点儿，别拿远光灯晃人。把你的电筒拿开。"

他收起了手电，我依稀看到了一张标准的黑社会冷酷脸，不带一丝表情，没有一丝歉意，只是直直地盯着我，就像狮子盯着猎物。我突然感到害怕，只想逃走："快点儿走开，我要开车了。"我壮着胆子呵斥他，然而声音虚弱无力。

他扬起手，我闭上眼睛，然后听见玻璃破碎的声音。车门被拉开了，还没有搞清怎么回事，我就被拖曳出来。我不认识他，不知道他到底要干什么，只是本能地感到绝望，伸手紧紧地抓住车把手，大声叫喊救命。

猛然间，我后脑一疼，眼前一黑，昏了过去。

我醒来时，脑袋仍旧昏昏沉沉的。阳光刺痛了眼睛，我伸手遮挡。

"梁医生。"有人喊我，逆着阳光，我依稀看见一个黑色的身影。我回想起夜晚遭受的袭击，猛然一惊，站了起来，"你是谁，我在哪里？"

来人缓缓向前走来，在我面前不到一米处站定。他衣着光鲜，西服笔挺而得体，左手上两个硕大的红宝石戒指异常引人注目。

"我们在一个很安全的地方，放心，不会有事。"他缓缓地说，样子很沉稳，风度翩翩。这样的神态和语气让我安下心来，至少他不会抽出棍子来打人。

"我被打晕了，"我回想起那个模糊的黑影，心有余悸，"有人袭击我。"

"办事的人误会了我的意思，他应该把你请来。我已经狠狠地骂了他，希望梁医生不要介意。我会赔偿你的医药费和车子。"

他说得分外客气，我却心中一凛——眼前的人有钱有势，没准儿还是黑社会的大佬。我还能介意什么，能够全身而退就是万幸。

"我……"我嗫嚅着不知道如何应答，最后说，"找我有什么事吗？"我连他的姓名称呼也不敢问。

"很好，既然梁医生这么客气，我就开门见山——你有一个特殊的病人，"他说，"他叫李川书。"

一句话仿佛惊雷，我的心突突直跳。这一定是那五百万惹出来的事，足足五百万从某个账户里取出来，这一定惊动了某些人。

"不错！"我尽力掩饰心虚，"他有什么特殊？"我刚问出口，就意识到了自己失言，"哦，我不想知道太多。您想做什么？能帮的忙我就帮，只要不违法就行。"

对方露出一个微笑："梁医生太客气了。我只是想请梁医生帮一个小忙，绝对不违法。"他向前凑近一点，"我要一个详细的记录，包括这个病人的一言一行，他说的每一个字都要记录下来。当然，我会为此付出一点酬金，不多，一点小意思，但是梁先生你必须承诺记录完整，而且对这件事绝对保密。"

他既没有提到那五百万，也没有要求我去杀人越货，我慌忙点头："好，好。我一定帮忙，怎么联系你呢？"

他从口袋里掏出一部手机，递给我："你每天必须用笔记录，你们医院的那种记录册正合适，不要为了省事用电子簿。这里面有一个电话号码，每天下班前打这个电话，会有人告诉你在哪里交接记录。"

我接过手机。这是一部三屏虚拟投影手机，大米公司的旗舰机，好像叫TubePhone，我只在网上见过，售价两万四，相当于我两个月的工资。我从来没敢奢望这样一部手机会握在我的手里，而他所要求的只是每天打一次电话。

我小心翼翼地把手机放进兜里："放心，我一定会把这件事办好。"

他点点头，突然说："我知道你拿了五百万。"我的心头咯噔一沉，害怕地看着他。

"这五百万是你的。"他微笑着，"我可以告诉你，这五百万是从我的账户上拿走的，但是，它是你的了。"

我感到额头上沁出一层冷汗。

"事情结束之后，你还可以拿到另外五百万。"他看了看我，脸上满是笑意，"一千万欧元的酬劳，这应该让你感到满意。"

我心头发怵，说出来的话也不自觉带上了颤音："这钱不是我去拿的，是李川书让我拿的。我没动这钱。"

"别怕，那就是你的钱。你该得的酬劳。这当然不是小钱，这笔钱可以让人非常体面地过一辈子，所以，你必须把事办好。我相信梁医生你一定有这个能力。"

我僵硬地点点头。他微笑着向我伸出手："我们的合作一定很愉快。"

连续一个星期，我生活在担忧和恐惧之中。让我监视李川书的人叫王天佑，那天谈话之后他让人送我出去，正是那个绑架我的大汉。一路上我连大气也不敢出，但是我的眼睛并没有闲着，沿途豪华庄园的派头展露无遗，我做梦都没有想到能在一个这样的庄园里出入。这庄园像极了欧洲中世纪的田园，有模有样，有滋有味，甚至还有一两个穿着欧洲传统服饰的人在小溪里泛舟，清理漂在水面上的落叶。虽然我见识浅薄，但也大致明白此间的主人试图把一种欧洲的氛围复制过来，尽量原汁原味。这样的手笔和气魄让我感觉自己仿佛只是一只小小的啮齿类动物，在荒原上迷失了方向，没有藏身之地，甚至忘记了奔跑，而庄园主人巨大的阴影覆盖了我——他是飞翔在天上的猎鹰。

一千万欧元！我从来没想过能拥有一笔如此巨大的财富。有了钱，可以周游世界，然后去做自己喜欢的事。我还不知道自己到底喜欢做什么事，但无论如何不会是端坐在一群精神病人中间，听他们讲述不知道属于哪个世界的故事，或者干脆没有故事，只有狼嗥一般粗犷的原始野性。

一千万！这个巨额数字平息了我的担忧和恐惧。我悉心照顾李川书，比照顾任何一个病人都要细致。我从来不打他，也严禁护士对他进行打骂。我和他聊天，记录他说的每一个字，然后按照电话中的要求，每天把装着记录的纸袋丢进各种不同的信箱。

李川书不是那种喜怒无常的精神病人，他只是人格分裂。进医院后的大部分时候，他是李川书，但有时，他也叫王十二。每当他自称王十二时，脾气就变得暴躁，动辄发火。也只有当他变成王十二的时候，他才会记得给过我五百万，要求我给他办事。因此，我深切地希望他一直是李川书。

不管是李川书还是王十二，他都是一个理智清醒的人，因此并不难以交流。他显然对于自己为什么待在一所精神病院里感到困惑，为此多次询问我，甚至威胁要踩死我。我只是一个小小的医生，根本不知道每一个病人背后的故事，然而被一个病人问倒是一件很丢脸的事，我只有很严肃地告诉他，医院有责任保密，他既然进了医院，自然有进来的原因，不准多问。

然而我却产生了一点好奇，这个李川书到底为什么被送到这里？

于是我找到院长。如果有人要送五百万给这所精神病院，那么合适的对象应该是院长而不是我，现在我看到院长，竟然有一丝偷了别人东西的愧疚。但愧疚归愧疚，钱的事我根本不会提，如今这年头，煮熟的鸭子都有可能飞了，何况我的一千万还没煮熟呢！

"宋院长，最近117号经常性臆想，他已经分不清现实和虚幻，很暴躁，把他转到重症监护室吧！"我这样和院长开场。对于一个精神病人，送到重症监护室基本上等于判他死刑。我在医院的八年里，看见许多人被架进去，出来的时候都面目全非，不是成了彻底的白痴，就是不省人事成了植物人。这些病人要进行强迫性治疗，用大电流烧灼神经，甚至进行部分大脑切除——这是对付重症精神病人的最后手段。理所当然，院长拒绝了这样的要求："他怎么能够上重症的条件？不行！"

"他自称王十二，还说自己很有钱。他家里真有钱吗？如果有钱，我们给他安排一个贵宾房，特殊照看。"

院长白了我一眼，"疯子说的话你也信……给他一个单人房已经很好了。你快回岗位上去，别老旷工。"

看起来院长并不知道关于五百万的事，他也并不关心这个病人。

"马上就去。我把他的卷宗拿回去研究一下，这个案例很值得研究。"我露出一副醉心专业的样子。

"好了，你去和老李说一声，暂时调用一下卷宗，就说我同意的。"院长有些不耐烦，只想快些打发我走。

我很知趣地退出了院长办公室，到病人档案处查阅卷宗。

他的卷宗简单得有些简陋。

"李川书。男，2055年7月8日生。家族无病史。根据病人家属的描述，该病人两年前离家，不知去向。2097年6月回家，逐渐有癔病症状，由偶尔发作发展为经常性发作。初步诊断为深度人格分裂。各种病理性检查均正常，体内未见激素异常，精神疾病诱因不详。发病时未有攻击性行为，社会危害度低。建议住院疗养保守治疗，适当控制病人行为。"

这样一个病历说明不了什么，关键在他失踪的那两年。也许就是在这两年里，他成了另一个人。我正打算合上卷宗，突然被备注栏里的一行小字吸引：病人家属要求对病人进行单人看护，并预支三年的看护费十五万元，同意器官捐献的声明已签字。

我暗暗吸了一口凉气。这行简单的句子里大有玄机！一个精神病人，只要身体健康，就是合格的器官捐献者。在精神病院这样的地方，因为各种原因死掉一个人是很常见的事，如果家属签订了一份这样的声明，病人就随时处于危险之中。一旦达官贵人们有需要，一个精神病人的小命又有谁在乎？

我翻到页首，把病人家属的姓名地址记了下来。

找到李川书的家时，我不由得大吃一惊。这是一间残破的瓦房，看起来简直是上个世纪的建筑，残破不堪，随时可能倒塌。这破败危房里只住着一个人，是个乞丐，浑身散发着酸臭味。我捂着鼻子问了他几句话，但他一问三不知。我丢下十块钱，然后逃出了屋子。转身看着这残破的房子，疑心自己是不是来错了地方。

转过身，我心中一凉——那个曾经打昏我的大汉就站在不远处，眼睛直直地看着我。他缓缓地走过来，我两腿发软，想跑都没有力气。

"老板有请。"他很简单地说。

我开车跟着他的车，一路上无数次想一甩方向盘夺路而逃，却始终没有勇气。大汉的车是一辆剽悍威风的军用车，马力极其强大，气势吓人，我的破车没可能跑掉。

王天佑仍旧在那个豪华的会客厅里接待我。

"你去了李川书的家？"他半躺在沙发上，懒洋洋地看着我。我从小就知道，如果你真把此类问话当作一个问题，那么就犯了幼稚病。他这么说是要我承认错误。

我恭敬地站在他面前，低头垂眼，仿佛一个做错了事的仆人："是。"

"好奇会害死猫。你知道吗？"

"知道。"

"猫有九条命，你有几条？"

"一条。"

他问得轻描淡写，我答得小心谨慎。他抬眼看着我："为什么要去那里？"

"我看到他的家属签订了器官捐献协议，一时好奇，就想去看看。这种协议，家属一般都不愿意签。"我老老实实地回答，不敢有半句虚言。

他从沙发上起身，抓住我的手："梁医生，我知道你是一个好人。你也要相信我是一个好人，没有恶意。李川书原本是一个流浪汉，他答应了我做器官捐献，但后来又后悔了。他的神志也有些异常。这件事我不想太多人知道，所以把他送到了精神病院，他的器官捐献是定向的，你可以去查记录。但是事情出了点差错，他趁着我不注意偷看了许多机密资料，被抓住之后，居然装疯，谎称叫王十二。"

王天佑认真地看着我："他从我的户头里偷钱，这是他偷偷窃取的机密之一。我不清楚他还知道多少，所以私下请你来监视他。我不想有更多的人掺和在里边。这件事你知，我知，不能让第三个人知道，否则我也不会出一千万来请你。"

他的手很潮，黏糊糊地让人感觉不舒服，但我也不敢把手抽出来，只是一个劲地点头："我明白，我明白。"

他放开我的手，缓步走到窗前："帮我好好照看李川书，如果他自称王十二，你就和他多谈谈。那些都是我的隐私，你要保密。"

"一定的，一定的。"我的话音刚落，落地钟突然响起，"当……当……当……当……"连续四声，每一下都让我心惊肉跳。

钟声刚过，一个女人的声音在背后响起："王总，您的药。"声音婉转动听，我很想转身去看，然而心里害怕，终究没有这个胆量。

王天佑似乎有些意外，看了看钟表："不是还有半个小时吗，怎么这么早？"

女人缓缓走进来，经过我身边："您今天早上提前吃了药。"一股清香闯入鼻孔，我偷偷抬眼。女子身材婀娜，穿着一袭紧身旗袍，露出白生生的胳膊和大腿，她正伺候王天佑吃药。也许有所感应，她扭头瞥了我一眼，正迎上我猥琐而胆怯的目光。我慌忙垂下眼，心脏突然间狂跳不止。

这个女人的出现成功扭转了我的思绪，让我暂时忘掉了凶险，浮想联翩。美女啊！都是属于有钱人的。等我有钱了，也要整一个，不，要整好几个！

当她又缓缓地走出去，我才回过神来，重新意识到自己正处在危险之中，马上屏神凝气，静静地等着王老板的训示。

他的脸上竟然现出了一丝犹豫。

"这样好了，"他说，"我让阿彪送你回医院。你留在医院里，全天候监护。我不想惊动你们的院长，或者任何其他人。你要明白，我不想让任何人知道我和一个精神病人有关。你所知道的一切必须烂在肚子里，明白吗？"

"明白，明白。"我慌忙说。

"另外，记住，好奇害死猫。按照我们的约定去做就好了，你知道得越少越好。"

他的话越是平淡，我的心里就越是忐忑。恐惧感压倒了对金钱的渴望，一种预感变得清晰起来：最后我可能不但拿不到钱，还会把小命搭进去。

阿彪押送我回医院的途中，我满脑子都在想如何才能逃离陷阱，当然，我也想了如何才能保住五百万——理所当然，我什么法子都没想出来。

我这一生真是白活了，除了和精神病打交道，啥本事都没有。

那就听话一点儿，少点好奇。

问题是，听话了就能活着吗？

真的能拿到一千万吗？

我继续一丝不苟地照顾李川书。我知道王老板监视着我，因此不敢再有任何好奇。他也不再要求我打电话，而是由阿彪来取走每天的记录。

过了两天，精神病院的人都把阿彪当成了病人家属，问我："这个家属怎么这么奇怪，每天都要记录？"

或者说："这个家属看样子不像好人啊！你要小心点，千万别被讹上了。"

我被这样的问题弄得不厌其烦，又无法说明，只觉得无比烦闷。在烦闷中，我再次走向病房，去照看这个给我的世界带来巨大改变的李川书。

他在床边坐着，似乎正在沉思，又有点儿像是痴呆。看他这个样子，我明白此刻他是李川书。如此事情就简单了。

"李川书！"我大声喊。

出乎意料，他只是抬头看着我，目光呆滞。我不由得愣住了，往常这样喊他，他会猛然抬头，仿佛从臆想中回过神来，然后用比我更大的嗓门喊一声"到"。

"李川书！"我再次大声喊。

他仍旧没有应声。

李川书就要死了！凭着丰富的诊断经验，我意识到眼前的病患正进入一个转折点。一个人格彻底战胜了另一个，他的李川书人格不再活跃，也许永远不会再出现。

我略带怜悯地看着他。虽然看惯了医院里的生生死死，但我的心也并没有完全僵硬，看到一个人死去，总会替他感到悲伤，尽管他的躯壳还在，还活着。

我准备退出去，过一会儿再来和王十二先生说话。李川书却突然从床上跳起，一把抓住我："我不要，我不要，我不要钱，求你放过我，把它抽出来，把它抽出来，求你了！"他的胳膊很有力，紧紧地箍着我。我用力挣扎，他却紧抱着不放。情急之下，我提起膝盖在他的小腹上用力一顶。精神病患者对身体的痛楚感觉迟钝，他丝毫没有放松，我再次猛击他的小腹，他猛然张口，喷出一口秽物。刺鼻的臭味让我一阵恶心，差点呕吐。我正打算呼救，他却软软地躺了下去，然而手指犹自抓着我的袖口。

我狼狈地站在病房里，脚下是瘫倒的病人，胸口一片污秽。我把袖口从他的手指间挣脱出来，一不小心，他尖利的指甲在我的手背上轻轻一划，居然留下一道血痕。我厌恶地用脚把他的身体踢到一边，找来护士收拾场面，然后拿了件干净的工作服去卫生间更换。为了清静，我特意走到四楼，这里的卫生间鲜有人来。

换好衣服，我正洗手，突然感觉有些异样。猛然抬头，镜子里，我的身后站着一个人，正直直地看着我！

我大吃一惊，猛然转身，看清了来人的面目：她身着男装，但分明是在王天佑的豪宅里见过的那个女人。我吃惊不小，正想喝问，她做出一个噤声的手势。我也就闭口不言，怔怔地看着她。

她快速走上来，在我身上摸索，动作比安检处的警官还要利索。很快，她从我的口袋里掏出了那个昂贵的TubePhone手机，非常快速地把它装进一个闪着银光的口袋里。

"好了，我们可以谈谈了。"她开口说话。

"就在这里？"我有点儿担心地望了望门口。

"今晚十点，你假装睡觉，把这手机放在床头，假装不小心用枕头盖住了它。然后出来见我，东阁轩林东包厢。"

"你要做什么？"

"救你的命。"她冷冷地说，"如果你想活命，就来。这个手机是个监控器。它不但能窃听，也能摄影。你要小心了！"她拿起银色的袋子，把手机放入我的口袋，然后再次做出一个噤声的动作，悄无声息地向着门边退去。

等我回过神来追出去，她已经下了楼梯。我没有继续追上去，只是从口袋里掏出手机端详。工艺精湛的三屏手机闪闪发亮，可以照出我的模样。

突然间我心头涌起一阵寒意。难道真如她所说，我已经快没命了？仔细想想前因后果，这种可能性很大。我一个无权无势的医生，除了精神病院的同事和精神病人，谁也不认识，如果真的有什么秘密，王天佑肯定轻易就能把我捏死。有什么比一个死人更能够保守秘密？我一直不愿意去这么想，巨额财富成功地蒙蔽了我的心智，而这个女人毫不留情地戳破了这层纸。

无论如何，晚上要赴约。

我隐隐回忆起她穿旗袍的模样，退一步说，一个美女晚上十点有约，这件事本身对我就充满了诱惑力。

下楼，经过李川书的病房，我从小小的格子窗望进去。病人正躺在床上，上了夹板。"夹板"是对手足固定装置的俗称。力气再大的人，只要上了夹板，就丝毫不能动弹了。病人似乎正在熟睡，口水不断从嘴角流下。

我突然对他有了一种全新的感觉，不是医生对病人的高高在上，也不是对精神错乱者惯有的鄙夷，更不是对一堆行尸走肉的厌恶，我突然感到自己的命运和他紧紧地绑在一起，而我的处境并不比他更好。有那么一瞬间，我竟然和这个被捆绑在床上兀自流着口水的精神病患者有了一种休戚与共的感觉，这真让我惊讶。

我快步走向医生休息室，躺在床上，迫切希望来一场深沉的午休。

东阁轩是一家很高档的酒店，我闻名已久，却从来没有机会进去。我在酒店外徘徊，担心酒店那光可鉴人的地面会不会反衬得我的衣衫过于寒碜，酒店服务生会不会在心底暗暗嘲笑。

十点过了一刻，实在无法再拖下去。我整了整衣服，鼓足勇气，向着那富丽堂皇的所在走去。

电梯直接进入包厢，服务员礼貌地微笑着告诉我已经到了，我有些慌不择路地走了出去。

这是一个很奢侈的包厢，金碧辉煌，让我感到浑身不自在。有人正等着我，不是一个，是两个：一个是已经认识的女人，另一个则是陌生的男人，还好，他看上去很斯文。

他们并没有说话，只是默默地看着我。女人起身走到我身边，脚步悄然无声，就像轻巧的猫。她很快把我上上下下搜了一遍，没发现异样才开口说话："你把手机处理好了？"

"照你说的，假装不小心盖在枕头底下。"

她示意我在桌边坐下。

偌大的桌子上摆满美味佳肴，然而谁都没有动筷子。气氛冰冷，与热气腾腾的饭菜形成鲜明对比。一男一女都盯着我，我却不知道该把目光投向谁，只好不断地转移视线，看看她，再看看他。我用一种精神病医生才具备的坚忍毅力坚持下来，显得面不改色，泰然自若。虽然这一次谈话可能会决定我的命运，但对他们又何尝不重要？不然他们也不用冒着巨大的风险来找我。

我等他们亮出底牌。

终于，美女再次开口说话："梁医生，这位是万礼运博士。

你们是同行。"

"失敬，失敬！"我向万博士说。他微微点头还礼，却仍旧没有说一句话。

"我是王天佑的办公室助理，因此了解这件事的前因后果。"美女继续说，"他通过你监视李川书，这件事也是经过深思熟虑的。你是这家精神病院里最蹩脚的医生，分派给你的病人不会引起任何注意，而且你很贪财。只要是贪财的人，王天佑就能对付。"

我一时不知道说什么。我是一个贪婪的平庸之辈，这就是王天佑决定利用我的原因？也许他们能找到一个好些的理由，至少当着我的面，可以说一说我为人随和之类。

我清了清嗓子："你这么说是什么意思？"我企图质问她，然而语气软弱无力，听上去就心虚。

"你孤身一人，没有亲属，甚至连女朋友都没一个。生活简单，除了上班几乎足不出户，网络游戏是打发时间的唯一方式。他会想办法把你干掉。"美女毫不留情，继续说，"你这样的人被干掉后，尸体恐怕要臭得大街上都能闻到才会被人发现，所以选择你再合适不过了。王天佑早就看好了这一点。"

一个美貌女人的嘴里说出来的话却如此毒辣，我嘴角抽搐，企图反唇相讥，却说不出什么来。

美女看出我的窘态，微微一笑："别怕，我们会帮你对付王天佑。"

"你们为什么要帮我？"我几乎本能地问。

美女脸上的笑意更甚："我们当然有自己的目的。但你只需要关心自己的命，是不是？"

我把心一横："横竖是个死，你们要是不把话说明白，我不会和你们合作。而且，我要向王天佑报告这件事。"

对面的两个人相互看了看，姓万的医生开了口："梁医生，既然我们露面找你，就没有打算隐瞒什么。人为财死，鸟为食亡，一千万是很大一笔钱，但和我们想做的事比起来，只是一个零头。"他顿了顿，看了看我的反应，我眼也不眨地看着他，等着他讲下去。

"王家是超级富豪。然而，老王的死因很可疑。法医鉴定他死于心力衰竭，但我有不同的看法。我是老王的家庭医生，他的身体器官虽然有些老化，但并没有那么糟糕。根据他的死状，我猜想可能是被枕头之类的东西闷死的。当然，这样的猜想需要验尸报告证实才行，但没有这种可能了——他的遗体已经被火化。

"然而王天佑没有想到，他无法继承老王的遗产。老王的资产被冻结，根本无法解冻，也无法继承。除了庄园，他拿不到任何东西。"

万医生停顿下来，看着我："王家的财产至少有六十五个亿。"

六十五个亿，这是一个天文数字，我不知道究竟是多少钱，但绝对多得吓死人，就算换成一千块一张的纸币，也能压死十条大汉。我惊愕地看着万医生："你们想要这笔钱？这怎么可能拿得到？"

"所以我们需要你加入。"

我感到自己的心在颤抖："你们到底打算怎么办？"

万医生看着我："这件事风险很大，你要想清楚。"

"你本来就已经很危险，与我们合作反而会安全一些。"美女赶紧补充。

"我和你们合作，王天佑那种人是不会放过我的。我该怎么办？"

"我来告诉你事情的经过……"万医生不紧不慢，娓娓道来。

我认真地听着，事情逐渐清晰起来。然而，一切都是那么匪夷所思，大大超出了我所能想象的范围。

李川书的身上，居然隐藏着如此巨大的秘密。身为每天端坐在他面前的人，我居然毫无察觉。冷汗从额头上不断沁出，身不由己，我卷入到一场谋杀中。

李川书坐在我面前。现在，他的名字叫作王十二。

李川书人格已经很多天没有出现，而王十二一直在我面前。我给他进行了深度催眠，往常催眠所需唤醒的人格总是王十二，这一次，我的目标恰恰相反，希望李川书能够出现。

他的确出现了。我从他的眼神中读出了这一点。

"你叫什么名字？"我不失时机地问他。

"李川书。"

"王老板怎么死的？你看见他死了吗？"我根据万博士的建议单刀直入。

"我看到了。"他说，"是他的儿子，他在骂他儿子。"

"他骂些什么？"

"我不知道，我听不清。"

"后来发生了什么？"

"王老板站起身，他的儿子很害怕。他走一步，他儿子退后一步，说话的声音都在发抖。王老板大声骂了一句……"

"'我就是去死，也不会留给你一个子儿！'"李川书突然尖着喉咙叫了起来，他在模仿王十二的骂声。

"然后呢？"

"他儿子跪下……"

李川书的声音越来越小，他的人格正在昏睡过去。

我赶紧提示他："王老板后来死了，你看到了，他怎么死的？"

"他突然捂着胸口倒在地上。"

"死了？"

"应该死了，他再也没有起来过。"

"他儿子呢？"

"他爬过去看，很快站起来，从附近拿来一个抱枕，蒙住了王老板的头。"

这无疑证实了万博士的推测，也许王老板因为某种原因昏厥，而王天佑则干脆谋杀了自己的父亲。

"后来呢？"

"王老板儿子放开枕头，开始打电话。"

"王老板死了吗？"

"他肯定死了，一动不动，他儿子还用脚踢他。"

"还看到了什么？"

"后来来了两个白衣服的人，他们和王老板的儿子争论。再后来万医生来了。"说到这里，李川书的脸上突然显示出恐慌的神情，"求求你，把它拿出来，我不要，我不要！"他尖叫着，身躯剧烈扭动。看来万礼运这个人对他来说是一个可怕的梦魇，哪怕在深沉的催眠中，他的潜意识也能感受到莫大的恐惧。

催眠无法进行下去，我给他注射了昏睡针。他很快沉睡，我则忐忑不安地站立一旁。

王天佑身边的美女叫卢兴鹭。我不知道为什么她和万礼云会有如此大的胆量，企图吞没亿万财产，他们的关系一定不简单。虽然我是一个单身汉，他们也努力装出为了金钱而合伙作案的样子，然而他们之间的眼神交流还是泄露了许多信息。人不为己，天诛地灭。无论如何，他们看上去比王天佑要可靠安全一些。我同意加入他们的计划。

根据计划，卢兴鹭每天下午两点会把TubePhone手机的信号导向另一个信号源，在王天佑那边，他只会听到一些经过伪装的对话，而我有半个小时的时间可以和李川书深入交谈。王天佑并不想放过李川书，然而，在结束李川书的生命之前，他需要得到那些账户的秘密。整个世界，这个秘密只着落在我眼前这个病人身上。

王天佑的父亲王于德，他的曾用名就叫王十二。

一个亿万富翁，享尽人间的荣华富贵，自然对那些东西眷念不舍。他惧怕衰老和死亡，于是动用巨额财富寻找长生的秘方，希望能活得长久一些，最好能够永远活下去。这个举动最终却让他加速死亡，这真是绝妙的讽刺。

当然，他的计划仍旧在进行，只不过有些偏离预定轨道。

李川书的躯体已经卖给了王十二。根据合同，王十二可以从他身上得到任何器官，代价是王十二给他两年予取予求的生活。

然而，如果让李川书知道后来发生的一切，而有一个机会重新选择，他肯定不会选择签约，或者说，如果我是李川书，肯定不会同意。

这不是从尸体上摘取器官的故事。万博士没有损伤他身体的一分一毫，只是给他注射了一些针剂。根据万博士的描述，这是他十五年来的心血，他可以使用药物更改人的DNA序列，更改后的DNA序列可以指导脑细胞彼此间的连接重建。当脑细胞按照一定的规则重现时，某些信息也就被灌输到这个人的脑中了。理论上讲，这样能够把一个人的记忆完全灌输到另一个人的大脑里，包括那些自我认同的潜意识。

王十二买下李川书的躯体，并不打算用作器官移植，他要的是一个完好的年轻躯体，然后把自己的记忆复制到这个躯体中，从而获得新生。这是一个现代版本的"借尸还魂"。

万博士首先在王十二的身体里注入一种RNA物质，它会根据头脑的状况生成相应的DNA编码。然后，他把带有记忆编码的细胞从王十二身上分离，经过免疫伪装后植入李川书的免疫系统，这种细胞中的DNA会制造释放信使RNA，进入到神经细胞中对DNA重编。最后，李川书全身的免疫细胞和神经细胞都会带上记忆编码，神经网络会逐渐改变，王十二的记忆会慢慢重现，王十二也就在李川书身上复活过来。在此期间，李川书就像生活在梦魇中，记忆逐渐丧失，意识混沌不清，经历着无法言说的痛苦。当最后的时刻到来，李川书在自己的躯体里被压制，他会完全成为另一个人。我一直以为这是精神分裂的病症，却从未想到这居然是因为记忆的重现。李川书并非精神分裂，而是有人在他身上复活！

这是一个胆大包天的计划！据说万博士曾经在动物身上试验过并获得成功，但从来没有做过人体试验，谁也不知道成功概率有多少，而且这样的试验完全违法，王十二买下李川书的身体，属于在法律的灰暗地带游走。

能够下决心用这种方法重获青春，这样的人非同凡响，不过这人有个同样非同凡响的儿子，看到接班变得遥遥无期，于是决定干脆杀了他。

然而，万博士的重生计划并没有中止，李川书仍旧活着，而王十二正在他身上复活。如果他真的能够完全回忆起王十二生前的情形，那他到底是李川书还是王十二？一般来说，一个人把自己认定为另一个人，都会被送到精神病院。王十二还是亿万富翁的时候，他有足够的能力摆平这件事，但是当他作为一个精神病人被捆绑在病床上，恐怕神仙也救不了他。更何况，还有一个亿万富翁正虎视眈眈地盯着他。

他们都是病人。

我充满怜悯地看了李川书一眼。我不是上帝，拯救不了任何人，我只能拯救自己。

我撸起李川书的袖子，拿起针筒扎进他的胳膊。这是一个吸取式针筒，针头钻进皮肤之后会自动软化，然后，仿佛一只小虫般在他的皮肤下游走。很快，针筒里充满了各种人体组织的混合液，淡红的液体中悬浮着各种组织颗粒。有这些就足够了。我把样本筒取下放进兜里。然后拿起记录本，开始在上面涂涂画画。

这一天，当阿彪来取记录本时，我竟对着他微笑。这个冷酷的大个子被我的异常举动弄糊涂了，愣愣地看着我，竟然也露出一个傻傻的笑。我飞快地逃走了。

人类身上蕴藏着巨大的潜能。作为医学院的高才生，我并不是没有潜能，只不过，潜能需要梦想和激情来调动，而我的身上，经过这么些年的精神病院生涯，这两样东西已经稀缺。我成了一个贪婪而猥琐的小人，稀里糊涂地过着日子。然而现在，求生的本能让我激情四溢，浑身充满了能量。我仿佛回到了青葱岁月，回到了在被窝里对着手机如饥似渴地阅读黄色小说的年代。每天晚上，我把那个昂贵的手机塞在枕头下，然后就直奔实验室，在那里忙活大半晚，直到后半夜才回来，匆匆打个盹儿，第二天居然能够不犯困。我以十二万分的劲头投身到自我拯救的事业中。

有理由怀疑我得了某种强烈的亢奋症，然而，在这个非常时期，这是好事。

我在研究万博士的成果。

搞生物的公司最喜欢专利，他们知道，没有专利，他们的产品会一夜之间被各种各样的仿制品取代。因为生物制剂是最容易被仿制的东西，甚至不需要仿制，只需得到母本，就可以轻易地在实验室里大量复制——生命必然能够自我复制，否则就不叫生命了。光凭着我的能力和条件，即便智商高达一百四十五，想搞出万博士那样神奇的研究成果，可能性也基本为零，那需要天才的直觉和持之以恒的努力，还有一点儿决定性的运气。不过，复制它却很容易。我从李川书身上得到了母本，然后在实验室里研究DNA被RNA影响的过程，还有那些携带了记忆的DNA的特异之处。那些和大脑组织相关的基因组产生了很多变异，可以肯定，那就是和记忆携带相关的部分。这些异常的DNA很有活力，它们会不断产生RNA，释放到细胞之外。我毫不怀疑，如果把这些RNA提纯，注入某个人身体中，他也会逐渐出现李川书的症状，认为自己是王十二。

我的确这么做了。RNA长链加上一层薄薄的蛋白质鞘膜，形成了一种结晶物。极少量的活性物质封装在小小的玻璃管中，晶体细微，看上去像是白色粉末。我把它握在掌心里，原本很轻的东西，感觉却很沉重。

这算不算是一种生物武器？这真是一个巨大的问号。我制造了一种跟病毒类似的东西。毫无疑问，如果我把这样的晶体大量复制，让它们像某些病毒一样能够在空气中传播，这个世界恐怕要变成一个巨大的精神病院，而且人们还不易察觉。所有的人都做同样的噩梦，所有人都有同样的精神分裂症状，到最后，全世界都是王十二。这景象惨不忍睹，我也不敢多想。

但我得救自己。这小小的病毒，就是我自卫的武器。

第二天阿彪来的时候，我让他进了办公室。我戴着防毒面具一般的口罩，在他面前不断拍打记录本。粉尘扬起，借着窗户里透过来的阳光，我看见一些细微的颗粒钻进了他粗大的鼻孔。

这办法并不一定会奏效，然而还是有产生效果的机会。

阿彪显然并不喜欢我的举动，他接过记录本，警惕地盯着我。可惜，他的特长是搏斗和枪械，在病毒方面显然并不在行，也毫无警惕。当他觉得一切似乎并无异常后，他转身走出办公室。

望着他魁梧的背影，我有一种欣喜的感觉。知识就是力量，这句话此刻显得正确无比……

然而，阿彪猛然转过身来，快步走到桌前。

"取下你的口罩！"他低声说，声音很低，却充满威慑力，就像他的外表一样。

我一时愣住了，惊愕地看着他。

他没有干等着，自己动手，一把将我的口罩扯了下来。

"你捣什么鬼？"他厉声质问。

一瞬间，我明白了虽然知识很厉害，暴力却更直接，特别是像阿彪这种肆无忌惮使用暴力的人，虽然知识最后总能够胜利，却暂时只能忍受委屈。

"我有点感冒，不想传染给你。"我镇静地说。

他抓住我的领子，把我拉到近前："老实点！给老板做事，不要三心二意。"

他撂下狠话，把我重重地摁在桌上，用记录本的支架不断地打我的头，直到我求饶为止。

阿彪走出屋子，狠狠地带上房门。

我绝望地瘫在座椅上。计划赶不上变化，这些精心提纯的RNA类病毒载体在空气中有大概半个小时的寿命，只要我在三十分钟后才拿下口罩，一切就完美无缺。然而阿彪粗暴地把一切都打乱了。携带着王十二记忆的RNA不仅进入了阿彪的身体，也同样在我身体里扎根下来。很快，我也会像李川书一样，变成一个精神分裂患者。

听天由命。我的脑子里一片空白，只有这个词。

突然间，我想起还有最后一个救星——万博士！解铃还须系铃人，只有他才能救命。

当天晚上，我见到了万博士。我给他发了十三封电子邮件请求见面，说有十二万分重要的事情要和他商量。其实我并没有别的念头，就是想活下去。李川书的例子活生生地摆在眼前，我会逐渐死去，而王十二的幽灵会占据我的躯体。我不想要什么财富，也不管他们想要我做什么，此时，压倒一切的念头就是活下去。

万博士显然对我突然提出会面要求感到很不满："我们说过不能随便见面！"他厉声呵斥我，"难道没有记住？"

"是的，但的确情况紧急。"我争辩道，"这件事必须要让你知道，而且已经很危险了。"

"说！"他语气凌厉，黑着脸。

"我好像感染了李川书的症状。"我说。

万博士一愣，看着我："这怎么可能？"

"这两天我经常短暂失神，我能记得一些关于王十二的事。这肯定不是从李川书口里听到的，那些记忆就在我的脑子里。万博士，有没有可能你的DNA修正出现了问题？它有传染性。如果是RNA单链病毒，的确可能发生传染。"

"这不可能。它不是病毒！"他仍旧坚持，语气却犹豫了许多。

"我确认这件事，因为我从阿彪身上观察到了相同的迹象，这两天来，我总是看到他有精神分裂的前期症状，今天他还对我说他就是王十二。说完以后，觉得不对，他就威胁我绝不能说出去，还用记录本狠狠打我。你看……"我露出头上的伤痕给万博士过目，一个确定无疑的证据能够支持这些半真半假的陈述。我并不是一个熟练的骗子，也没有这样的天赋，然而情急之下，这些说辞自然而然地来到我的脑子里，几乎不需要思考。

万礼运半信半疑地看着我额头上浅浅的淤痕，眉头紧锁。

"万博士，"我再次小心翼翼地试探，"您所发明的这种RNA信使会不会发生变异，从一个人身上跑到另一个人身上，就像病毒一样？"

万博士疑窦重重："这种RNA结构没有配对的蛋白质，无法装配成病毒，它们根本不具有传染性。除非……有直接的体液交换。"他狐疑地看着我。

　　我明白他的言下之意。通过体液交换传染的病很多，著名的艾滋病感染了数以亿计的人，然而，李川书是一个病人，受到严格的看护，根本不应该有这样的机会，更不可能感染阿彪。

　　我正色道："万博士，我也是一个医生，不敢乱说，但是如果出于偶然，这些RNA链条能够遭遇相应的蛋白质配型，就很容易转化成病毒形态，变得能够传染。要不然，你从我身上采集一点血样去化验。你一定得想想法子。否则，这就是不折不扣的大灾难。你知道西班牙大流感！"

　　西班牙大流感在我的脑子里一闪而过。一个多世纪前那次不明原因的灾难，病毒袭击了欧洲，死掉了上千万的人，而流感爆发的原因却一直是一个谜。也许那只是一次非同寻常的基因变异，本质上和万博士的发明并无不同。

　　是的，如果万博士所发明的东西真的成了一种病毒，它的威力应该不亚于西班牙大流感。当然，我并不担心人类，人类总能够生存下来，只不过需要付出一些代价。成百万、上千万甚至上亿的人，可能会因此而死去。我所担心的，是我自己会不会成为那巨大数字中的一个。如果成千上万的人死去，我却能获救，那么这方案肯定就在我的备选中。最好的方案，当然是不要死人。我的天良还没有泯灭，只是和自己的生命比较起来，天良只能先放在一边。我望着万博士，希望天良这个东西在他身上残存得比我更多一些。

　　万博士沉默着。我不由得焦急起来："这种病毒发病比较慢，如果能针对性地破坏它的DNA转录，杜绝性状发生，那么也没什么。如果迟了，恐怕到处都是精神病。王十二的事情，也恐怕要尽人皆知。"

"跟我来。"万博士低声说，转身就走。

我欣喜万分，却装出满怀心事的样子："这怎么办？我的手机还在枕头下压着，明天要赶回去，不然会被王天佑发现。"

"到我的实验室去，一个小时足够了。但是你必须躺在车厢里。"

万博士的实验室建在深深的地下。我不知道它到底在多深的地下，只是电梯足足运行了二十秒钟，哪怕是很慢的电梯，这也意味着很长的垂直距离。

跨出电梯，一堵墙出现在眼前，红色、蓝色、无色的液体装在试管中，数以千计的试管琳琅满目，从地板一直堆到天花板。它们扭曲盘绕，形成DNA的双螺旋结构。

我发出一声惊叹，这简直是生物科学的行为艺术。

万博士快步走向一台设备，这是一台巨大的计算机，上面有某个公司的商标。我知道这种机器，它是DNA分析仪，得到人类基因库的授权，可以分析所有已知的人类基因组。这种机器最简单的用途是预测一个人十年后的面貌，这是科学预测，八九不离十，因此受到大众的欢迎。但是它真正的功能被隐藏了，一个人的智商高低、性格如何，答案就藏在这两条双螺旋之中。双螺旋无法决定一个人最终的命运，却可以大体上将一个人归类到某种属性之中，它比任何东西都能更清楚地说出你是谁。然而这样直截了当地揭露，对于大多数人而言都过于残酷，于是，基因学家们很高明地把大众的视线从这些触痛中引开——他们用十年后的面貌之类无关痛痒的东西来遮蔽真实，让大众生活在一种虚假却温情的氛围中。

万博士显然利用这台机器进行了一些非法的研究。他的研究成果就在精神病院的病房里躺着，一个已经被烧成灰的人，正在那个躺着的人身上复活过来。

有什么事比扼杀一个人的灵魂、窃取他的身体更龌龊？这可能是人类最卑劣的行径。当然，李川书签了字，心甘情愿。至少曾经心甘情愿。

万博士很快调整好机器，示意我过去。

我走过去，把手伸进机器，一阵轻微的麻痒之后，机器开始发出嗡嗡的响声，似乎是风扇加大马力的声音。

我抽回手："我的事情做完了，该回去了吧？"

"不，你在这里等着，我们要先看看结果。"

我就在这个地下宫殿里等待着。漫长的十五分钟过去，机器缓缓吐出一张长长的纸。万博士并没有去看，他打开电脑上的软件，开始分析数据。我忐忑不安地拾起那张纸，上面画满了各种各样的符号和代码。我曾经见过这些稀奇古怪的东西，在一门叫基因代码学的专业课上，然而早已经忘得干干净净。徒劳地在纸上扫了几眼之后，我放弃了努力，眼巴巴地看着万博士。

万博士全神贯注地盯着屏幕，似乎已经忘记了我的存在。

过了一会儿，机器吐出第二张纸。我瞥了一眼，照样是基因代码学范畴的东西。万博士把报告拿在手里看着，眉头紧蹙。

"你的确被感染了。"他突然开口，"但是……"他欲言又止，眉头锁得更紧。

"怎么了，我会变成第二个李川书，是吗？"我慌忙问，声音发颤。

万博士抬眼看着我，说不上是怜悯还是惋惜："这些基因序列和给李川书注射的并不相同，它们是被打乱的序列。它们被重新装配过，如果真的表现性状，谁也不知道到底会发生什么。"

仿佛一个炸雷在脑子里炸响，我只感到思绪一片纷乱。是的，脆弱的RNA序列很容易发生变异，当我从李川书的身体里得到RNA序列后，剧烈的环境刺激很可能让基因重组，变成难以预料的东西。我可能不会变成王十二，倒更可能变成一个彻底的疯子！

"万博士，你是说，我会被这种病毒搞成疯子，是吗？"我勉强发问。

"你会有很多错乱的记忆，所有的记忆混杂在一起，可能是李川书的，也可能是王十二的，更多的还是你自己的记忆，最后你会分不清现实。"

万博士所描述的，正是一个癔症患者的典型情况。这比精神分裂更糟糕，因为精神分裂的患者生活在此时或彼时，他其实还有清楚的逻辑，只是不合时宜。而癔病患者则生活在一团混沌中，在某种意义上，他就是一团能够行走的肉。

我猛地跪在万博士面前。这个突然的举动让他一惊，慌忙伸手拉我："你这是干什么？"

"万博士，救命！"我用力在地上磕头，头磕在地上，发出嘣嘣的响声。万博士有些手足无措，"你这是干什么，站起来说话。"他用力拉我。我仿佛有无穷的力气，一个劲儿地磕头，他根本拉不住。

"好了，你先起来，要不然，我们怎么想办法。"他看着我，哭笑不得的样子。

我爬起来，额头上青紫一片。我的精神从崩溃的边缘恢复，不由得为刚才的举止感到羞愧："万博士，我……"我想说些什么，却不知道如何开口。

"你是不是做了什么？"万博士认真地看着我，"李川书体内的这种RNA序列只能在人体内的环境中生存，怎么会跑到你身上去？你要老实告诉我，否则不知道它是怎么感染你的，我很难找到对症的办法。"

我知道他说的都是真的。我不想拿自己的性命冒险，于是把一切和盘托出。

"我只是想救自己的命。"最后，我看着他，可怜巴巴地说。

他的脸上浮现出一层怒意，然而他尽量克制着，没有暴发出来。我也不敢说话，小心地察看他的脸色。

过了半晌，他说："我先送你回去！一切都要维持正常。不要让王天佑察觉。"他看着我，"我会想办法的，你不会有事。但是……"他加重语气，"必须要按照计划来！我们的风险很大，稍有不慎，一切都完了！"

"是的，是的。"我忙不迭地点头。

半个月的时间在风平浪静中过去。我度日如年。

噩梦正一点点变成现实，我时而会出现一些幻觉——那不是幻觉，是记忆，就在我的头脑里，只不过不是我的记忆。

李川书被锁在病房里，现实很清楚，他已经彻底变成了王十二。只不过，他显然并不理解自己为什么会处于这种处境里。最初的狂暴过去之后，他变得畏畏缩缩，听见房门的声响就发抖——那些五大三粗的汉子对任何一个敢于耍泼的精神病患者从来都敢于下手。

我走到床前进行例行观察，他躺在床上，浑身散发着臭味。恍然间，我觉得那躺在床上的人就是我。我拼命压抑着这种念头，随手在记录本上写了几句，准备退出。

王十二却突然抬起手。他的手高举，五指叉开："五百万！"他说，声音低沉，却无比清晰。

我猛然间记起还有五百万这回事。那天的情形历历在目——眼前是一笔巨款，而下方显示着我的身份证号码，当我的手颤抖着在屏幕上按下确认，"转账成功"几个字跳了出来。巨大的幸福感瞬间贯穿了我，无法言说。然而短短几个月，这笔曾给我带来巨大幸福感的巨款已经被遗忘到九霄云外去了。恍如隔世，恍如隔世！如果还有五百万放在我眼前，我会把它当作粪土一样抛弃。

我转身麻木地向外走去，对王十二置之不理。

"我可以让你变成亿万富翁！我有很多钱，都可以给你！"王十二急切地呼唤。

我仍旧不为所动地向外走。

"我给你账号，你可以去验证！"他说，"3373647724786868732。"

他嘶哑的声音仿佛有一种魔力，让我的脚步慢下来。当这串数字的最后一个音节结束，几个意义不明的字符串随之在我的脑子里浮现。我停下脚步，一种诡异的感觉涌上心头。

"过来，我告诉你密码。"他说，"这个账户里有一个亿，加上利息，至少有一亿三千万。"

我转头看着他，他也正努力抬眼看着我，眼里满是乞求。

我走了过去，低下身子，把耳朵凑在他嘴边。

"20570803，确认码，T-T-R-1-9-1-4，第三密码……"

我感到一丝凉意。不需要他再告诉我什么，这笔钱的来龙去脉在我的脑子里清晰起来，而这几个彼此间毫无关系的密码，仿佛在记忆中生了根一般牢固。

"都记住了吗？你可以写下来。"王十二说。

我点点头，径直走出病房。我匆匆忙忙换下白大褂，准备去找万礼运博士。手指无意间碰触到口袋，硬硬的，我的心一凉。那是大米手机，它监视着我的一举一动！王十二孤注一掷，企图用巨款来收买我，王天佑可能已经知道这个消息。

我在办公桌旁坐下，强迫自己冷静下来。王十二的记忆在我的脑子里重现，事情的来龙去脉变得清晰。我是一个最无辜的人，被卷进来只因为我是一个精神病医生，而且看起来容易受人摆布。此刻，我居高临下，把一切看得清清楚楚。问题仅仅在于，我该怎么做？

"梁医生，病人的镇静剂需要重开吗？"护士走过我的门口，随口问。

我心中一动，站起身："我跟你一块儿去拿药。"

我掏出手机，把它锁进抽屉，然后跟着护士离去。

我从药房出来时，被人挡住了去路，是阿彪。然而他并不是奉命而来。

他的眼神里充满困惑，失去了那股凶猛的味道。他挡在我面前："梁医生，我们得谈一谈。"

我看着这个可怜的人。正如我所预料的，阿彪非常害怕。他外表剽悍，内心却很脆弱，一旦发现某些事情超出了自己所能控制的范畴，便惊慌失措。他是个危险人物，然而一旦被控制住就无比安全。

"跟我来。"我冷冷地说，手心里却全是汗，生怕他暴跳起来，把我结结实实地揍一顿，说不定还会把我搞残废。

然而他真的听从了，乖乖地站到我身后。也许他认为我给他下了毒，手里有解药，只有听我的话才能活命。有的时候，两个人之间的强弱似乎只是气场的对决。我必须去找万博士，急迫之间，气势如虹。而阿彪却正是心理最脆弱的时刻，再强悍的身体也拯救不了他。

这不是我的计划，却歪打正着。我坐进了阿彪的车。

"去找王天佑。"我下令。

阿彪看着我："老板没让你去找他。"

"我必须去找他，"我看着阿彪，"否则我们都活不了。你出现了一些幻觉，对吗？"

"是的，"他犹豫着，"这两天我经常头晕，有一些奇怪症状。你能帮我解决？"

"听我的，我们才能解决问题。去王天佑那里。"

阿彪服从了我的命令。

剽悍的军车在王天佑豪华的庄园里奔驰。突然，我命令阿彪："从这里转进去。"前方是一条小小的支道，仅容一辆汽车通行。这条幽静的道路毫不起眼，两旁树木森森，即便是大白天，也显得阴冷。

"这里？老板不在这边。"

"照我说的做！"

军车快捷地打一个转向，转入到这条林荫遮蔽的小路上。几个转折之后，一幢小楼出现在道路尽头。

"见过这幢楼吗？"

"没有。"阿彪老老实实地回答。

"在楼前停车，不要熄火，等着我。"我厉声说道，阿彪唯唯诺诺地点头。看见这样一个剽悍的大块头俯首帖耳，我不由得对自己将要进行的事充满信心。

我走到小楼门前。浅灰色的门紧闭，我按下门铃，有人会从摄像头里看到我，然后大吃一惊，他会打开大门。我静静地等着。

门果然自动打开，我走了进去。这是一部电梯，我曾经来过。

万博士在电梯门边等我，他看着我，等我解释。

"情况紧急，"我说，"李川书说了一个账户，王天佑可能知道。"

"你怎么找到这里的？"万博士并不理会我所说的紧急情况，他对我的突然出现感到不安。

"这里……"我指了指头，"我的病越来越重了，总会有些突如其来的记忆碎片。我竟然想起了你的实验室到底在哪里。我宁愿不知道。"

万博士不再追问，侧身示意我进去："来得正好，我也正想找你。"

实验室里没有别人。万博士在一台电脑前坐下："我找到一些办法，可以针对性地消除你身体内的变异DNA。"

"另一种病毒？"我问。

"你可以这么认为。我指定了几个特定的基因组靶标，这种病毒进入细胞核，能够摧毁那些已经变异的DNA，避免你的大脑性状进一步改变。"

"但它无法把已经改变的性状变回来。"

"是的。"万博士说，"所以越早越好。"他看着我，"在王十二的记忆占据你的头脑之前，必须消除那些已经变异的

DNA，残存的RNA很容易控制，它们本身的生命周期很短，只要不让它们感染更多的健康细胞，你的免疫系统很快就能把它们清除干净。"

我露出一个勉强的笑容："那么最好的情况是，我能保持现在的状态。"

"没错。"万博士把电脑屏幕转向我，"自己看看，你既然能复制记忆描摹RNA，你的基因学基础已经足够阅读这些说明。"他站起身，"我来做准备。"

他走到一旁的一个庞大的仪器边，打开一扇小门，开始从里面取试管。

我低头看着眼前的资料，这是一份关于"记忆描摹RNA"的详细说明，这一章节专门描述如何预防这种RNA侵入细胞。对已经改变的性状，没有办法复原，因为原本的性状已经被抹去。

我草草浏览了几页，定了定神，开始说话："我已经有了一些王十二的记忆，但是我并没有发疯，我还能清楚地分辨哪些记忆属于我，哪些记忆属于王十二。我想起来一笔钱，共有一亿三千万美元，这笔钱的利息每个月按时汇入六个账户。"

万博士手中的动作停滞下来，他看了看我，把手上的试管放在架子上，然后面对着我："你想说什么？"

"我那个不可靠的记忆告诉我，如果这笔钱的利息不按时汇出，六组杀手就会奔向不同的目标。"

万博士的声音有些发颤："我不明白你在说什么！"

"那样也好，我已经把这笔钱转入我的账户，下个月开始，也许就会有几场谋杀案发生，其中一件，也许就在这个庄园。还有，如果没有人重设这笔钱的权限，再过半年，这笔钱同样会被冻结。半年的时间，说起来也不算太长。"

"你想怎么样？"万博士的额头上渗出了冷汗。

我微微一笑："虽然我可能变成一个疯子，但在变成一个疯子之前，我可以让几个人变成死尸。很简单，一场交易，怎么样？"

"你说吧。"万博士很快控制住情绪，平静地说。

我知道，从此刻起，我们真正站到了同一条战壕里；而且，我占据了优势。

"这件事需要卢小姐的配合，她在庄园里吗？如果在，我们今天就可以解决问题……"这是一个冒险计划，然而我知道，时间紧迫，再大的风险也值得一试。

我把一个药瓶交到万博士手里。他看了一眼，惊讶地抬起头："阿匹胺苯片？"

我点了点头。

从小楼出来，阿彪仍旧在等着我。

"老板找你。"我刚上车，他就说。

"那正好。"我淡淡地说。这正与我的计划配合得天衣无缝，他不来找我，我也会去找他。

"我怎么办？"阿彪问，他显然知道王天佑这一次找我，凶多吉少。他并不关心我的生死，但他担心自己的性命。

我正对着他："我给你五百万，你是不是能帮我杀了王天佑？"

阿彪断然拒绝："这不可能。我不能对老板下手。"

"你自己的命也不要吗？"

"不要拿这个来威胁我！"阿彪突然恢复了几分剽悍，"我是不会背叛老板的。"

"好吧。"我坐直身子，"但是为了你的命，你最好不要告诉任何人，我们今天到了这里。你的幻觉会让你精神错乱，你看到李川书的下场了，如果不尽早采取措施，你会和他一样。只有我能帮你。"

阿彪默默地开车驰出小道，转向庄园内部。

我看了看表，四点一刻："在这里等一等。"我告诉阿彪。

阿彪把车停在路边，并不发问，只是等着。

时间很快过了四点半，我让阿彪上路。绿草如茵，仿佛一块巨大的绒毯，豪华的房子就在绒毯上，远远看去就像童话里的城堡。这景象触动了我的回忆，有一种亲切的感觉。这不是属于那个叫作梁翔宇的精神科医生的记忆，它属于那个叫作王十二的亿万富翁，这所房子曾经的主人。然而，我心里并没有抵触，只是看着那房子，感到一阵阵温馨。也许我是谁并不重要，我活着，看着，感受着，这就是一切。变成另一个人，似乎也并没有那么可怕；可怕的是因此而变得精神错乱。

"你喜欢这所房子吗？"我突然问阿彪。

阿彪点点头。

"你记得老老板吗？"

阿彪不说话。

我知道他记得。他从小就在王家长大，他的父亲是王十二的保镖，死得很早，王十二就像他的父亲。他并不明白身上出现的记忆错乱的症状，那正是王十二的记忆，其中也一定有一些关于他的部分；也许他看着镜子里的自己，会涌起一些莫名其妙的情绪，就像我此刻看着他，心中却充满一种父亲的慈爱。

这件事真是奇妙，当我在医院里威胁他时，我想的是怎么搞死他；此刻，我竟然下定决心，必须要拯救他。而王天佑……想到这个名字，我的身体不自觉地微微发抖。我要他死！这是梁翔宇和王十二的同谋，一个为了活下去，一个为了复仇，在这个问题上，他们找到了公约数。

军车在房门前停下。

"押着我去见王天佑，"我低声说，"就像平常一样。"

阿彪下了车，外衣口袋里鼓鼓的，里面明显塞了一把枪。他像往常一样押着我走到门边。我不自觉地想靠近门框上的虹膜识别器，然而很快控制住了自己，没有做出这个愚蠢的举动。

"老板，我把梁医生带来了。"阿彪对着对讲机喊。

"带他上楼。"王天佑的声音传来。我望了望门上方的一个角落，那是监视器的位置，如果王天佑就在监视器前，他会看见我正望着他。

王天佑坐在宽大的沙发上，跷着二郎腿，故作高深地看着我。

"那个李川书开口了？情况怎么样？"

"他说了一个账户，3373647724786868732。"我把账户报了出来。

"不错。"王天佑站了起来，"你的记性很好。那么密码呢？"

"他说这个账户有三重密码，他不肯说。"

"不肯说？"王天佑耸了耸眉毛，"难道他不是悄悄告诉你了吗？我知道密码，但是你来告诉我，对我们的合作是一个很好的考验。"

"他没说。"我保持镇静，"他只是告诉我，除了他，谁也不能使用这个账户。而且，这个账户生死攸关。"

"和谁的生死攸关？"王天佑保持着笑容，然而我能看出他的表情有一丝僵硬。

"一个姓万的医生。他说只有这个姓万的医生出现，他才肯说出密码。"

王天佑的心情变得轻松了一些，他冷哼一声："这些都是我的隐私，和姓万的医生有什么关系？这是胡说八道。你是精神病医生，应该有很多办法让他开口说真话。"

"我可以试试看，"我说，"不过如果我用药物诱使他开口，很可能会把事情搞砸。"我小心地看了王天佑一眼，他似乎有兴趣继续听下去，"这种私密性很强的东西，人的潜意识都会进行保护，很可能他只会说出一个假密码。"

"没关系，多试几次。"王天佑毫不在意。

"这会杀死他的，"我说，"进行催眠诱导是很危险的行为。"

"这有什么危险？不过是多吃几次麻醉剂而已。"

"神经系统的多巴胺物质会被耗尽，神经衰竭，人会死亡。"我把专业知识描述得尽量简单。

"他的整个身体都是我的，不用担心神经衰竭。他会死得很快吗？"

"我不知道，每个人都不一样。"

王天佑有些犹豫，显然，他并不想让李川书很快死去。

我仔细观察王天佑的神色，他似乎有些不能确定时间，抬头看了看钟表。他的鼻翼翕张，神色有些恍惚。

卢小姐按时给他服下了药。

我走上前，用一种训练有素的温柔声音说："现在，我们把万医生找来好不好？"

"天天，到这边来。"随着一声招呼，王天佑晃晃悠悠地站起身，向我走来。

"我是谁？"我问他。

"爸爸。"在催眠的作用下，他看着我，就像看着王十二。

"我就是去死，也不会留给你一个子儿！"我突然大声喊叫起来。

"爸，别这样！"王天佑畏缩着后退。

这正是王十二被杀死之前说的最后一句话，我挺直身子，手指如戟般指着他，像极了当日的情形。

王天佑浑身战栗，脸部抽搐。亲手杀死父亲之后，却又见到了父亲，他顿时无比害怕。

"你这个不孝子，敢闷死我！财产……财产都是你的又怎么样？丧尽天良，我做鬼也不会放过你！"我说着做出打人的姿势。

王天佑抱着脑袋蹲下身子："不要，不要……你饶了我吧！"他开始号哭。

王十二的儿子就这么不争气，是一个绣花枕头。我敢说，当时如果不是王十二晕倒在地，给他十个胆子也不敢动他老爸一根寒毛。

我可以吓死他。在药物的作用下，只要稍加诱导，恐惧几乎可以被放大到无限。然而这不是我的目的，我也不想犯杀人罪——哪怕永远不会被追查。

我只是想告诉他一些东西。我走过去，一把抓住他的头发，拉起他的头，附在他的耳边轻声说："财产都是你的了，但是我们断绝父子关系，我会做鬼，让你一辈子不得安宁。"

王天佑只是哆嗦，嗯嗯呜呜说不出一句话。

我抬头看着万医生，点点头。万医生默默地走上来，给他打了一针。

王天佑瘫倒在地。

"一切都按照你的计划来了，"万医生冷冷地看着瘫在地上的王天佑，"兑现你的承诺。"

"我们要看看效果。"我说，"明天打电话给我，我们把他送到精神病院去。然后，我们各不相欠。"

"你要记得自己的承诺！"万医生盯着我，满怀戒心。

"你可以放一万个心。"我微笑着，"只要我不变成精神病，你和小卢都安全。"

万医生从密道走掉了。

阿彪走进来。我要他站在门外，他听到了全部的过程。

"小老板真的杀死了他自己的父亲？"他问。

"你都听见了。"我说。

阿彪默默地走出去，他再也不会为这个躺在地上的花花公子卖命了。

富丽堂皇的屋子里只剩下我和躺在地上的前亿万富翁继承人。我还有最后的事要做。

我走到书桌边，拉开抽屉，抽屉里有一把保险锁。我拧动锁盘，打开保险，眼前跳出一个屏幕。我把手按在屏幕上，启动了程序。

所有的现金、证券、股权、不动产……一切的财产都从王于德的名下转移到一个叫李川书的人名下。指纹、虹膜、DNA，一切可以验证身份的东西都从我身上转入这台电脑，然后通过预留的后门进入国家个人信息管理中心。

当最后的转移完成，屏幕上出现一个巨大的摄像头。我露出一个微笑。咔嚓一声后，一张卡片从缝隙中弹了出来。

我捡起卡片，这是一张崭新的身份证，我的头像就印在上面，傻傻地微笑。

从今天起，我就是李川书！

我收起身份证，把书桌恢复原样，然后走出门去，让阿彪送我回精神病院。

一晃十年。

当我厌倦了白雪皑皑的布朗峰后，我决定回去看看。虽然精神病院不是什么光彩的地方，但毕竟我在那里生活了八年。人总是念旧的。

很远我就看见了曾经的精神病院的金字招牌——"李川书精神疾病研究院"。欢迎的队伍排得老长，站在最前面的是宋院长。

"宋院长，很久不见，很久不见啊，您老看上去气色不错！怎么敢这么麻烦大家。"我热情地和他握手。

宋院长的老脸上露出受宠若惊的表情："这哪里敢当，李老板，您是我们的大贵人。应该的，应该的！"

我微微一笑。十年前我是梁翔宇，要在宋院长面前装孙子，一旦我成了亿万富翁李川书，宋院长和曾经的同事们就再也不记得存在过一个叫梁翔宇的人。钱或许真的不是万能的，但它至少可以让一些人彻底忘掉过去。

我走过热烈欢迎的队伍，走进这片熟悉的土地。

一个宽敞的院落里住着特殊的病人，我走过去，和他打招呼。他猛然一惊："你是谁？你要干什么？是不是要抢我的钱？我有很多钱，我是亿万富翁。"他说着就像兔子一般跑掉，躲进了门里。

"他的病情比十年前好些了吗？"我问宋院长。

"哪里，一直都这样。晚上的时候，杀猪一样嚎，如果不是您有特殊吩咐，早就给他上嘴套了。"

我点点头。虽然是我的催眠才让他生活在潜意识的恐惧中，然而这是他咎由自取，我既不内疚，也不怜悯。

当天晚上和万医生通电话，告诉他我要去拜访。他喜出望外。自从那次事件之后，我远走欧洲，他和卢小姐结婚，已经有了一个可爱的宝贝儿子。我们保持着亲密的朋友关系。一个亿万富翁很容易有几个好朋友，特别是如果你真心赞助他们的事业。

"有个特别的人，你一定要见见。"电话那边，万医生显得很神秘。

我知道是谁，却也不道破。万医生和我提了好几次，那个人总在庄园周边出没，衣衫褴褛，面黄肌瘦，他像是在等待什么机会。我很感谢万医生的好意，然而这些年我其实一直派人跟着那个人，对他的行踪了如指掌。

我见到了万医生和小卢，还有他们六岁的儿子大宝。大宝很可爱，小小年纪已经能明白光速有限，跨进了相对论的门槛。我见到了他，果然是聪明伶俐的孩子。

午餐时，万医生兴致勃勃地给我讲述一种增强记忆新药的最新研究进展，他确信这种药物会永久性地改变人类历史进程。小卢悄悄地捅了捅我的胳膊，示意我看窗外。

窗外，绿草如茵，却有一个黑乎乎的人影在草皮上行走，龌龊不堪，仿佛一只动物。

十多分钟后，我站在他面前。

他认出了我，恨恨地盯着我。

"你应该感谢我，如果不是我，你已经死在精神病院里了。"我说。

他无动于衷，仍旧恨恨地盯着我。

"每个人都得到了他想要的东西，李川书得到了享受，王天佑得到了梦中的财产，万医生得到了自由，你得到了年轻的生命。我只是把你们丢下的捡起来。大家都很满意。"

他仍旧无动于衷。

我拿出一张卡片，递给他："这里是五百万，你可以在任何一家银行支取。如果你想拿回你失去的一切，这是一个很不错的开始。"

他并没有拒绝卡片。我向他微笑，然后回到了庄园里。回头看去，他已经不见了踪影。

第二天，我正在吃早餐，阿彪把报纸送过来："老板，有消息。"

我看了看阿彪所指的地方，那是社会八卦版内一条不起眼的消息——"流浪汉银行内取五百万遭哄抢，当街被群殴致死"。

我点点头，心安理得地喝下一口咖啡。因果报应，这事怨不得我。

我走到窗边，万医生一家正在草坪上玩耍，其乐融融。王十二，李川书，梁翔宇……我不知道自己究竟是哪一个，和生活本身相比，这并不重要，只要你自己不把它看得太重要。

"李叔叔！"大宝叫喊着向窗边跑过来。

我笑嘻嘻地应了一声，从窗口跳出去，把他抱起来，高高地举起。

"李叔叔，为什么我总觉得很早就认识你？"我把大宝放下，他兴致勃勃地问。

"因为大宝乖。"我随口夸赞他。

"但是……"大宝歪着头，"我记得你好像姓梁。"他睁着圆溜溜的大眼睛，天真无邪地看着我。

我心中一凛，不由得向着万医生夫妇看去。

七重外壳

【刺不穿的虚拟世界】

王晋康

1997年8月23日，小甘和姐夫乘坐中航波音747客机到达旧金山。姐夫斯托恩·吴，中文名叫吴中，自己买的是单程机票，给甘又明买的却是往返机票，因为小甘必须在七天后返回北京，去上他的大学三年级课程。

在旧金山他们没出机场，直接坐上了西方航空公司去休斯敦的麦道飞机。抵达这座航天城时已是万家灯火了。高速公路上的车灯组成流动跳荡、十分明亮的光网，城市的灯光照彻夜空，把这座新兴城市映成一个透明的巨大星团。飞机开始下降，耳朵里嗡嗡作响，那个巨大的亮星团开始分解出异彩纷呈的霓虹灯光。直到这时，甘又明才相信自己真的到了美国。

下了飞机，他们乘坐地下有轨电车来到一个停车场。吴中找到自己那辆银灰色的汽车，用遥控器打开车门。十分钟后，他们已来到高速公路上。吴中扳动一个开关后便松开方向盘，从随身皮包里取出一个小巧的办公机，开始同基地联络。

"我在为你办理进基地的手续。"他简短地说。

甘又明惊讶地看着无人驾驶的汽车在高速公路上疾驶。路上，除了对面的汽车刷刷地掠过去之外，百里路面见不到一个行人和警察。在这条机械洪流中，甘又明真正体会到为什么"汽车人"在美国的动画片中大行其道。他们的汽车离前边汽车车距太近时，甘又明免不了心中忐忑。

斯托恩·吴猜到了他的心思，从办公机上抬起头，平淡地说："放心，它有最先进的防撞功能。"

甘问："它是卫星导航？我见资料上介绍过，说这种自动驾驶方式是下个世纪的技术。"

姐夫微微一笑："国内的资料常常有五至十年的滞后期。我带你去的B基地又是美国最超前的。你在那儿可以看到许多科幻性的技术，它可以说是21世纪科技社会的一个预展，比如这辆汽车，你知道它是什么动力吗？"

不是姐夫问，他还真没想过这个问题。他看看汽车，外形和汽油车没什么区别，车速表上的指针已超过了210英里①，汽车却行驶得异常平稳。他猜道："从外形看当然不是太阳能汽车，是高能电池的电动汽车？氢氧电池的电动汽车？高容量储氢金属的氢动力汽车？在我的印象中，这些都是公元2000年以后的未来汽车。"

斯托恩·吴摇摇头："都不是。这辆汽车是惯性能驱动，它装备有十二个像普通汽车汽缸大小的飞轮，秒速30万转，所以储能量很大，充电一次可以行驶一千公里。飞轮悬浮在一个超导体形成的巨大磁场里，基本没有摩擦损失，使惯性能在受控状态下逐步转化为电能。这是代替汽油车的多种方案之一，但还不一定是最好的方案。"

甘又明半是哂笑地说："也许，B基地里还有能给植物授粉的微型昆虫机器？有克隆人？有光弧粒子通信？有激光驱动的宇宙飞船？"

斯托恩·吴扭头看他一眼，平静地说："没错，除了激光驱动的宇宙飞船还限于'后理论'研究外，其他的都已开始小规模试用。"

---

① 1英里＝1 609.344米。

这之后他就不再说话，在自己的办公机上专心致志地办公。甘又明不由得再次暗暗打量他的侧影。他的相貌平常，身体比较单薄，大脑门，犹如女性般的纤纤十指在电脑键盘上翻飞自如，时而停下，在屏幕上迅速浏览一下从基地发来的数据。

如鱼得水。甘又明脑子里老是重复这几个字，这个文弱青年在科技社会里真是如鱼得水，无怪乎姐姐是那样爱他、崇拜他。这种人正是21世纪的弄潮儿，在女性心目中，他们已代替了那些筋腱凸出的西部牛仔英雄。

七天前，三十四岁的斯托恩·吴突然飞回国内，第三天就同三十一岁的星子举行了婚礼。婚礼上，新娘满脸的幸福，新郎却像机器人一样冷静。

刚从老家返校的甘又明借着三分酒气，对姐夫说："谢天谢地，我姐姐苦苦等了八年，你总算从电脑网络里走出来了。你知道吗？很长时间，我认为你已经非物质化了，或者只剩下一个脑袋泡在美国某个实验室的营养液中。"

斯托恩·吴平静宽厚地笑笑，同小舅子碰碰杯，一饮而尽。甘又明对他一直非常不满，甚至可以说是抱有敌意。八年来，至少是从他考进清华大学计算机系的三年来，他极少在姐姐那儿听到吴的消息，最多不过是在网上发来几句问候。甘又明曾刻薄地对姐姐说："你的未婚夫是吴先生，还是一个ZHW@07.BX.US的网络地址？别傻了，那个人如果不是早已变心，就是变成了没有性别程序的机器人。"

姐姐总是笑笑说："他太忙，现在是美国B基地虚拟实验室的负责人。"

即使婚礼过后，甘又明仍对姐夫深怀不满。客人走后，他悻悻地对姐姐说："他为什么不接你去美国？这位上了世界名人录、名列美国二十位最杰出青年科学家的吴先生养不活你吗？姐姐，我担心他在那边有了十七八个情人，甚至已成了家。我知道你是个高智商的学者，但高智商的女人在对待爱情上常常低能。用不用我再提醒一次，那个国度既是高科技的伊甸园，又是一个世界末日般的罪恶渊薮？"

星子已听惯了弟弟的刻薄话，她笑着说："你不是说他是没有性别的机器人吗？这种机器人是不需要情人的。"

"那他为什么不接你去美国？"

"他说这儿有他的根，有他童年的根，人生的根。他说在光怪陆离的科技社会里迷失本性时，他需要回来寻找信仰的支撑点，就像古希腊神话里的英雄安泰需要地母的滋养。"她在复述这些话时，脸上洋溢着圣洁的光辉。

甘又明禁不住喊起来："姐姐呀，你真是天下最痴情最愚蠢的女人！这都是言情小说中的道白，你怎么也能当真！"他看看表，9时40分，是科技影视长廊节目时间，这个时间他是雷打不动的。他打开电视，嘟囔道："反正我把该说的都说了，到时你莫怪我。"

那晚的科技影视节目是《电脑鱼缸》——正是它促成了他的美国之行。"电脑鱼缸"是一种微型仿真系统，电脑中储存了几百种鱼类图像，你只要任意挑选几种，按下确认钮，它们就开始在屏幕上遨游。每秒48帧画面，比电影快一倍，所以看上去甚至比真鱼还逼真。不仅如此，这些鱼还会生长，会弱肉强食，会求偶决斗，会因鱼食的多寡而变肥变瘦。雌雄配对完全是随机的，一旦某对夫妻结合，它们的后代就兼具父母的基因，因而兼具父母特有的形态习性。一句话，这个鱼缸完完全全是一个鱼类社会的缩影，但只是虚拟状态。

新婚夫妇来到客厅时，甘又明正在击节称赞："太奇妙了，太奇妙了！"每次看到类似的节目，他常有"浮一大白"的快感。这会儿他完全忘却了对姐夫的敌意，兴致勃勃地对姐夫说："很巧妙的构思。如果把节奏加快——这对于电脑是再容易不过了——是否可以在几分钟内预演鱼类几千万年的进化？甚至还可以把主角换成人，来模拟人类社会的进化。比如说模拟第三次世界大战的进程，把所有的社会矛盾、各国军力、民族情绪、宗教冲突、各国领导人的心理素质等等输进一个超级虚拟系统，推演出二三十种战争进程，我想它对军事统帅的决策一定大有裨益。"

吴中看了甘又明一眼，他发现这个清华大三学生的思路比较活跃，不免对这位小舅子产生了兴趣。他坐到甘又明的面前，简捷地说："你说得不错，这正是虚拟技术诸多用途之一。不过这个电脑鱼缸太小儿科了，我们早已超过了它，远远超过了它。"

甘又明好奇地问："发展到什么程度了？能否给我讲讲，如果不涉及贵国利益的话。"他有意把"贵国"两个字说得语气重些。

吴中笑笑，接过妻子递来的两杯咖啡，递给小舅子一杯，然后说："我想你已知道，在虚拟技术中，人也可以'进入'虚拟世界。"

"对，通过目镜和棘刺手套，人可以进入电脑鱼缸和鱼儿嬉戏。"

吴中摇摇头："那是二十年前的老古董了。我们现在使用的是一种被称作'外壳'（SHELL）的中介物，通过它，人可以完全真实地融入虚拟世界。我们的技术已发展到这种程度：进入虚拟系统的某人，如果没有系统外的帮助就无法辨别出所处环境的真假，正像一个密闭飞船里的乘员，若没有系统外参照物，就无法确认自己是否在运动。"

甘又明笑嘻嘻地说："那个'某人'是否服用了迷幻药——科克、快克、哈希什？"

吴中看看他，心平气和地说："没有。"

甘又明大笑起来："那你就有点吹牛了！我想，一个神智健全、头脑清醒的人，肯定能从虚拟环境中找出破绽来！要不，是美国人普遍智力低下？也难怪，在美国，全民性的吸毒泛滥至少已延续了一百年，难免引起智力退化。"

吴中冷冷地说："说几句俏皮话很容易，不过献身科学的人一般都已经摒弃了这种爱好。你想试试向我的虚拟技术挑战吗？"

甘又明两眼发光，跃跃欲试地说："这可搔到我的痒处了！我天生喜欢这样的智力体操，从小至今，乐此不疲。不过，我恐怕暂时去不了美国吧？"

吴中笑笑，对妻子说："我给他安排一次为期七天的短期访问，不耽误他回校上课。"

甘又明很快领教了姐夫的地位和能力。三天后，吴中告别新婚妻子，匆匆返回美国时，甘又明也怀揣着一张往返机票、一份特别签证坐进了一千美元的特等舱里，享受着空姐的微笑和茶几上的新鲜水果。

一条公路沿着海滩穿行，再往前是广阔的滩涂。这儿人烟稀少，雪亮的灯光刺破夜色，展现出一个茂密安静的绿色世界。自然的蛮荒和嵌入其中的现代化建筑相映成趣。天光甫亮，他们赶到一个营地。营地占地不大，在做工粗糙的铁栅栏里面散布着十几座平房。虽然途中已经联系过，但警卫没有收到对甘又明放行的命令。吴中面色不悦，拿起内线电话，节奏很快地说了一通。甘又明的英语水平已经可以听懂他们的谈话。

吴说："我与贵国政府签订了合同，我自然会恪守它，包括其中的保密条款。实际上，只要这次我回国七天而未泄密，你就不必担心了。"从这几句话中，甘又明听出了他的傲气。

他还在电话中说："实际上这位中国青年是作为临时雇员来基地的。你知道我们一直在招募挑选那些最有天资的美国青年，让他们去寻找虚拟世界的漏洞，以求改进设计。成功者还要发给一万元的奖金。这位甘先生也是一个很合适的人选，他思维灵活，天生是个怀疑派，而且是在一个完全不同的文化背景中长大的。我们的技术只有经过不同文化背景的人士的检验，才是万无一失的。当然，甘先生没有经过例行的安全甄别，但我的话是否可以作为担保呢？"

对方显然犹豫了片刻，然后又和他交谈了几句，吴中笑道："谢谢，我记住你的这次人情。"

他把话筒递给警卫，警卫听完后殷勤地说："头儿说，对两位先生免除一切检查。我送你们过去。"

现在，在他们面前是一条巨大的圆形管道。吴中按动一个电钮，管道上一道密封门缓缓打开。他们走进一节圆筒状的车厢，车厢内相当豪华，摆着四只真皮转角沙发。吴中同仅有的两名乘客打了招呼，安顿甘又明坐下，打开酒柜门，问："喝点什么，威士忌、橙汁、咖啡？"

"橙汁吧！"

吴中倒橙汁时，车非常平稳地启动了。甘又明只是在看到橙汁水平面向后倾斜时，才察觉到车厢在加速。他从窗户向外望去，看到飞速后掠的旷野，一群海鸟在眼前掠过，随即出现在后边的窗外。但他敏锐地发现，所谓窗户只是一幅液晶屏幕上的仿真画面。他笑着用手敲敲假窗户，"也是虚拟的？"

吴中微笑着说："你的感觉很敏锐。这种管道是全封闭的，它是饱和蒸汽管道。车厢行进时，前方蒸汽迅速凝为水滴，车厢经过后又迅速汽化，所以几乎没有空气阻力，可以达到两马赫的高速。磁悬浮和驱动，让它成为一种效率极高的运输方式，相信在下一个世纪中叶，它将在很大程度上代替火车。当然啦，因为是封闭环境，旅客容易感到压抑郁闷，所以我们搞了这些仿真窗户。"

磁悬浮车已达到最高速，正保持着这个速度无声地疾驶，窗外景物的后掠也越来越快。按方位和地图推算，这时头顶已经是浅海了。

吴中严肃地说："还有十分钟时间。我想简单地介绍一下我们的虚拟技术，希望你不要过于轻敌。像你这样的青年志愿者我们已接待过上千人次，只有六个人挣到了奖金。此后我们堵住了所有的漏洞，再没人能挣到这笔钱了。我很希望你能成为第七个成功者，但首先你要彻底清除你的轻敌思想。"

吴中略微沉吟，又平缓地说："你要知道，人在一个封闭系统中时很难对自身所处环境做出客观的判断。当宇宙飞船达到光速时，时间速率就会降为零，但光速飞船内的乘员感觉不到这个变化，仍然认为自己是在正常地吃饭、谈话、睡眠、衰老。再比如，我们说宇宙在膨胀，也能用光线的红移来测出膨胀速率。但这种膨胀只是天体距离的膨胀，天体本身并未膨胀。如果所有天体连同观察者本身也在同步地膨胀，我们能拿什么不变的尺度来确认宇宙的膨胀？绝无可能。"

甘又明笑道："我信服你的理论，但进入虚拟环境中的人并未完全封闭，至少他们的思维是在虚拟系统之外形成的，自然带着它的惯性。我完全可以以这种惯性作为参照物来判断环境的真实性，就像刚才用水面的倾斜来判断车辆是否加速。"

吴中凝眸看着他，良久才笑道："我没有看错你，你的思维确实非常敏捷，一下子抓到了关键。但请你相信，我们也不是笨蛋。我们已能把受试者的思维取出来，并即时性地反馈到虚拟环境中去。比如说，尽管我们的虚拟系统与全球信息网络相通，可以随时汲取几乎无限的信息，但它肯定不能囊括你的个人记忆：你母亲二十年前的容貌啦，你孩提时住的房舍啦，童年时的游戏啦，你对某位女同学的隐秘情愫啦，等等。但是，"他强调道，"凡是你在自己的记忆库中能提取到的东西，立即会被天衣无缝地织进虚拟环境中，所以你仍然没有一个可供辨别的基准。"

甘又明微笑不言，对自己的智力仍然充满信心。吴中也不再赘言，简捷地说："我的话已经完了，你记着，我们将让你在虚拟世界中跳进跳出，反复进行。何时你确认自己已回到真实世界中，就向我发一个信号。如果你的判断是正确的，你就会怀揣一万美元回国。"他又加了一句，"不要轻敌，小伙子。喏，已经到站了，下车吧！"

他们在地下甬道里走了一段路，碰到的工作人员都尊敬地向吴中致意，这使甘又明又一次掂出姐夫在这儿的分量。他们来到一座空旷的大厅，四周是天蓝色的墙壁和屋顶，浑然一体，大厅中央有两把测试椅。这座大厅不算豪华，但建筑做工十分精致，每一处墙角，每一寸地板，都像象牙雕刻一样光滑严密，毫无瑕疵。

吴中拿上一个遥控器，带甘又明来到大厅中间，说："先让你对虚拟世界有一个感性认识。让你看看哪种环境呢？"他略为思考了一下，"你先看看我们的电脑鱼缸吧。"

他按动电钮，大厅中瞬间充满了清澈的海水，波光潋滟，珊瑚礁壁立千尺，有的呈伞状，有的呈蘑菇状。一只一米长的蛤蜊垂直嵌在珊瑚里，半露的身体犹如彩色的丝绒；还有彩色的螯虾、五条手臂的星鱼、漂亮的石斑鱼。突然，前边冒出一只巨大的八足章鱼，它的小眼睛阴森地盯着前边，诡秘地缓缓爬过来。甘又明本能地蜷起身子，但章鱼熟视无睹，缓缓从他的身体中穿过，消失在幽蓝的深海中。

甘又明喘口气，笑问："激光全息仿真技术？确实可以乱真。"

吴中点点头，按一下快进，眼前又立刻变成深海海底景色：火山口冒着浓烟，就像地狱中的烟囱。两米长的蠕虫在海水里轻轻摇动着，管端血红色的羽状触手缓慢地开合；熔岩上铺着一层细菌，犹如白色的地毯。一只奇形怪状的细菌蟹贪婪地一路吃过去，有时还去啃食蠕虫的肉质羽毛。这是加拉帕戈斯群岛海底依靠硫化氢为生的太古生物群。甘又明看呆了，虽然他明知这是个虚拟世界，但似乎能感觉到那深海海水的阴冷和沉重。

忽然幻觉在一刹那间消失得干干净净。甘又明一时跳不出视觉的惯性，呆愣愣地立在那儿。

吴中淡淡地说："这只是虚拟技术的开场锣鼓。下面我要为你套上所谓的外壳，使你与虚拟环境融为一体。跟我走。"

他们走进大厅旁的一间屋子。甘又明第一眼就看到一个光脑袋的女性人体模型，几个工作人员正在它周围忙着。看见他们进来，那个人体模型竟然也扭过头来——原来是一个真人！

甘又明傻望着这个脑门锃亮的裸体姑娘，自我解嘲地说："我已经进了虚拟世界？这个一丝不挂毫无羞耻的漂亮姑娘到底是真是假？"

吴中微笑着，没有接腔。几个工作人员开始小心翼翼地为那个姑娘套上"外壳"，那是一件色泽纯白、很薄很柔的连体服。她把双腿蹬上后，工作人员小心地展平外壳，使上面的神经传感乳头与她的身体完全贴合。吴中低声解释，这些乳头将把虚拟信号传到相应的感觉神经，比如你"踩"上火炭时，脚底神经就送去烧灼感的信号。外壳已套到肩部，只有头盔还未戴上，它比较笨重，与黑色的目镜相连。

姑娘在套上头盔前微笑道："我叫琼，琼·比斯特。很高兴做你的向导。"

甘又明疑惑地看着吴中，吴中点点头："对，这是你在虚拟世界里的向导，心理学和逻辑学博士，会三国语言，包括汉语。需要了解什么信息尽管问她。但她是完全超脱的，绝不会帮助你做出判断。现在请你脱光衣服，剃光头发。"

一台自动理发机无声地移过来，几秒钟内就把他变成了脑门锃亮的和尚，同时把发屑也吸走了。工作人员为他穿上一件洁白的衣服。这种衣服又薄又柔，弹性极好，穿在身上几乎变成了自己的皮肤。他和琼来到大厅，面对面坐在两把椅子上。甘又明听见送话器中吴中用英语说："虚拟系统即将启动，请你睁大眼睛寻找它的漏洞吧！你想从哪儿开始？是海洋、太空，还是台风眼之中？我们都可以为你办到。"

甘又明稍稍想了一会儿，说："还是从海水中开始吧，既然这一切都是由那个电脑鱼缸所引发。而且，我没有告诉你，我是北京高校百米自由泳纪录保持者。"

吴中在屏幕上笑笑："在虚拟世界里不会游泳并不是一个问题，电脑很容易为主人公加上令人信服的校正。不过，就按你的意思办吧！现在我要按电钮了。"

甘又明在一刹那间被抛入水中。他看见自己和那位琼姑娘都穿着潜水衣，身后背着两个小小的黄色氧气瓶。他用力浮上水面，透过面罩远眺，海面十分广阔，只有后方隐约可见一线海岸。他甚至能感到海水的浮力和温暖，海浪轻轻地推揉着他，他在水中做了几个滚翻，他的前庭器官感觉纤毛依旧精确地给出重力变化的方向。他知道这些都是假象，他身上穿的是白色的SHELL（壳），而不是黑色的潜水服，他是坐在空旷的大厅里，而不是在水中。但由那件外壳传给他的视觉、听觉和触觉效果实在太逼真了，使人没办法不相信。

他取下头盔——他真的感觉到把头盔取下了，能呼吸到海面上略带咸味的空气，感觉到清凉的微风。琼从他旁边冒出来，甩着水珠。他喊道："琼！这儿是什么地方？"他笑着有意强调，"或者说，这是模拟的什么地方？"

琼也取下了头盔，抖抖长发。她的长发如瀑布般散落，发出耀眼的金黄，这和他记忆中的光脑袋姑娘形成强烈的反差。他随口问道："这是你的真实形象吗？"

琼奇怪地问："你说什么？"

"你在剃光脑袋进入虚拟世界之前，就是这个模样吗？"

琼笑笑，只回答了他的第一个问题："我想这儿就在我们基地上方，这儿是阿查法拉亚湾附近海面，离墨西哥不远。近年来，这儿贩毒活动很猖獗。"

不远处海面上有一艘快艇，上面没有人——按照虚拟系统的逻辑，这当然是他们带来的。他忽然看见南边海面上出现了一个三角形的背鳍，划破水面迅速逼近，他惊慌地喊道："鲨鱼！"

琼挺直身子看看，笑道："不要慌，那是海豚。"

他们戴上面罩潜入水中，果然看到十几只海豚。它们的皮肤是鸽灰色的，十分光滑，嘴里有整齐的白牙，呼哧呼哧地喘息着，喷水孔一张一合。它们排着队向西北方向游去，很快掠过两人的身边。甘又明甚至感觉到了海豚所搅起的湍流。他兴致勃勃地追过去，扭头笑道："琼，如果是在虚拟世界里被鲨鱼吃掉，会是什么后果？"

"你当然不会真的死去，但系统会'死机'，只能重新进行冷启动。另外，你会真正感到鲨鱼利齿切断身体的痛苦。所以劝你不要尝试。"

在那群海豚之后，甘又明忽然又发现两只。它们的体型相当大，在飞速游动中严格保持着相对方位。当海豚靠近时，甘又明发现它们身上套着挽具，身后拖着一个流线型的容器，他大声喊："看哪，海豚邮递员！"

琼在水下通话器中听到了他的喊声，她也看到了那对海豚，它们像是受过严格训练的军马，目不斜视，以极快的速度掠过他们的身边。琼饶有趣味地说："我看到一些资料，说军方在着力培训海豚代替蛙人，让它们咬断敌方通信电缆，或者给深海作业的潜水员递送工具。噢，对了，听说贩毒集团也开始利用海豚和信鸽越境贩毒，这是最廉价又最难发现的方法。"

甘又明似笑非笑地看着她，他想琼这几句话一定是预定情节中的台词。他嬉笑道："要不，咱们追过去？"

"好的。"

他们迅速爬上快艇，瞅准那片背鳍追过去。海豚的速度很快，甘又明看看速度表，已超过每小时20海里。好在海豚必须浮上水面换气，所以他们一直没拉开距离。马上就到岸边了，前边有一个狭长的海岛，海岸警备队的快艇远远向他们驶来。那两只海豚忽然昂起头——甘又明本能地感觉到它们在做一次深呼吸，然后潜入水中，倏然不见。琼急急地说："恐怕它们不会再浮出水面了，下水追踪吧！"

两人迅即下水，听见海岸警备队快艇上有喊叫声，似乎是在命令他们待在船上听候检查，但两人都没理会。海豚的速度很快，一会儿就失去踪影了。两人在岸边的红树林中和乱石中徒劳地寻找了十几分钟，终于失望了。琼懊丧地说："找不到了，回航吧！"

就在这时，甘又明忽然发现前边有一个狭窄的洞口。那两只海豚正一前一后从洞口钻出来，径直向大海游回去。它们身上已没有了挽具和那个流线型的物体，但他分明觉得它们就是原来那两只。从它们从容不迫的神情看，似乎已经完成了邮递任务。甘又明拉着琼游近观察，洞穴非常幽深。他问琼："进洞看看？"

琼犹豫着，甘又明鼓动道："不会有危险的。既然海豚都能游进去又能游出来，何况咱们还带着氧气瓶。"他笑着补充，"更何况只是虚拟世界。"

"好吧。"

两人把面罩戴上，费力地钻进洞穴。进口相当狭小，但里面越来越宽，也越来越暗，几乎成了漆黑一团。他们继续前行，大约两公里后，前边出现了暗蓝色的微光。再往前游一会儿，海水逐渐变成清澈的天蓝色，浮光摇曳，色彩斑斓的各种鱼儿在蓝光中遨游。

琼惊喜地说："太美啦，我在这儿当向导已经五年了，一直没发现这个神奇的蓝洞。"

蓝光逐渐变淡，两人同时钻出水面，摘下面罩，好奇地打量着。这儿很像一个天井，水面离岸有几米高，头顶上方仍然是岩顶，岩洞四周卧着两三幢小房子。

忽然有人高喊："水下有人！"随即响起凄厉的警报声，十几个人一下子冒出来，从岩边探下身，端着枪向他们瞄准。

两人知道这儿不是说理的地方，迅速戴上头盔，一个鱼跃，疾速向水下潜去。后边如开锅一样，无数子弹搅着海水。琼在通话器中气喘吁吁地说："一定是贩毒分子！否则不会不问情由就开枪的！我们赶快返回！"

他们尽力向来路游回去。眼看快到洞口了，忽然唰拉一声，一个秘密栅栏门从洞壁上伸出来，把洞口封得严严实实。甘又明用力摇晃，粗如人臂的铁栅栏纹丝不动。琼惊惶地喊："后边！他们追来了！"

十几个蛙人已经悄无声息地游过来，他们手中的长矛和弩箭闪闪发亮，有如鲨鱼口中的利齿。他们透过面罩阴森森地盯着两人，慢慢把包围圈缩小。

在这生死关头，甘又明忽然长笑一声，大声喊道："暂停！吴先生，场上队员要求暂停！"

眼前的景象呼啦一下子消失了，甘又明和琼仍坐在椅子上。甘又明抬起胳膊想去掉头盔，两个工作人员急忙过来帮助他。头盔取下后，面前仍是那间空旷的大厅，两人仍穿着那件白色的外壳。他大笑着站起身："太奇妙了，太逼真了！我虽然明知道它是假的，但却看不出一丝破绽。我能感觉到海水的波动、子弹的尖啸和死亡的恐惧。那个蓝汪汪的洞穴实在美极了，还有那两个海豚邮递员！吴先生，真难为你编出这么生动的情节。"

琼也取下了头盔，笑问："你在哪儿看出了破绽？"

甘又明微笑道："你不要拿我的智力开玩笑。这是个非常逼真的故事，可惜没有开头——我们是突然跌入海水中的。稍有逻辑判断力的大脑，自然能做出正确的结论。"

从控制室出来的吴中一直没有说话，笑着看他，这时才问了一句："什么蓝洞？"

甘又明惊奇地说："你是开玩笑吧，你构思的情节会不知道？"

吴中微微一笑："你太小觑我的系统了。告诉你，系统的信息来源是完全真实的，也几乎是无限的。但究竟把哪点信息用于这一次的虚拟环境——比如你在海水里看到的是海豚还是噬人鲨——却是完全随机的。电脑根据这些信息随机地进行构思，所以系统内的情节绝不会重复。"他开玩笑地说，"我说过，我一直不忍心把这套技术公开，我怕它砸了所有小说家、剧作家的饭碗。"

"那么，我们在虚拟世界里游逛时，你并不知道我们的经历？"

"当然可以知道，不过我们一般懒得监视，你的进入只是千百个普通试验中的一个。"

这话使甘又明的自尊心颇受打击。他简要讲了当时的情形，吴中似乎对海豚和蓝洞的情节很感兴趣，盯着问了几个问题。然后他说：

"今天到这儿结束。让琼陪你去逛逛美国吧！你已经只剩下六天了。"

甘又明点点头，从身上慢慢剥下那件白色的外壳，穿上自己的衣服。从外壳的禁锢中解脱出来，他顿时觉得十分轻松。

尽管在电影、电视中对美国的夜生活已是耳熟能详，但只有亲身置于夜总会的环境中，才能真切地感受到那种世纪末的气氛。大厅里光线幽暗，烟雾腾腾，紫色、蓝色、血红色的光柱一波波扫过人群。高高的屋顶上垂下一架秋千，一个近乎裸体的妖艳女郎咯咯笑着，一下下荡过人群。大厅正中是一个高台，一对身穿白色紧身衣的男女疯狂地扭动着，做出种种猥亵的动作，他们的紧身衣颇似B基地里的外壳。甘又明不由得想起裸体的琼套着外壳时的情形。他扭头端详琼，她今晚的打扮也很性感，裸露的肩头和脊背十分润泽，穿着短裙，大腿修长白皙。

两人找到位置坐下，甘又明问："喝点什么？"

"来杯威士忌。"

甘又明为自己要了三瓶矿泉水，一杯杯地往肚里灌。他解嘲地说："早就渴坏了。"

琼呷了几口威士忌，问："跳舞吗？我在等你邀请呢！"

甘又明说："我去一趟洗手间。"他在挨肩擦背的人群中费力地挤过去。洗手间是男女合用的，便池各自独立，两名女子正对镜整妆。他拉开一间便池的门，忽然吃惊地后退一步，一个四十岁左右的黑人男子侧卧在便池上，眼睛像死鱼一样翻着，胳膊上的静脉血管插着一支注射器。

不用说，这是过量吸毒引起的猝死。那两名女子出门时也看到了尸体，但她们只漠然地扫了一眼，便若无其事地走了。甘又明厌恶地看着这个吸毒者，他一直生活在中国，对席卷全球的吸毒狂潮只有三个字的感受：不理解。他不理解竟然有数千万人屈服于这种诱惑，莫非末日审判的钟声已经敲响了？

他回到柜台前，向侍应生问清了报警电话，把电话打通。警察局的值班人员听了后回答："谢谢，我们将在十分钟内赶到。请问你的名字，我们在哪儿可以找到你？"

"我叫甘又明，十分钟内不会离开这家夜总会，你可以到第七号餐桌前找我。"

回到桌旁，他看见座位已空，琼正同一个陌生男子跳舞，狂热地扭动着臀部和肩部。她的眼光仍留意着这边，见甘返回，向他做了一个抱歉的手势。甘又明向她摆摆手，坐到原位。

两个中年人忽然出现在他的面前，他们身着便衣，一个身材矮胖，手背上长满金色的软毛；另一个是瘦长个子，耳朵很大。矮个子彬彬有礼地问："你是中国来的甘又明先生？"

甘又明狐疑地看着两人："两位来得太快了吧，这不像是真实世界的速度。"他有意把这"真实"二字咬得特别重，"我报案才一分钟。再说，我在电话里并没说我是从中国来的呀？"

这下轮到那两人纳闷了："你说什么报案？"

"你们不是警察？"

"我们是联邦警察，"两人出示了证件，"我们是联邦调查局派驻B基地的警官汤姆和戈华德。但你说什么报案？"

听了甘的解释，大耳朵的戈华德警官匆匆去洗手间处理那桩吸毒致死案。汤姆笑道："一场误会，我们是为另一件事来的，要占用你一点时间，你不会介意吧？"

"我不会介意，但我首先要确认自己是不是在梦中。"他笑着问，"请二位向我解释一下，你们是如何在一个远离B基地的繁华小镇一下子就找到了我，一个刚来美国的外国人？"

"很容易。我们知道琼经常来这儿玩儿，又在停车场发现了她的汽车。"

甘又明"噢"了一声，觉得自己多疑了。他说："那么请讲吧，什么事情我可以效劳？"

汤姆开门见山："听说你和琼无意中发现了一条贩毒通道？"

甘又明哑然失笑："先生，你是B基地常驻警官，难道对他们的虚拟技术一点也不了解？对，我们是发现了一条通道，还差点丧了命。但那只是一个虚拟的故事。"

汤姆微笑着说："恐怕你本人还不了解虚拟技术。你是否知道，虚拟环境中所涉及的信息都是真实的，是从间谍卫星、水下拾音器、水下摄像机传输到电脑中的。海岸警备队在南部海岸线确实设了许多秘密摄像机，以便监督无孔不入的贩毒分子。所拍摄的数千英里长的胶片都经过电脑的处理，把有用的资料甄别出来，送到联邦缉毒署署长的办公桌上。但是，电脑不是万无一失的，它也有可能漏掉很重要的一段，又偶然被组织进那次的虚拟环境中去。我们尚未在浩如烟海的背景资料中查到这一部分，为了稳妥，请你帮我们复查一下。这也是吴先生的意见。"

"现在就去？"

"越快越好。"

"好吧，"他把最后半瓶矿泉水灌进肚里，"需要琼一块儿去吗？"

"当然。"

甘又明把琼从舞池中唤回来，戈华德正好也返回了。甘又明说："我们走吧。"

琼迷惑地问："到哪儿？"

"上车再说吧，走。"

警用快艇上已经备好了四套轻便潜水服和水下照明灯。甘又明很有把握地说："我想我会很快找到的。当时我仔细记下了岸上的特征和水下岩石的特征。"

果然，不到一个小时，他已经在黝黑的水底找到了那个洞口，但洞口却看不见栅栏。甘又明低声说："就是这儿，不会错的。余下的工作由你们去做吧，我可不想再被关进这个捕鼠笼子里被人捅死。"

戈华德游近洞口察看，他略带怀疑地低声问："是这儿吗？

洞口处没有安装栅栏的痕迹呀。甘先生，琼小姐，请你们再辨认一下。"

甘又明不相信自己会弄错，他和琼游过去，一眼就看到栅栏缩回的两排小圆洞。他猛然惊醒，但不等他做出反应，两名警官忽然用力把他们向洞里推去，同时按下一个按钮，铁门唰拉一声合拢了，把两人关在里面。

琼惊呼道："上当了！他们一定和毒贩有勾结！"

两名警官在外面狞笑着："聪明的姑娘，可惜你醒悟得晚了点儿。回头看看吧！"

后边刷地射来一道强光，两人本能地捂住双眼。等眼睛稍微适应了光亮，他们看到五六个蛙人正迅速逼近，手中的水手刀和水下步枪像鲨鱼的利齿。琼失声惊叫着，甘又明迅速地把她拖到身后。

但他知道这是徒劳的。蛙人正慢慢逼近，身后是坚固的栅栏，栅栏外面是虎视眈眈的敌人。甘又明用身体把琼压在栅栏上，忽然厉声喝道："汤姆警官，临死前我有一个要求！"

汤姆戏弄地说："请讲吧，我乐意做一个仁慈的行刑者。"

甘又明忽然笑起来，油头滑脑地说："我想撒泡尿。"

汤姆愣了一下，恶狠狠地说："我佩服你死到临头还有心情幽默，动手吧！"

几支长矛正要捅过来，甘又明急忙高喊："暂停！吴哥，我要求暂停！"

两人又突然跌回现实中，他们仍坐在那两把椅子上，甘又明的双手还保持着篮球比赛的暂停动作。琼取下头盔，看着他的滑稽样子，扑哧一声笑了。

吴中从控制室走出来，微笑着问："你真是个机灵鬼，从哪儿看出了破绽？"

甘又明也取下头盔，笑嘻嘻地说："我是否可以不回答？我不想削弱自己取胜的机会。"但一分钟后他就忍不住了，笑道，"很简单，我在夜总会有意猛灌几瓶水，可是一小时后还不觉得膀胱憋胀。这可不符合常情。所以我理所当然地得出结论：那几瓶水并没有真正灌进我的肚里，也就是说，我仍是在虚拟世界里。"

吴中忍不住大笑起来，琼和几名工作人员也笑个不停。吴中忍住笑说："你很聪明，用一泡尿戏弄了超级电脑。不过，我要给你一个忠告，实际上电脑里有尽善尽美的程序，可以根据你的进食或饮水等情况，及时发出饱胀感或憋尿感信号。这只是一次丢脸的疏忽，我再也不会让它出这样的纰漏了。现在你可以脱下外壳，让琼真的领你去看看美国社会。"

甘又明忽然想到一件事："顺便问一句，在这次的虚拟场景中，汤姆警官说的是真实情况吗？那个蓝洞真的有可能存在吗？"

"他说得不错。我的确在十分钟前向汤姆警官通报过这件事。"吴中笑着说，"而且，这两位警官也确实是你在虚拟环境中见过的尊容。既然身边有现成的模特儿，我何必舍近求远或凭空臆造呢？"

工作人员小心地帮他们脱下外壳。这种由银丝和碳纳米管混织而成的白色连体服是世界上最昂贵的衣服，甚至超过了每件价值三千万美元的太空服。甘又明斜睨着裸体的琼，咕哝道："我一定还没跳出虚拟世界。在真实世界里，我绝不敢这样坦然地看着一个姑娘的裸体。"

琼慢慢地穿着衣服，也一直在斜睨着他，她的脑袋泛着青光。甘又明受不了她目光的烧灼，尴尬地说："你为什么一直盯着我？想和我比一比谁的脑袋更亮吗？"

琼含笑不语，突然说："谢谢，甘，谢谢你。"

"为什么？"

"谢谢你在危急关头总是把我掩藏到身后。纵然只是在虚拟世界里，也能看出你的骑士风度。"稍停她又加了一句，"我希望能有机会让我给予回报。"

甘又明笑嘻嘻地说："你上当了，那时我已经判断出我们是在虚拟环境中，乐得冒充一下好汉。"

琼摇摇头说："你何必装得比实际上坏呢？"

甘又明有点尴尬，忽然笑道："你愿意回报吗？现在就可以。"

琼误解了他的意思，吃惊地说："现在？在这儿？"

甘又明把赤裸的左臂伸过去："喂，咬上一口，狠狠咬上一口。这就是你的回报。"

琼迷惑地笑道："你怎么啦？"

"老实说，我对这种虚拟世界已经心怀畏惧了。在刚才那层虚拟中，我分明感到我已经脱下了外壳，可是实际上它仍然紧紧地箍着我。现在我又把它脱下了，谁知这回是真是假？你咬我一口，看我知道疼不，用力咬！"

琼笑着，真的用力咬了一口。甘又明疼得大叫一声，低头看看，胳膊上四个深深的牙印，略有出血。

甘又明笑道："好，好，这下子我真的脱下那层外壳了。你说对吗，琼？"

琼含笑不语。甘又明苦笑道："我知道你只能做一个超然的向导，不会帮我做出判断。我也知道自己是自我安慰。即使这会儿外壳仍套在身上，也同样能造出这样逼真的痛觉和视觉效果。"他把琼的手臂拉过来，用手摩挲着。姑娘的皮肤光滑柔软，滑腻如酥，他感到有一种麻麻的电击感，"真希望我现在触摸到的是真正的你，而不是那种比真实还要真实的虚拟效果。"

琼被他话中蕴含的情意所感动，轻轻握住他的手。突然甘又明的目光变冷了，他紧盯着琼的臂弯，那白皙的皮肤上有两个黑色的针孔。那分明是静脉注射毒品的痕迹。他没再说话，默然穿上衣服，走出大厅。

琼自然感觉到了他突然的冷淡，走出大厅后她说："愿意逛逛夜总会吗？"

甘又明客气地说："不，谢谢。我今天累了，想早点休息。"

琼犹豫好久，抬起头说："请到我的公寓里坐一会儿，好吗？我住在基地外的一所公寓里，离这儿不远。"

甘又明犹豫着，他不忍心断然拒绝琼的邀请，他知道琼是想对他做一番解释。他迟疑地说："好吧！"

琼驾着汽车开了大约十五分钟，前边又出现了辉煌的灯火。琼放慢车速开进这个小镇。她告诉甘又明："这儿是红灯区。基地的男人们在周末常到这里寻欢作乐。"

街道很窄，勉强可容两辆车交错行驶。琼耐心地在人群中穿行。左边一个白人男子在大声吆喝着，对过往车辆做着手势。他头上的霓虹女郎慢慢地脱着最后一件衣服。琼告诉他，这里面是表演脱衣舞的地方，老板和演员都是法国人。甘又明瞥见几个年轻人聚在街角唧唧咕咕，有黑人也有白人，他们的头发大都染成火红色，蓄着爆炸式的发型。琼告诉他，这是吸毒者和毒品小贩在做生意，对这些零星的贩毒，警方是管不过来的。忽然一个人头出现在他们的车窗旁，这是一个眉清目秀的白人青年男子，但戴着耳环，嘴唇涂着淡色唇膏，对着车内一个劲儿搔首弄姿。甘又明知道这是一个同性恋者，厌恶地扭过了头。

汽车终于穿过红灯区，甘又明觉得汽车似乎又掉头开了一会儿，停在一幢整洁的公寓楼外。几个小孩儿在绿草坪上骑自行车，暮色苍茫中，听见他们在兴奋地尖叫。琼掏出磁卡打开院门，停好汽车，又用磁卡打开公寓门。

公寓很大，也很静，只洗衣房里有一个女佣在洗衣。琼把他安顿到客厅，告诉他，公寓里的客厅、洗衣房、健身房是公用的，这里住客很少，几个护士又常上夜班，所以今晚只剩下她一个人。

她端来两杯咖啡，坐在他对面的沙发上，笑问："今天我有意绕了一段路，领你去看看红灯区。有什么观感吗？"

甘又明沉吟一会儿，说道："浮光掠影地看一眼，说不上什么观感。我对美国的感情是很矛盾的：一方面，我非常敬慕美国的科技，羡慕美国人在思想上永葆青春的活力，常常觉得美国的精英社会已经提前跨入了21世纪；另一方面，我又非常厌恶美国社会中道德和人性的沦丧：吸毒、纵欲、群交、同性恋……简直是世界末日的景象。这种堕落是不是和高科技密不可分？因为科学无情地粉碎了人类对自然的敬畏，对生命的敬畏。如果美国的今天就是其他国家的明天，那就太令人灰心了！"

琼沉默了很久，冷淡地说："不必那么偏激吧？我知道中国南北朝时，士大夫就嗜好一种毒品——五石散；明清的士大夫盛行养娈童。中国人比西方人摩登得更早呢！"

甘又明冷笑道："我很为那些不争气的祖先脸红！差堪告慰的是，我们早已把这些抛弃了。美国呢，据统计，全国服用过一次以上毒品的有六千六百万人！对了，你刚才还忘了提中国清末的嗜食鸦片呢！那是满口仁义道德的西方人一手造成的，现在他们的子孙吸毒成癖，也许是冥冥中得到了报应！"

琼久久不说话，一种敌意在屋内弥漫。很久之后，琼走过来坐在甘又明旁边，握住他的手说："请原谅，我并不想冒犯你。坦率地讲，从一见面我就很喜欢你，你的清新质朴是我不多见的。我不瞒你，我确实偶尔也服用毒品，这在美国是很普遍的事。在西班牙等国家，吸毒甚至已经合法化。不过，我知道你在以礼仪著称的国度长大，对此一定很反感。如果……我答应你从此戒掉毒品呢？"

甘又明听出她话中的情意，很感动，但他最终用玩笑来应付："那首先要确定我自己是否仍在虚拟环境中。谁知道呢，也许你是假的，我也是假的，你身上的针孔连同这会儿说的话都是假的。怎么样，能不能在这上面偷偷帮我一点忙？"

琼笑了："我不能违反自己的职业道德。"

甘又明笑着站起身，琼却没有起身，微笑道："你可以不走的。"她补充道，"你可以睡沙发，或者我为你另开一间。"

"不，我还是走吧，我怕抵挡不住诱惑。"

两人都笑了。甘又明又说："你不必送我，我可以叫一辆出租车。"

"不，还是我送你吧！"

两人刚打开房门，正好两个警察用力挤进来，把两人挤靠在墙上，他们出示了证件："警察！请退回房间中去！"警察把两人逼回客厅，甘又明立即认出这正是在虚拟世界里见过的汤姆和戈华德。

汤姆冷冷地说："琼小姐，据线人说你屋里藏了大量毒品，我们奉命搜查。"

琼和甘又明吃惊地面面相觑，琼说："不，我从来没有藏过大宗毒品！"

汤姆用力扳过她的胳膊，厌恶地说："那么，这些针孔是怎么回事？"他不再理会琼，径自进卧室去搜查。十分钟后，他提着两袋白色药品走出来，怒气冲冲地说："是高纯度的快克，足有两公斤！"

琼非常震惊，瞪大眼睛盯着他手中的药品，忽然愤怒地嚷道："这是栽赃！这两袋毒品一定是你刚放进去的！"汤姆走过来，狠狠抽了她一耳光。鲜血从她嘴角沁出来。

她又转身对甘又明说："请你相信我，他们一定是栽赃，一定是为了那个蓝洞报复我！"

戈华德奇怪地问："什么蓝洞？"

甘又明蓦然惊觉，他急忙问戈华德："你不知道蓝洞吗？就是贩毒集团的秘密通道。是我们无意中发现的，吴中先生说他已通知了汤姆警官。"

戈华德警觉地回头看看汤姆，但晚了一步。后者已从腋下拔出一把旋着消音器的手枪，一声轻微的枪响，戈华德警官的额头上钻了一个洞，鲜血猛烈喷射，他沉重地倒在地上。琼惊叫一声，第二颗子弹已击中她的胸膛，立时她的T恤衫一片鲜红。甘又明猛扑过去，把她掩在身下，抬起头绝望地面对枪口。

汤姆狞笑着说："谁知道蓝洞的秘密，谁就得死！你那位吴中也活不过今天晚上。"他把枪口抵在甘又明的嘴里。甘恐惧地盯着他，忽然口齿不清地喊："暂停！斯托恩·吴先生，暂停！"

工作人员为两人取下头盔，两人都面色苍白，惊魂未定。琼下意识地用手按着胸部，甘又明也提心吊胆地紧盯着那儿。不过，当白色的外壳慢慢脱下后，那儿仍然白皙光滑，并没有一丝伤痕。

吴中已经站在他们身后，笑问："小甘，你这个鬼灵精，这次又在哪儿看出了破绽？"

甘又明喘息了一会儿，才苦笑道："不，我只是侥幸。我并没有完全确定自己是在虚拟环境中。我只是想，如果戈华德先生是一个循规蹈矩的警官，他就不会到不是自己值勤区域的地方去办案；汤姆如果想杀我们灭口，就不必拉着并非同伙的戈华德同去。不过，这段推理并不严密，很容易找到其他解释。"

琼的灵魂仍未归窍，甘又明勉强打起精神问："琼，你是虚拟世界的向导，你怎么也会相信它呢？"

琼苦笑道："有时我也难辨真假。"

甘又明分明觉得，他所经历的虚拟环境中的阴暗气息正逐渐渗入他的心田。他压着怒气冷嘲道："吴先生，虚拟世界是从好莱坞请的导演吗？我看这里怎么尽是好莱坞的暴力、血腥、毒品和美女！"

吴中摇摇头："不，我们不必请什么导演，我说过，虚拟技术很快能抢他们的饭碗。该系统的超级电脑有很强的学习能力，我们只需把近二十年来美国每年的十大畅销片输进去，它就能学会他们的导演手法，并远远超过他们。"

甘又明刻薄地说："怪不得这些情节十分眼熟呢！"那层无影无形的SHELL似乎一直在裹着他，箍得他无法喘息，他疲倦阴郁地说，"我要休息了，想睡个好觉再干下去。我的住处在哪儿？"

"就在对面的白领人员公寓里，103号。"

"你在那儿吗？"

"对，118号，我们离得不远。琼，今天的工作就到这儿结束吧，谢谢。"

琼同甘又明告别，披上外衣走出大厅，她还要赶回自己的公寓。

晚上，甘又明在床上辗转难眠。倒不是因为下午"身历"的血腥场面，而是因为他不敢确认自己身上那件外壳是否真的已经去掉，他对姐夫的虚拟技术已有深深的畏惧，就像害怕一个摆脱不掉的幽灵。比如说，这会儿吴中没有邀请他去屋里做客，就不符合真实世界的常理，毕竟他是万里之外来的客人呀！

不过，也许这是西方世界的习俗，也许是吴先生的屋里还藏着一个情人，也许……还有别的秘密。

他一跃而起，他要去姐夫的屋里看一看才放心。尽管知道自己的决定有点神经质，他还是来到118号房前。门铃响后很久，姐夫才打开房门，问："是你，还没有睡吗？"

姐夫穿着睡衣，脸上是冷淡的客气，分明不欢迎他进屋。他佯装糊涂，径自闯进去。没有等他的侦察工作开始，卧室中就传来嗲声嗲气的声音："亲爱的，快进来吧！"

一个浓妆艳抹的裸体男人扭着腰肢从浴室里走出来，一只硕大的耳环在耳垂下游荡，正是在红灯区拉客的那只兔子！甘又明扭头瞪着姐夫，他十分痛心姐夫的堕落，但最使他痛心的甚至不是这件事情本身，而是姐夫那种冷静的厌烦的神情，他肯定是讨厌这位多事的小舅子。甘又明狂怒地喊道："我知道这不是真的！暂停！"

工作人员为他取下头盔，吴中微笑着走过来，没等他开口说话，甘又明已经愤懑地喊："我退出这个游戏！我要回家去！"

吴中和刚取下头盔的琼都吃惊地看着他，想要劝阻，但甘又明厉声喝道："不要说了，我要回国！"

看来吴中很不乐意，他冷淡地说："这是你的最后决定吗？那好，我让秘书安排明天的机票。"

第二天，琼陪着他坐上了中国民航的波音747班机。甘又明曾冷淡地执意不让琼陪同。琼小心解释："甘先生，这是我作为向导的职责，只有在你确定自己回到了真实世界的时刻，我才能离开你。"

十八个小时的航行中，甘又明一直紧闭双眼，不吃也不喝。直到出租车把他送到北京芳古园公寓，他才睁开了眼。

他急急地敲响了姐姐的房门。姐姐惊喜地喊："小明，这么快就回来了？这一位是……"

甘又明不回答，在屋里神经质地走来走去，目光疑虑地仔细打量着屋内的摆设。琼只好向女主人做了自我介绍，两人时而用英语时而又用汉语亲切地交谈着。甘又明在博古架前停住，突兀地问："姐姐，我送的花瓶呢？"

姐姐迷惑地问："什么花瓶？"

"你们结婚那天我送的花瓶！"

"没有啊，那天你是从老家下火车直接到我这儿，只带了一些家乡的土产。"

甘又明烦躁地说："我送了，我肯定送了！"在他脑海中，对几天前的回忆似乎隔着一层薄雾。他清楚地记得自己送过一只精致的花瓶，那是件晶莹剔透的玻璃工艺品，但他又怕这只是虚拟的记忆，是逼真的虚假。

这种无能为力的感觉使他狂躁郁闷，他忽然冷笑道："姐姐，非常遗憾，那位吴先生不是什么好东西……不不，我和他没什么实际接触，这几天实际我一直是在虚拟世界里和他打交道。但仅凭虚拟环境中的阴暗情节，我也可以断定创作者的人品。"

姐姐沉默很久才委婉地说："小明，你怎么能这样说姐夫呢，你和他一块儿相处总共不过五天。五天能了解一个人吗？再说，虚拟世界是超级电脑根据美国高科技社会的现状为蓝本构筑的，他即使是首席科学家也无能为力。"

甘又明立即胜利地喊道："这不是你的话，是吴中的话！我仍是在虚拟世界里，暂停！"

工作人员为两人取下头盔，甘又明一直紧闭双眼，不断地重复着："我要回国，回我的家乡。"

吴中和琼担心地交换目光后，说："好吧，我们马上送你回国。"

破旧的大客车在碎石路上颠簸着。车里大多是皮肤粗糙的农民，他们一直好奇地盯着那位漂亮的金发白人姑娘。她身旁是一个脑袋锃光的中国小伙子，他一直闭着双眼，似乎是一个病人。姑娘小心地照护着他。

直到下了车，走进那个山脚下的小村庄时，甘又明才睁开眼，他指点着："看，前边那株弯腰枣树下就是我家。"

琼饶有兴趣地打量着这个农家院落，大门上贴的春联已经褪色，茂盛的枣树遮蔽了半个院子。墙角堆着农具，墙上挂着苞米穗子，院里还有一口手压井。甘又明比她更仔细地端详着院子，他的目光中是病态的疑虑和狂热。

他妈妈从后院喂完猪回来，看见他们，惊喜地喊："明娃，你咋回来啦？哟，你咋成了光瓢和尚？"她欢天喜地把两人让进屋，不眨眼地盯着那个洋妞。停了一会儿，她冲了两碗鸡蛋茶端出来，瞅空偷偷问儿子："明娃，这个美国妞是谁？"

甘又明一直表情复杂地看着妈妈，既有亲切，更有疑虑。听见这句问话，他立即睁大眼睛，劈头盖脸地问："你怎么知道她是美国人？谁告诉你的？"

妈妈让这质问弄蒙了，她怯生生地问："我说错话了吗？打眼一瞅，任谁也知道她不是中国妞啊。"

甘又明不禁哑然失笑，他知道自己多疑了，他忘了妈妈的习惯：凡不是中国人，她都叫作美国人。他和解地笑道："没错，妈，你没说错。这位姑娘的确是美国人，她叫琼。你问我们回来干什么？琼想听你讲讲我小时候的事儿，一定讲那些我自己也忘记了的事儿，好吗？"

妈妈笑嘻嘻地看着儿子，他们巴巴地从北京赶回来就是为了这事儿？不用说，这个美国妞是儿子的对象，是他的心肝儿宝贝，哼一声也是圣旨。她笑着说："好，我就讲讲你小时候的英雄事儿，只要你不怕丢面子。姑娘能听懂中国话吗？"

"她能听懂中国话，听不懂的地方我给她翻译。"

"你八岁那年，在洄水潭差点丢了命……"

"这事我知道，讲别的，讲我不知道的。"

妈妈想了半天，嘴角透出笑意："行，就讲一个你不知道的，我从来没告诉过你。小学六年级时，有一天你在梦中喊李苏李苏。我知道李苏是你的同班同学，模样儿很标致，对不？"

甘又明如遭雷击，他一下子想起来了。李苏是个性情爽朗的姑娘，一笑便露出一口白牙。那时他对李苏的友情中一定掺杂着特别的成分，但他把这种感情紧紧关闭在十二岁小男子汉的心灵中，从未向任何人泄露过。他一直不知道自己在梦中喊过李苏的名字，也不知道大大咧咧的妈妈竟然能把这件事记上十几年。

李苏在初二时就患白血病去世了。同学们到医院去和她告别时，她的神志还清醒，她那双深陷的大眼睛里透着深深的绝望。当时甘又明一直躲在同学们后边，隐藏着自己又红又肿的眼睛，也从此埋葬了那段称不上初恋的情感。

妈妈看见儿子表情痛楚，两滴泪珠慢慢溢出来。她想一定是自己的话勾起儿子的伤心，忙赔笑道："明娃，你咋啦？都怪妈，不该提那个可怜的姑娘。"

甘又明伏到妈妈怀里，哽声道："妈，现在我才相信你真的是妈了。"

妈妈又是好气又是好笑又是担心："你发魔怔了？我不是你妈，谁是你妈！"

甘又明没有辩解，他回头对琼说："琼，现在我可以确认了，我已经跳出了虚拟环境。"

琼笑着掏出一张支票，"祝贺你，你终于用思维的惯性证实了这一点。吴先生说，如果你能确认，让我把一万元奖金交给你。"

从这一刻起，两人都如释重负。妈妈开始做午饭，她在厨房里大声问："明娃，你能在家住几天？"

甘又明问琼："我娘问咱们能住几天，看你的意见吧！你是否愿意多住几天，领略一下异国情调？"

"当然乐意。我还在认真考虑，是否把根扎在这儿呢！"

甘又明当然听出了她的话意。自打摆脱了外壳的禁锢，他觉得心情异常轻松，几天来对琼的好感也复活了，他笑着把琼拥入怀中。妈妈端着菜盘进屋，瞅见那个美国丫头偎在儿子怀里，翘着嘴唇等着那一吻，她偷偷笑笑，赶紧退回去。

甘又明把手指插在琼金黄色的长发里，扳过她的脑袋，在她嘴唇上用力印上一吻。琼低声说："你把我的头发揪疼了。"

在这一刹那，她觉得甘的身体忽然僵硬了。他不易觉察地然而又是坚决地把怀中的姑娘慢慢推出去，他的身体又明显地套上了一层冰冷的外壳。琼奇怪地问："你怎么了？"

甘又明勉强地说："没什么。"停一会儿，他把目光转向别处，低声用英语问，"琼，请告诉我，你吸毒吗？"

琼看看他的侧影，平静地说："我不想瞒你，几年前我曾偶然服用过大麻，现在已经戒了。这在美国的青年中是很普遍的，不过我从来没有静脉注射过快克。喏，你看我的肘弯。"

她白皙的肘弯处的确没有什么针孔。甘又明仅冷漠地扫一眼，又问："斯托恩·吴……真的是一个同性恋者？请你如实告诉我。"

琼摇摇头："我不知道。我不是瞒你，我真的不知道。在B基地，除了工作上的交往，我和他没什么接触。同性恋在美国是普遍的社会现象，有公开的同性恋组织和定期的公开集会，某些州法律已经承认同性恋为合法。但华人中尤其是高层次的华人中，有此癖好的极少。吴先生大概不会吧？"

甘又明阴郁地沉默了很久，突兀地问："你的头发不是假发？在进入虚拟世界之前，在套上那件SHELL之前，我看见你剃光了头发。"

琼迟疑了很久才回答："这是一个复杂的技术问题……"

甘又明烦躁地摆摆手，不想听她说下去。他清楚地记得，光脑壳的琼是他在进入虚拟环境之前看到的，也就是说，这件事情是真实的。那么，他就不该在这会儿的真实世界里看到一个满头金发的姑娘。他苦涩地自语："我已经剥掉了六层SHELL，谁知道还有没有第七层？也许我得剁掉一个手指头才能证实。"

琼吃惊地喊："你千万不要胡来！我告诉你，你真的已经跳出了虚拟世界，真的！"

甘又明冷淡地说："对，按照电脑的逻辑规则，一个堕入情网的女向导是会这样说的。"

琼唯有苦笑。她知道两人之间刚刚萌生的爱情之芽已经夭折了。午饭后，她很客气地同甘又明的母亲告别。

甘的妈妈极力挽留了很久，但姑娘的去意很坚决，儿子冷着脸，丝毫不做挽留，似乎是一个局外人。她十分纳闷儿，不知道这一对年轻人为什么无缘无故地翻了脸。

两个小时后，琼已经坐上了到北京的特快列车，并在车站邮局向北京机场预定了第二天早上去旧金山的班机。她还给斯托恩·吴先生打了一个越洋电话，说甘已赢得了一万元奖金，但对甘又明在赢得奖金之后对自己态度的变化，她未置片语。

她听见吴先生在大洋彼岸语调平淡地说："谢谢你的工作，再见。"便挂上了电话。

为促进中国本土科幻文学更好发展，《虫》MOOK系列图书面向全球华语科幻作者、书迷广泛征集科幻短篇、中篇、长篇原创作品。

我们郑重承诺，对于来稿每稿必复。

投稿邮箱：bfwhzf@163.com

科幻作者、读者交流群：QQ群1：16812541

QQ群2：28184811

扫一扫走进科幻，关注《虫》MOOK更多资讯。